मुसाफ़िर की डायरी

मुसाफ़िर की डायरी

ख़्वाजा अहमद अब्बास

वाम

पहला संस्करण, सितम्बर 2022

वाम प्रकाशन
2254/2 ए, शादी खामपुर
न्यू रंजीत नगर
नयी दिल्ली – 110008

वाम प्रकाशन और लेफ़्टवर्ड बुक्स नया रास्ता पब्लिशर्स प्रा.लि. की प्रकाशन शाखाएं हैं।

leftword.com

ISBN 978-93-92017-05-6

मुसाफ़िर की डायरी 1940 में हाली पब्लिशिंग हाउस, किताब घर, देहली से उर्दू में प्रकाशित हुई थी। उसके बाद किसी भी ज़बान में यह उसका पहला संस्करण है।

मुद्रक : चमन इंटरप्राइजेज, दिल्ली

Visit website

Musafir Ki Diary
by Khwaja Ahmad Abbas

अपने बुज़ुर्ग और दोस्त

ख़्वाजा सज्जाद हुसैन साहब

के नाम

इसलिए कि आपने ही सफ़र का शौक़ दिलाया और

मुसाफ़िर का हौसला बढ़ाया

सूची

तीसरा हिस्सा

नई दुनिया

(क) योकोहामा से हॉलीवुड

(ख) न्यूयार्क, यूकैप सी और बोस्टन

(ग) जंग के बादल

चौथा हिस्सा

बीस दिन में सात मुल्क

मुसाफ़िर की मंज़िलें

बम्बई से रवानगी	...	28 जून 1938
कोलम्बो	...	30 जून
सिंगापुर	...	4 जुलाई
हांगकांग	...	8 जुलाई
शंघाई	...	10 जुलाई से 13 जुलाई तक
नागासाकी	...	14 जुलाई
कोबे	...	15 जुलाई से 18 जुलाई तक
टोक्यो	...	19 जुलाई से 21 जुलाई तक
वैंकूवर	...	1 अगस्त
सीएटल	...	2 अगस्त
लास एंजेल्स	...	4 अगस्त से 11 अगस्त
न्यूयार्क	...	15 अगस्त से 21 अगस्त
पेरिस	...	4 सितम्बर से 14 सितम्बर
जेनेवा	...	19 सितम्बर से 20 सितम्बर
स्विट्ज़रलैंड	...	21 सितम्बर से 22 सितम्बर
वेनिस	...	23 सितम्बर से 24 सितम्बर
इंग्लिस्तान	...	28 सितम्बर
लन्दन	...	28 अक्टूबर से 2 नवम्बर
पेरिस	...	2 नवम्बर से 5 नवम्बर
म्यूनिख़	...	6 नवम्बर
विएना	...	7 नवम्बर
बुडापेस्ट	...	8 नवम्बर से 10 नवम्बर

इस्ताम्बूल	...	11 नवम्बर से 13 नवम्बर
अंगूरा	...	14 नवम्बर
बग़दाद	...	18 नवम्बर
कर्बला–ए–मुअल्ला	...	18 नवम्बर
बसरा	...	19 नवम्बर
कराची	...	24 नवम्बर

खुली हुई खिड़कियां

सुना था कि सफ़र इल्म हासिल करने का बेहतरीन ज़रिया है। पांच महीने में दुनिया के गिर्द सत्रह मुल्कों में पच्चीस हज़ार मील से ज़्यादा सफ़र करने के बाद मुझे तो फ़क़त यह एहसास हुआ कि मैं दुनिया और दुनिया वालों के मुताल्लिक़ कितना कम जानता हूं। अगर मैं यह समझूं कि एक हफ़्ता न्यूयार्क में रहने के बाद अमरीका की सियासत पर हावी हो गया या जेनेवा में चार दिन गुज़ारने के बाद लीग ऑफ़ नेशन्स और बैनुल-अक़्वामी मामलात का माहिर हो गया तो यह मेरी हिमाक़त होगी। और अगर आपने इस किताब को इस उम्मीद पर ख़रीदा है कि इसको पढ़कर आप पर जापानी सनअती तरक़्क़ी का राज़ खुल जाएगा या तुर्की के समाजी इन्क़िलाब का पूरा हाल मालूम हो जाएगा तो यह आपकी ... मेरा मतलब यह है कि मुम्किन है आप को मायूसी हो।

पांच महीने में सत्रह मुल्कों की सियासी, मुआशरती, इक़्तिसादी और तालीमी हालत का मुतालेआ तो क्या मुशाहिदा करना भी नामुम्किन है। शायद अगर मैं घर बैठकर इन पांच महीनों में सौ दो सौ किताबें पढ़ जाता तो इन मुल्कों के मुताल्लिक़ मेरी वाक़फ़ियत ज़्यादा होती। इस सफ़र के बाद तो मुझे यह भी नहीं मालूम कि रोमानिया की आबादी क्या है और कनाडा का रक़बा कितना है।

फिर मैंने पांच महीने और साढ़े तीन हज़ार रुपये का ख़ून करके यह सफ़र किया ही क्यों? सच बात तो यह है कि फ़क़त इसलिए कि मुझे सफ़र का शौक़ है। अगर सफ़र से कोई और फ़ायदा न होता, कोई तजुर्बा हासिल न होता और मेरी अख़बार नवीसी में इससे कोई मदद न मिलती तब भी मौक़ा मिलने पर मैं सफ़र ज़रूर करता। शायद मेरे ख़ून में कोई कीड़ा ऐसा है जो मुझको सफ़र इख़्तियार करने पर मजबूर करता है। हरकत का नाम ही ज़िन्दगी है। कहते हैं लुढ़कते हुए पत्थरों में काई नहीं लगती। मुझे काई पसन्द नहीं चाहे वह पत्थर पर लगी हो या दिमाग़ पर। जब ही तो लुढ़कने को जी चाहता है।

जापान में मैं नागासाकी से कोबे जा रहा था। मेरे क़रीब ही एक अंग्रेज़ ताजिर बैठा हुआ था, जो कई बार पहले भी जापान आ चुका था। वह चाहता था कि खिड़की बन्द रखे। मुझे इसरार था कि खिड़की खुली रहे। जीत मेरी हुई। इस पर वह खिड़की से सरक कर दूर बैठ गया। और एक बार भी बाहर न झांका। मैंने उससे पूछा कि तुम कई बार जापान आ चुके हो। क्या बता सकते हो कि रेल की पटरी के किनारे जो खेत लगे हैं उन में क्या बोया हुआ है। उसने कहा, 'मुझे मालूम नहीं और न मुझे इसकी परवाह है'। बाज़ लोग रेल और दिमाग़ दोनों की खिड़कियां बन्द करके सफ़र करते हैं। इस सफ़र में मैंने और कुछ किया या नहीं कम अज़ कम ये दोनों खिड़कियां खुली रखीं। इन खिड़कियों में मैंने क्या देखा, वह आपको यह किताब पढ़ने से मालूम हो जाएगा।

– ख़्वाजा अहमद अब्बास

पहला हिस्सा

बम्बई से शंघाई तक

पासपोर्ट

क़ैदख़ाने से निकल भागना कितना कठिन होता है। हिन्दुस्तानी के लिए दूसरे मुल्कों के सफ़र का पासपोर्ट लेना उससे भी ज़्यादा मुश्किल है। चार साल पहले जब मैं अलीगढ़ यूनिवर्सिटी में पढ़ता था तो तारीख़ की अंजुमन की तरफ़ से लड़कों की एक जमाअत अफ़ग़ानिस्तान के सफ़र के लिए भेजी गई। इस सफ़र का इन्तिज़ाम करने वालों में मैं भी था। सबके साथ मैंने भी दरख़्वास्त दी। दो महीने की भाग-दौड़ के बाद और सब को पासपोर्ट मिल गए, मगर मुझे न मिला। सरकार ने सोचा कि ऐसे 'ख़तरनाक' आदमी का एक आज़ाद मुल्क में जाना अच्छा नहीं। अपने दोस्तों के साथ पेशावर बल्कि इससे भी आगे अफ़ग़ानिस्तान की सरहद तक गया। और सिपाहियों की नज़र बचाकर हिन्दुस्तान से बाहर दो-चार क़दम रखकर वापस आ गया। अब दुनिया के सफ़र का जब इरादा किया तो सोचा कि सरकार शायद चार साल की बात अब भूल गई हो। बम्बई में पासपोर्ट की दरख़्वास्त दी। मुख़्तलिफ़ फ़ार्म भरने पड़े। पुलिस के एक अफ़सर के सामने पेशी हुई। दर्जनों सवालों का जवाब देना पड़ा। 'कहां जा रहे हो?' 'तुम्हारे पास कितना रुपया है?' 'जायदाद कितनी है?' 'तनख़्वाह क्या मिलती है?' 'शादी हो गई है?' वग़ैरह वग़ैरह। इन सब सवालों के जवाब देकर और दरख़्वास्त के साथ तीन अदद तस्वीरें नत्थी करके मैं समझा कि अब तो पासपोर्ट मिल ही जाएगा। वतन गया। वहां अज़ीज़ों से रुख़्सत होकर 24 जून को बम्बई वापस आ गया। दरख़्वास्त दिए हुए कई हफ़्ते गुज़र चुके थे। जहाज़ की रवानगी 28 को थी, यक़ीन था कि इससे पहले ही पासपोर्ट मिल जाएगा। मगर बम्बई पहुंचने पर मालूम हुआ कि मेरी दरख़्वास्त अब तक पंजाब से वापस नहीं आई। पंजाब क्यों भेजी गई? इस लिए कि मेरी पैदाइश उस सूबे की है। मालूम होता था कि 28 जून का जहाज़ निकल जाएगा। और अगर ऐसा हुआ तो शायद इस सफ़र को बिल्कुल

मुल्तवी करना पड़ेगा। मगर भला हो बम्बई की नई कांग्रेस विज़ारत का। 27 जून को पासपोर्ट मिल गया। छोटी सी नीली जिल्द की किताब और सरकारी मुहर। अन्दर से वाइसराय की तरफ़ से ऐलान कि मैं (ख़्वाजा अहमद अब्बास) बरतानवी हिन्द की रिआया हूं। छोटी सी मेरी तस्वीर, जिसमें आदी मुजरिम मालूम होता हूं। पहचान के लिए मख़्सूस अलामात स्याह बाल, स्याह आंखें, बायीं आंख के ऊपर और ठोड़ी पर ज़ख़्म के निशान। आंख पर क्रिकेट की बॉल लगी थी और ठोड़ी पर चोट सफ़र के शौक़ का नतीजा है। बरस गुज़र गए। जब मैं पांच या छह बरस का था नाना साहब ने कहा हमारे साथ गांव चलोगे? ख़ुशी का यह हाल कि बेतहाशा दौड़ा और ठोकर खाकर पत्थर पर गिरा। और अब 25 हज़ार मील के सफ़र के ख़याल से भी इतनी ख़ुशी नहीं हुई।

वीज़ा

हिन्दुस्तान की सरकार ने तो सफ़र की इजाज़त दे दी, मगर दूसरे मुल्कों में दाख़िल होने के लिए उनकी सरकारों की इजाज़त चाहिए। बाज़ मुल्कों (मसलन फ्रांस, स्विट्ज़रलैंड वग़ैरह) के साथ सल्तनते-बरतानिया के ऐसे मुआहिदे हैं जिनकी रू से वहां जाने पर कोई रोक-टोक नहीं है। दूसरे मुल्कों के क़ौंसिलख़ानों से इजाज़त लेनी पड़ती है, जिसको वीज़ा कहते हैं। अमरीका में दाख़िले की इजाज़त बड़ी मुश्किल से मिलती है। वहां की सरकार यह नहीं चाहती कि दूसरे मुल्कों के लोग अमरीका में आकर बस जाएं और उनकी दौलत में हिस्सा बटाएं। एशिया वालों पर ख़ास पाबन्दियां हैं। दो महीने से ज़्यादा रहने की इजाज़त तक़रीबन नामुम्किन ही है। मुझे चार-पांच हफ़्ते ही रहना था। इसलिए ज़्यादा दिक़्क़त नहीं हुई। मगर यह इक़रार करना पड़ा कि मैं वहां रोज़ी कमाने नहीं बल्कि सैर करने जा रहा हूं। और इसके मुक़ाबले में हमारे मुल्क में जो अमरीकन या ग़ैर-मुल्की चाहे बग़ैर रोक-टोक के चला आता है।

बलार्ड पियर

बम्बई की बन्दरगाह तो मीलों तक फैली हुई है। मगर बलार्ड पियर ही वह मुक़ाम है, जहां से बड़े-बड़े जहाज़ रवाना होते हैं। मैं दर्जनों मर्तबा दोस्तों को पहुंचाने या लेने

या अख़बार के काम से मशहूर मुसाफ़िरों से मिलने बलार्ड पियर आया हूं। जिस दिन जहाज़ आता है या रवाना होता है अजब समां होता है। सामान से लदी हुई मोटरें, बढ़िया कपड़े पहने हुए अमीरों के ग़ोल के ग़ोल, चमकती हुई साड़ियां, हार और फूल, क़हक़हे और आंसू। शोर इतना कि आवाज़ सुनाई नहीं देती। ग़ैर-मुल्की सय्याह आंखें फाड़े हर चीज़ को ताज्जुब से देखते हुए। अंग्रेज़ अफ़सर छुट्टी पर जा रहे हैं या विलायत से वापस आ रहे हैं। सफ़ेद यूनिफ़ार्म वाले अंग्रेज़ सार्जेन्ट, नीले कपड़े वाले पुलिस के सिपाही। सामान से लदे हुए क़ुली, परेशान तालिबे-इल्म, विलायत जाने के शौक़ में ख़ुश मगर इतने बड़े सफ़र के ख़याल से सहमे हुए। कोई लिबरल पार्टी का लीडर विलायत की यात्रा करके वापस आया है। अख़बारों के रिपोर्टर घेरे हुए हैं। बयान लिखवा रहे हैं। बड़ी तोंद वाले सेठ तिजारत की ख़ातिर सात समन्दर पार जा रहे हैं। आख़िरी वक़्त में भी कारोबार की बातें कर रहे हैं और हाल के दरवाज़ों के बाहर जहाज़ खड़ा है एक ज़बर्दस्त दीवार की तरह से और यही जहाज़ इन हज़ारों आदमियों को लेकर यूरोप या चीन या जापान या अमरीका जाएगा। डरावना भी और दिलकश भी। पहले ही से इस ख़याल से कोफ़्त है कि इसी माहौल में मुझे भी रवाना होना है। अब तक तमाशाई था, अब तमाशा बनूंगा।

28 जून

रवानगी का दिन भी आ गया। रात भर दोस्तों से गप्प रही। सुबह को सामान बांधा। टिकट वग़ैरह के सिलसिले में अमरीकन एक्सप्रेस (American Express) के दफ़्तर गया। सामान को बन्दरगाह रवाना किया। क्रॉनिकल के एडिटर सैयद अब्दुल्लाह बरेलवी के यहां रुख़्सती दावत, मगर खाना न खाया गया। परेशानी और घबराहट या रात भर जागने की थकान। बलार्ड पियर पर हस्बे-मामूल शोर-ओ-ग़ुल, चीख़-पुकार, ग़ैर मामूली भीड़, दोस्त पहुंचाने आए हैं। मौक़े का फ़ायदा उठाकर मज़ाक़ कर रहे हैं। सलाह मशवरा दे रहे हैं। 'ख़त ज़रूर लिखना', 'अजनबियों से दूर ही रहना', ' इंगलिस्तान में बड़ी सर्दी होगी?', 'बस दो सूटकेस ही लेकर जा रहे हो?', 'यह टाइपराइटर क्या होगा। काम करने जा रहे हो या सैर करने?', 'और पैरिस ... पैरिस का हाल ज़रूर लिखना', 'यार बड़े ख़ुशक़िस्मत हो'। और मैं दिल

ही दिल में रुपये आने पाई का हिसाब लगा रहा हूं। चन्द सौ रुपये लेकर चला हूं। काम कैसे चलेगा, कहीं मुश्किल में न पड़ जाऊं। मगर टिकट तो वापसी का ख़रीद ही लिया है। जब पैसा न रहेगा, वापस आ जाऊंगा ... डाक्टरी मुआयना। सब टीकों के सर्टिफ़िकेट दिखाए। डाक्टर ने नब्ज़ पर हाथ रखा और मुझ से कहा, इधर कुर्सी पर बैठ जाओ। दूसरे मुसाफ़िरों का मुआयना होने लगा और मैं इन्तिज़ार कर रहा हूं। दोस्त दूसरे दरवाज़े से अन्दर पहुंच गये और जहाज़ पर चढ़ने लगे और मैं यहां बैठा हुआ हूं। वो लोग इधर-उधर मुझे तलाश कर रहे हैं। डाक्टर ने और सब का मुआयना करने के बाद दोबारा मेरी नब्ज़ देखी। फिर थर्मामीटर निकाल कर मेरे मुंह में दिया। मुझे बुख़ार है? घड़ी टिक-टिक किए जा रही है। अब जहाज़ रवाना होने में आधे घंटे से भी कम रह गया है। और यह डाक्टर मुझे जाने ही नहीं देता। थर्मामीटर भी अजीब दक़ियानूसी है। पांच मिनट के बाद डाक्टर ने मुंह से थर्मामीटर निकाल कर देखा और सिर हिलाया, 'तुम्हें बुख़ार है।' अब मैं समझा रहा हूं कि रात भर सोया नहीं हूं इसलिए मामूली हरारत हो गई होगी। मगर डाक्टर कहता है, मुझे इस जहाज़ से जाने की इजाज़त नहीं मिल सकती। अजब मुसीबत है। क्या मैं सचमुच इस जहाज़ से न जा सकूंगा? मेरा तमाम प्रोग्राम उलट-पलट हो जाएगा। शायद फिर बिल्कुल ही न जा सकूं। और ख़िफ़्फ़त किस क़दर होगी। अब तो अख़बार में तस्वीर भी निकल चुकी है। और ये दोस्त जो पहुंचाने आए हैं और तीन-तीन रुपये के टिकट लेकर जहाज़ पर गए हैं, ये क्या कहेंगे? 'लोग क्या कहेंगे?' कहेंगे तो कहने दो। अब मुझे डाक्टर पर ग़ुस्सा आ रहा है। अगर मुझे बुख़ार है तो उसका क्या जाता है। अगर मरूंगा तो मैं ... थोड़ी देर में जहाज़ का डाक्टर आ गया। दोबारा मुआयना हुआ। उसने भी सिर हिलाया। मैं उसे समझाने की कोशिश करता हूं। मगर वो इतालवी है, अंग्रेज़ी वाजिबी ही जानता है। ख़ैर मेरे इसरार पर उसने कहा कि अच्छा जहाज़ के अस्पताल में चलो वहां फिर मुआयना होगा। डाक्टर के साथ-साथ मैं भी चला। ज़ीने पर चढ़ता हुआ जहाज़ पर पहुंच गया। अब ज़रा इत्मीनान हुआ। अब मैं नहीं वापस जाऊंगा। ख़्वाह ये लोग मेरा सामान क्यों न समन्दर में फेंक दें। दोबारा मुआयना हुआ। अब मालूम हुआ कि यह डाक्टर टायफ़ाइड से ख़ाइफ़ है। उसका ख़याल है कि मुझे भी कहीं यही बीमारी न हो। बड़ी मुश्किल से मैंने उसे समझाया कि अगर दो दिन तक मेरा बुख़ार

न उतरा तो उसे हक़ होगा कि कोलम्बो पर मुझे उतार दे। यह बात उसकी समझ में आ गई मगर उसने शर्त लगाई कि मैं अभी फ़ौरन जहाज़ के अस्पताल में दाख़िल हो जाऊं। मगर मैंने कहा कि मेरे दोस्त तो बाहर खड़े इन्तिज़ार कर रहे हैं। आख़िरकार उसने इजाज़त दे दी कि उनसे रुख़्सत हो लूं। मगर फ़ौरन यहां अस्पताल में आऊं ... जहाज़ की रवानगी की पहली सीटी भी हो गई। अब लोग जो पहुंचाने आये थे, उतर रहे हैं। मैं भी अपने दोस्तों से रुख़्सत हुआ। जल्दी-जल्दी उनको सूरतेहाल समझाई और इत्मीनान दिलाया कि कोई घबराने की बात नहीं। आख़िर वो सब भी उतरे और किनारे पर खड़े हो गए। ज़ीना हटा दिया गया और जहाज़ ने आहिस्ता-आहिस्ता हरकत शुरू की। दोस्त पुकार पुकार कर कुछ कह रहे हैं, मगर सुनाई नहीं देता। दोनों तरफ़ से रूमाल हिलने लगे। एक साहब मेरे क़रीब खड़े रो रहे हैं। मगर मुझे ... मुझे वतन छोड़ने का, दोस्तों से रुख़्सत होने का कोई रंज नहीं। इतने बड़े सफ़र की कोई हैबत नहीं। शायद मैं सख़्त दिल हूं। इस वक़्त तो बस यह ख़याल है कि चलो सफ़र शुरू तो हो गया। कितनी दिक़्क़तें हुईं। पासपोर्ट मिलने में मुश्किल हुई, रवानगी से चन्द रोज़ पहले ट्रावन्कोर बैंक, जिसमें आधी पूंजी जमा थी, फ़ेल हो गया और 'फिर दो चार हाथ जबकि लबे-बाम रह गया' यह बुख़ार की मुसीबत। ख़ैर अब तो जहाज़ चल ही पड़ा। अपनी ख़ुशक़िस्मती पर ग़ौर कर रहा था कि डाक्टर ने फिर आन पकड़ा और मुझे पकड़कर अस्पताल की तरफ़ चला। मैंने साहिल की तरफ़ आख़िरी नज़र डाली। बलार्ड पियर अब छोटा सा नज़र आ रहा था और उसके पीछे बम्बई ... सुन्दर बम्बई, ख़ूबसूरत बम्बई ... फैला हुआ था।

हस्पताल

उम्र भर कभी हस्पताल में दाख़िल होने की नौबत नहीं आई। क्या मालूम था कि सबसे पहले एक जहाज़ के हस्पताल में दाख़िल होऊंगा। मालूम नहीं लोग आमतौर से हस्पताल से क्यों घबराते हैं। मुझे तो फ़क़त हंसी आई यह सोचकर कि आम ख़याल के मुताबिक़ मुझे तो डेक पर घंटों खड़े होकर वतन की सरज़मीन को ख़ैरबाद कहना चाहिए था और उसके बजाय मुझे यहां बन्द कर दिया गया है। हस्पताल का कमरा अच्छा बड़ा है। आठ पलंग हैं, जिनमें से पांच ख़ाली हैं। एक कोने में एक हट्टा-कट्टा

इतालवी मल्लाह है, दूसरे कोने में मैं हूं और मेरे बराबर एक हिन्दुस्तानी मुसाफ़िर। यह एक सिंधी ताजिर है, जो जापान कारोबार के सिलसिले में जा रहा है। मालूम हुआ कि उसको भी बुख़ार है और उसके साथ भी तक़रीबन वही वाक़ेआत पेश आये जो मेरे साथ। मैंने सोचा यह भी अच्छा है कि कोई बात करने को तो मौजूद है। कपड़े उतार मैं तो चादर ओढ़कर लेट गया। रात भर का जागा हुआ था, जल्द ही सो गया। जहाज़ बम्बई से तीन बजे रवाना हुआ था। चार घंटे के बाद आंख खुली तो कुछ अजीब सा मालूम हुआ। हल्का-हल्का सिर चकरा रहा था। सोचा कि यह क्या क़िस्सा है, खड़े होकर खिड़की में से बाहर झांका तो देखा सूरज गुरूब हो रहा था। अब मालूम हुआ कि जहाज़ बुरी तरह हिल रहा है। बड़ी-बड़ी लहरों के थपेड़े उसको उछाल रहे हैं। इतने में डाक्टर आ गया। थर्मामीटर लगाया तो मालूम हुआ कि अब बिल्कुल बुख़ार नहीं है। नींद पूरी होते ही हरारत जाती रही। मैंने कहा देखा मैं क्या कहता था। मगर डाक्टर ने हस्पताल छोड़न की इजाज़त न दी और कहा कि अभी चौबीस घंटे तुमको और रहना पड़ेगा। मैंने कहा कोई हरज नहीं, इस तूफ़ान में चलना फिरना तो नामुम्किन है। जैसे केबिन में लेटे वैसे यहां। फिर पड़कर सो गया। रात को एक दफ़ा आंख खुली तो देखा कि इतालवी मल्लाह बैठा हुआ खाना खा रहा है, मज़े ले-लेकर। मुम्किन है यह बीमारी का बहाना करके इसी लिए हस्पताल में दाख़िल हुआ हो कि काम से छुट्टी मिलेगी और खाना भी बेहतर मिलेगा। हम दोनों को खाने की मुमानिअत थी। पीने को लीमू का शर्बत बताया गया था। उसका एक गिलास पीकर मैं फिर सो गया। रातभर पलंग इस तरह हिलता रहा जैसे मुसलसल ज़लज़ला आ रहा हो।

'कोंटे वर्डे'

दूसरे दिन सुबह उठा तो भूख और कमज़ोरी महसूस हो रही थी। डाक्टर ने नाश्ते की इजाज़त दे दी और मैंने डट कर खाया। आज सुबह मेरे हिन्दुस्तानी साथी का बुख़ार भी उतर गया। वह बेचारा अब तक सख़्त परेशान था कि कहीं कोलम्बो पर न उतार दिया जाए। आज उसके चेहरे पर कुछ रौनक़ आई। उससे बातें करने पर मालूम हुआ कि न सिर्फ़ वह बल्कि इस जहाज़ पर बहुत से हिन्दुस्तानी ताजिर हैं जो जापान जा रहे हैं। जून और जुलाई में यह लोग जाते हैं जाड़े के लिए सामान लाने। ये ताजिर

मशरिक़ी अफ़्रीका में भी काफ़ी अर्से रहा है। वहां के हालात बयान करता रहा कि वहां हिन्दुस्तानियों और दूसरे काले आदमियों पर कितना ज़ुल्म होता है।

हम जिस जहाज़ पर हैं यह इतालवी कम्पनी का जहाज़ 'कोंटे वर्डे (Conte verde)' है, जो स्वेज़ के रास्ते इटली से आया है और अब कोलम्बो, हांगकांग होता हुआ शंघाई जा रहा है। इसका वज़न बीस हज़ार टन है, जो एक औसत दर्जे के जहाज़ का वज़न होता है। ज़्यादातर मुसाफ़िर हांगकांग पर उतर जाएंगे। सिंधी ताजिर और दूसरे हिन्दुस्तानी भी सब हांगकांग से जापान के लिए दूसरे जहाज़ पर सवार होंगे। शंघाई कोई नहीं जाना चाहता, जंग की वजह से सब डरे हुए हैं।

आज डाक्टर फिर कई बार आया। उसकी शक्ल बिल्कुल मुसोलिनी की तरह है। मगर ज़्यादा ख़ौफ़नाक आदमी नहीं है। अब क्योंकि टाइफ़ाइड का ख़तरा नहीं रहा, इसलिए हम से हंसी-ख़ुशी बात करता है। मैंने कहा, मुझे कम-अज़-कम अपने केबिन तक तो जाने दो ताकि मैं मुंह हाथ धोकर कपड़े बदल सकूं और पढ़ने के लिए कोई किताब ले आऊं। उसने कहा अच्छा जाओ, मगर पन्द्रह मिनट में आ जाना।

ज़िन्दा मुर्दा

जहाज़ को चले हुए तक़रीबन बीस घंटे हो गए। मगर लुत्फ़ यह कि मैंने अब तक अपने केबिन की शक्ल भी न देखी थी, यह भी न मालूम था कि सामान वहां रख दिया गया है या नहीं। नंबर बताकर पूछता-पूछता वहां पहुंचा। सामान मौजूद था। मेरे अलावा दो मुसाफ़िर और हैं। एक बोरी ताजिर जापान जा रहा है और एक लड़का सिंगापुर। मुझे देखकर ये लोग हैरान रह गए। उनका ख़याल था कि मैं बम्बई ही में रह गया हूं। इतने में केबिन स्टीवर्ड यानी जहाज़ का मुलाज़िम भी आ गया। और मुझे देखकर इतालवी ज़बान में हैरत और ताज्जुब का इस क़दर ज़ोर से इज़हार किया गोया मैं कोई मुर्दा था, जो दफ़अतन ज़िन्दा हो गया हो। कहने लगा, 'तुम बीच समन्दर में कहां से दफ़अतन टपक पड़े, मैं तो समझा था तुम या तो बम्बई में रह गए हो या समन्दर में कूद पड़े हो।' मैंने उसे यक़ीन दिलाया कि मैं भूत नहीं हूं और यह डाक्टर का क़सूर था कि उसने उन लोगों को क्यों नहीं इत्तिला दी कि मुझे हस्पताल में रोका गया है।

ख़याल था शाम को हस्पताल से छुट्टी मिल जाएगी, मगर डाक्टर ने कहा अब कल सुबह ही जाना। मैं देख आया था कि केबिन में सख़्त गर्मी है। इसलिए मैंने भी यही मुनासिब समझा कि एक रात और यहीं गुज़ारी जाए। पढ़ने के लिए किताबें और अख़बार ले आया हूं। इसलिए वक़्त काटने का भी इन्तिज़ाम है। तीन साल तक रोज़ाना दफ़्तर में काम करने के बाद आराम करने और किताब पढ़ने की इतनी फ़ुर्सत ग़नीमत है।

हम सफ़र

30 जून, आज सुबह डाक्टर ने केबिन जाने की इजाज़त दे दी। छोटा सा कमरा है। उसमें चार आदमियों के सोने की जगह, दो नीचे दो ऊपर। समन्दर में तूफ़ान होने की वजह से खिड़की बन्द है। सख़्त गर्मी है, नहाकर और कपड़े बदलकर ऊपर डेक पर गया। मैं सस्ते दर्जे (Economy class) में सफ़र कर रहा हूं, जिसको तक़रीबन रेल के इंटरमीडिएट दर्जे जैसा समझना चाहिए। जहाज़ पर ज़्यादा मुसाफ़िर नहीं हैं। कुल तादाद शायद चार पांच सौ से ज़्यादा न होगी। इसमें आधे से ज़्यादा हमारे दर्जे में हैं। हमारे लिए एक नीची छत का कमरा है और एक आम बैठने-उठने का कमरा। गर्मी की वजह से मुसाफ़िर आम तौर से यहीं बैठे रहते हैं या हमारे लिए जो छोटा सा डेक का हिस्सा मख़सूस है वहां टहलते हैं या कोई खेल खेलते हैं। फ़र्स्ट, सेकेण्ड और हमारे दर्जे वालों के दर्मियान संगीन दीवारें हाएल हैं। मगर कभी-कभी सेकेण्ड क्लास वाले हमारी तरफ़ आ निकलते हैं। हम उनके दर्जे में क़दम नहीं रख सकते। समाज में जितने जमाअती इख़्तिलाफ़ात नज़र आते हैं, छोटे पैमाने पर उनका नक़्शा जहाज़ पर नज़र आता है। यहां भी ऊपर के दर्जे वाले नीचे दर्जे वालों को हिक़ारत की नज़र से देखते हैं और नीचे के दर्जे वाले ऊपर के दर्जे वालों को रश्क और हसद और ग़ुस्से से। इस जमाअती तफ़रीक़ में एक हद तक नस्ली और क़ौमी इख़्तिलाफ़ात भी मिट जाते हैं। हमारे दर्जे में अंग्रेज़, जर्मन, इतालवी, यहूदी, हिन्दुस्तानी, चीनी सब क़िस्म के लोग हैं। अंग्रेज़ तो अपनी आदत के मुताबिक़ ज़रा अलग-अलग रहते हैं। मगर और बाक़ी मुसाफ़िरों में आपस में अच्छे दोस्ताना ताल्लुक़ात हैं। बाज़ जर्मन यहूदी, जो अपने वतन से निकाले हुए हैं, शुमाली चीन में क़िस्मत आज़माई के लिए जा रहे

हैं। इन बेचारों की परेशान हालत देखकर हिटलर के ज़ुल्म का अन्दाज़ा होता है। इनके अलावा चन्द चीनी तालिबे-इल्म हैं, जो जर्मन यूनिवर्सिटियों से तालीम हासिल करके वतन जा रहे हैं। ये बेचारे अंग्रेज़ी बहुत कम जानते हैं। और कुछ टूटे-फूटे अल्फ़ाज़ में और कुछ इशारों से हम लोग इनसे बातचीत करते हैं। इनसे मिलकर और बातें करके चीन की नई स्पिरिट का पूरा अन्दाज़ा होता है। जिस वक़्त चीन और जापान की मौजूदा जंग शुरू हुई, इन तालिबे-इल्मों ने फ़ौरन अपनी हुकूमत को लिखा कि उनको वापस बुला लिया जाए ताकि अपने वतन की हिफ़ाज़त के लिए लड़ सकें। मगर चीनी हुकूमत ने जवाब दिया कि तुम इस वक़्त जो तालीम हासिल कर रहे हो यह क़ौम ही के लिए है। इसलिए इसको बीच में मत छोड़ो ... एक चीनी तालिबे-इल्म ने टूटी-फूटी ज़बान में मुझसे कहा 'चीन ... हिन्दुस्तान ... हम दोस्त।'

हिन्दुस्तानी ताजिर

हमारे दर्जे में तक़रीबन एक दर्जन हिन्दुस्तानी ताजिर हैं। एक कोलम्बो जा रहा है, जहां उसकी दुकान है। एक सिंगापुर में कारोबार करता है, तीन हांगकांग जा रहे हैं। और बाक़ी सब सामान ख़रीदने जापान जा रहे हैं। उनसे बातें करने के बाद मालूम हुआ कि जापान ने किस तरह हिन्दुस्तान की मंडियों पर क़ब्ज़ा किया हुआ है। ये लोग कारोबार के बैनुल-अक़वामी और सियासी पहलू को नहीं समझते, वो यह नहीं जानते कि जापान किस तरह अपने इक़्तिसादी और कारोबारी ज़राए को चीन पर क़ब्ज़ा करने के लिए इस्तेमाल कर रहा है। वो तो बाज़ार के नर्ख़ से वाक़िफ़ हैं और जापानी माल इसलिए ख़रीदते हैं कि सस्ता होता है। इसमें उनका कोई ज़्यादा क़सूर भी नहीं है। अगर जापानी माल का बायकाट करना है तो इसके लिए हमें बाक़ायदा तमाम मुल्क में प्रोपैगण्डा करना होगा। एक दो आदमियों से यह काम नहीं हो सकता।

इन ताजिरों में एक जवान सिंधी लड़का क़ाबिले-ज़िक्र है। उसकी उम्र कोई पच्चीस साल होगी। मगर वह कारोबार के सिलसिले में तक़रीबन तमाम दुनिया घूम चुका है। उससे मालूम हुआ कि बाज़ सिंधी ताजिरों का कारोबार तमाम दुनिया में फैला हुआ है। उनकी दुकानों की शाख़ें चीन, जापान, यूरोप, अमरीका वग़ैरह सब जगह मौजूद हैं। यह लड़का इससे पहले जिब्राल्टर में काम करता था। अब उसको

हांगकांग भेजा जा रहा है। यह सुनकर मुझे बहुत ख़ुशी हुई कि हमारे मुल्क में भी (जहां वालिदैन अपने लड़कों को देहली से बम्बई अकेले भेजते घबराते हैं) ग़ैर मुल्कों के सफ़र की कारोबारी अहमियत को समझा जा रहा है।

इटली?

शाम को जहाज़ कोलम्बो पहुंच जाएगा। जहाज़ की तस्वीरों के पोस्ट कार्ड ख़रीद कर घर वालों और दोस्तों को ख़त लिखे, मालूम हुआ कि डाक टिकट भी यहीं मिल सकते हैं। जब टिकट ख़रीदे तो देखा कि उन पर इटली के बादशाह विक्टर इमानुएल की तस्वीर है। यह कैसे? दरियाफ़्त करने पर मालूम हुआ कि अगरचे हम बुहीरा-ए-अरब में हैं और हिन्दुस्तान के साहिल के बिल्कुल क़रीब हैं, मगर यह जहाज़ हर लिहाज़ से इटली का टुकड़ा है, एक तैरता हुआ इटली। जब तक हम इस जहाज़ पर हैं, हम इतालवी क़ानून के मातहत हैं। जहाज़ पर जितने ख़त डाले जाएंगे उन पर इटली के टिकट लगाने होंगे। जहाज़ वाले नहीं चाहते कि हम एक मिनट के लिए भी यह भूलें कि हम फ़िलहाल इटली की 'सरज़मीन' पर हैं। जहाज़ के ऊपर फ़ाशी पार्टी का मख़सूस निशान लकड़ियों का बंधा हुआ गट्ठा और कुल्हाड़ा बना हुआ है। मुसोलिनी की तस्वीरें जा-ब-जा लगी हुई हैं, बैठने के कमरे में एक छोटी सी लाइब्रेरी भी है, जिसमें कई मोटी-मोटी किताबें मुसोलिनी की ज़िन्दगी और फ़ाशियत [फ़ासीवाद] के सियासी निज़ाम से मुताल्लिक़ हैं। अफ़सोस यह है कि उनको कोई पढ़ता ही नहीं!

कोलम्बो

तक़रीबन पांच बजे हमारा जहाज़ कोलम्बो की बन्दरगाह के बाहर लंगर-अन्दाज़ हुआ। यहां किनारे पर पानी काफ़ी गहरा नहीं है। इसलिए भारी जहाज़ों को दूर ही ठहरना पड़ता है। लंका के मुताल्लिक़ बहुत कुछ सुनते आये थे, 'जो चीरा तो इक क़तरए-ख़ूं न निकला'। शायद बारिश हो रही थी इसलिए अच्छा नहीं मालूम हुआ। मगर कोलम्बो का पहला मंज़र जो डेक पर से देखा तो काफ़ी हौसला-शिकन था। साहिल के किनारे-किनारे मीलों तक नीची छत की टीन की बदसूरत इमारतें चली गई हैं। चार-पांच छोटे-छोटे जहाज़ कोयले से भरे हुए खड़े हैं। रावण की लंका को

(जिसका रामायण में इस क़द्र ज़िक्र है) तो एक सहर-आफ़रीं मुल्क होना चाहिए था और यह तो ऐसा मालूम होता है जैसे विलायत की घटिया बन्दरगाहें, जिनको फ़िल्मों में देखा है, मगर इसमें कोलम्बो का क्या क़सूर है। रिवायत की बिना पर हम हर जगह की एक ख़याली तस्वीर क़ायम कर लेते हैं, जो अक्सर ग़लत साबित होती है। मैं समझता था कि कोलम्बो के साहिल पर ख़ूबसूरत ताड़ और खजूर के दरख़्तों के झुण्ड होंगे, मगर उनके बजाय देखा कि टीन के गोदामों के आगे एक बहुत बड़ा बोर्ड लगा है, जिस पर अंग्रेज़ी में लिखा है, 'अच्छी चाय के लिए सीलोन' (Ceylon For Good Tea)। मौजूदा कारोबारी तमद्दुन की इश्तिहारबाज़ी और यह सोचकर तो यह ऐलान और भी बुरा मालूम हुआ कि सीलोन के चाय के खेतों में यूरोपियन मालिक सीलोनी और हिन्दुस्तानी मज़दूरों पर कितना ज़ुल्म करते हैं।

अलीगढ़ के पुराने साथी बदीउद्दीन, जिनको पहले ही इत्तिला दे दी थी, मुझ से मिलने के लिए मौजूद थे। उनके साथ किश्ती में बैठकर साहिल पर गया। इतना बड़ा शहर देखने के लिए चार घंटे काफ़ी तो नहीं होते, मगर फिर भी मोटर में घूम कर बहुत कुछ देखा। बम्बई कलकत्ता के बराबर तो नहीं मगर तक़रीबन इसी अन्दाज़ का शहर है यानी एक हिस्सा तो मग़रिबी वज़ा का अमीरों रईसों अफ़सरों के रहने के लिए, साफ़ और चौड़ी सड़कें, बड़ी-बड़ी दुकानें, ऊंचे-ऊंचे आलीशान मकान, पार्क और बाग़। दूसरा हिस्सा वो जहां शहर की 80 फ़ीसदी आबादी रहती है। यहां तंग बाज़ार, भीड़, शोर, इफ़लास और गन्दगी।

अरब जहाज़रानों की औलाद

कोलम्बो की आबादी ज़्यादातर सिंहली नस्ल की है। ये लोग ज़्यादातर ग़ुर्बत की हालत में रहते हैं। बड़ी-बड़ी दुकानें और चाय का कारोबार यूरोपियन ताजिरों के हाथ में है। छोटी-छोटी दुकानें आम तौर से मद्रासियों और गुजरातियों की हैं। अस्ल बाशिंदे मज़दूरी करके पेट पालते हैं या थोड़ी सी तादाद में जो पढ़-लिख गए हैं, वो सरकारी नौकरी करते हैं। यहां की आबादी में काफ़ी तादाद मुसलमानों की भी है, जो उन अरब जहाज़रानों की औलाद हैं, जो तेरहवीं और चौदहवीं सदी में तिजारत के लिए हिन्दुस्तान आया करते थे।

सीलोन एक बरतानवी शाही मक़बूज़ा (Crown Colony) है। अंग्रेज़ अफ़सरों की हुकूमत है, एक कौंसिल है जिसके मेम्बरों का इलेक्शन होता है। मगर अब तक पार्टीबन्दी नस्ली और मज़हबी बुनियादों पर है। सिंहलियों, मद्रासी हिन्दुओं और मुसलमानों की अलग-अलग पार्टियां हैं। 'सीलोन क़ौमी कांग्रेस' (Ceylon National Congress) नाम ही की है और हमारी लिबरल पार्टी के उसूलों पर चलती है। मगर अब नौजवान इश्तिराकियों की एक जमाअत 'लंका सामा समाज' इक़्तिसादी सवालों को लेकर उठी है। इसमें सब फ़िरक़ों के लोग मौजूद हैं और इसकी तादाद में रोज़-बरोज़ इज़ाफ़ा हो रहा है। उम्मीद की जाती है कि सीलोन की सियासी और इक़्तिसादी आज़ादी में इस पार्टी का वही नुमायां हिस्सा होगा, जो कांग्रेस का हिन्दुस्तान में है।

रात को ख़ूब डटकर खाना खाया। मालूम नहीं अब बिरयानी कब नसीब हो, 9 बजे जहाज़ ने लंगर उठाया।

पानी ही पानी

30 जून से 3 जुलाई तक चारों तरफ़ पानी ही पानी, ज़मीन का कहीं पता नहीं। अब हम खुले समन्दर (बहरे-हिन्द) में हैं। ख़ते-इस्तवा (Equator) के बिल्कुल क़रीब होते जा रहे हैं। इसलिए गर्मी बढ़ती जा रही है। केबिन में बैठना नामुम्किन है। पंखे की हवा भी गर्म है। तमाम दिन मुसाफ़िर डेक पर या सैलून में ताश खेल कर गुज़ारते हैं। वक़्त काटना मुश्किल है। ज़्यादातर वक़्त बातों में गुज़रता है। सेकेण्ड क्लास के तीन हिन्दुस्तानी मुसाफ़िर भी हमारे दर्जे में आ जाते हैं और सब हिन्दुस्तानियों का जमघट रहता है। कम-अज़-कम यहां फ़िरक़ावाराना इख़्तिलाफ़ात नहीं। हिन्दू मुसलमान यहूदी ईसाई सब एक ही हैं। सब हिन्दुस्तानी मुसाफ़िर एक दूसरे का बहुत ख़याल रखते हैं। जो लोग जापान जा रहे हैं, उनका इसरार है कि मैं भी हांगकांग पर जहाज़ तब्दील करूं और शंघाई न जाऊं, क्योंकि उसके आसपास अब लड़ाई हो रही है। मैंने उन्हें यक़ीन दिलाया कि मेरा इरादा ख़तरे के मुक़ाम के क़रीब भी जाने का नहीं, मगर फिर भी ये लोग मेरी सलामती की फ़िक्र से परेशान हैं।

जहाज़ की दिलचस्पियां

वक़्त गुज़ारने के लिए मुख़्तलिफ़ दिलचस्पियां हैं। यूरोपियन मुसाफ़िरों के कई गिरोह तो दिन-रात ताश खेलते हैं और शराब पीते हैं। बाज़ लोग कैनवस के पानी के तालाब में मछली की तरह पड़े रहते हैं। डेक पर कई क़िस्म के खेल हैं। मगर दोपहर को इतनी गर्मी होती है कि इनकी तरफ़ भी कोई तवज्जह नहीं करता। हिन्दुस्तानी मुसाफ़िर ज़्यादातर गप्प में वक़्त गुज़ारते हैं। मुझे कई साल बाद फ़ुर्सत नसीब हुई है। चन्द किताबें जो साथ लेकर चला था वो ख़त्म करके जहाज़ की लायब्रेरी से फ़ायदा उठा रहा हूं। पर्ल बक (Pearl Buck) के नॉवल, जो चीन के मुताल्लिक़ हैं, पढ़ रहा हूं। यह मुसन्निफ़ा वही मशहूर अमरीकन औरत है जिसको इस साल अदब की ख़िदमत के लिए नोबल इनाम (Nobel Prize) मिला है। उसने अपनी उम्र का काफ़ी हिस्सा अपने शौहर के साथ चीन में गुज़ारा है। अपने नॉवलों में उसने चीन के बदलते हुए समाजी हालात की निहायत दिलचस्प और सच्ची तस्वीर पेश की है। चीन की क़ौमी हुकूमत ने भी उसकी ख़िदमात का ऐतराफ़ किया है। किताबें पढ़ने के अलावा लिखने का भी आजकल बहुत वक़्त मिलता है। दोस्तों और अज़ीज़ों को ख़त लिखे, 'बम्बई क्रॉनिकल' के लिए अपना हफ़्तावार मज़मून तैयार किया। फिर भी दिन काटना मुश्किल मालूम होता है। आख़िर एक नॉवल लिखना शुरू कर दिया है। मालूम नहीं कभी पूरा होगा या नहीं। अगर शंघाई तक बजाय दस दिन के महीने डेढ़ महीने का रास्ता होता तो ज़रूर पूरा हो जाता। जहाज़ पर आकर मालूम होता है कि हम अपनी मामूली ज़िन्दगी में कितना वक़्त रोज़ाना ज़ाया करते हैं। तक़रीबन तीन घंटे तो रोज़ाना मकान से दफ़्तर आने-जाने में बेकार हो जाते हैं और मालूम नहीं कितना वक़्त दोस्तों से गप्प करने में, किसी से मिलने चले गए तो चन्द घंटे उसमें निकल गए। और यहां जहाज़ पर सिवाय केबिन से डेक पर आ जाने के और कोई जगह ही नहीं जहां जा सकें। न यार दोस्त ही हैं, न सिनेमा और थियेटर, न अपोलो बन्दर और चौपाटी और मालाबार हिल।

सिनेमा

मगर नहीं और कुछ हो न हो, सिनेमा तो ज़रूर जहाज़ पर भी मौजूद है। कोलम्बो छोड़ने के तीसरे दिन सैलून में इश्तिहार लग गया कि आज रात को फ़र्स्ट क्लास की

डेक पर फिल्म दिखाई जाएगी। दिन भर इसी उम्मीद में गुज़रा कि तफ़रीह की कोई सूरत तो हुई। खाने के बाद फ़र्स्ट क्लास की डेक पर गए। आज रात पहली बार हमारी और ऊंचे दर्जे वालों की डेक के दर्मियान का दरवाज़ा खुला है। फ़र्स्ट क्लास के शानदार और पुर-तकल्लुफ़ केबिनों में झांकने का मौक़ा मिला। खाने का कमरा, बैठने का कमरा, लायब्रेरी वग़ैरह को देखकर किसी राजा के महल का भ्रम होता है। हम लोगों को सिवाय शीशों में से झांकने के अन्दर जाने की इजाज़त नहीं है। यहां आकर अच्छी तरह से उस नई छूत-छात का पता चलता है, जो पैदाइशी ज़ात-पात के बजाय अमीरी और ग़रीबी पर क़ायम है।

यह सिनेमा का प्रोग्राम काफ़ी लचर साबित हुआ। चार-पांच साल पुरानी फ़िल्म दिखाई गई, मगर यह इत्मीनान था कि पैसे नहीं देने पड़े। इसके अलावा जहाज़ की ज़िन्दगी से सब इस क़द्र उक्ता गए हैं कि अगर इससे भी ख़राब फ़िल्म दिखाई जाती तो वो भी ग़नीमत समझी जाती। यह सिनेमा फ़र्स्ट क्लास की फ़राख़ डेक के एक कोने में क़ायम किया गया था। एक तरफ़ पर्दा लगा हुआ था और उसके आगे सौ सवा सौ कुर्सियां डाल दी थीं। समन्दर पर गहरा अन्धेरा छाया हुआ था और कभी-कभी लहरों के शोर में फ़िल्म के किरदारों की गुफ़्तगू सुनाई नहीं देती थी। मुझे अपने अख़बारी काम के सिलसिले में तक़रीबन हर रोज़ एक फ़िल्म देखना पड़ता है। मगर यह जहाज़ का सिनेमा देखना एक नया और दिलचस्प तजुर्बा था।

उड़ने वाली मछलियां

3 जुलाई – इस माहौल में मामूली सी मामूली तब्दीली भी सनसनीख़ेज़ बन जाती है। आज सुबह हमारे केबिनों की गोल खिड़कियां (porthole) खोल दी गईं। अब समन्दर में तूफ़ान कम हो गया है। ख़ुदा ख़ुदा करके अब चैन से रात को सो सकते हैं। दिन में भी अब केबिन भट्टी की तरह नहीं तपता। आज दिनभर जहाज़ के दोनों तरफ़ समन्दर में उड़ने वाली मछलियां नज़र आती रहीं। मगर उनका उड़ना परिन्दों की तरह नहीं होता। ज़्यादा से ज़्यादा चन्द सेकेण्ड तक ही वो हवा में क़ायम रह सकती हैं। मगर एक जस्त में कई गज़ पार कर जाती हैं। शाम के क़रीब हमारी मुख़ालिफ़ तरफ़ से आता हुआ एक जहाज़ क़रीब से गुज़रा। तमाम मुसाफ़िर डेक पर जमा हो गए।

यह जहाज़ भी उसी कम्पनी का है। इसलिए दोनों के कप्तानों में झंडों के इशारों से बातें हुईं। आज की शाम बहुत पुर-फ़ज़ा थी। रंग-बिरंग के बादल सूरज की आख़िरी किरणों की रोशनी में चमक रहे थे। सूरज जो एक नारंजी गुम्बद के मानिन्द तैर रहा था आख़िरकार ख़ूनीं समन्दर में डूब गया। दूर बहुत दूर अपने वतन हिन्दुस्तान में अब भी दिन की रोशनी होगी। मग़रिब में अभी शफ़क़ की सुर्ख़ी बाक़ी थी। मगर मशरिक़ में जल्द ही अन्धेरा छा गया।

सिंगापुर

4 जुलाई – सुबह आंख खुली तो खिड़की में से सर सब्ज़ ज़मीन नज़र आई। जल्दी नाश्ते से फ़ारिग़ होकर डेक पर गया तो निहायत दिलकश समां नज़र आया। जहाज़ एक तंग आबनाए में से गुज़र रहा था। एक तरफ़ सुमाट्रा का जज़ीरा है और दूसरी तरफ़ ख़ाकनाए [प्रायद्वीप] मलाया। यह महसूस करके कि हम एक ही वक़्त में दो मुख़्तलिफ़ मुल्कों को देख रहे हैं, ऐसा मालूम होता है कि गोया जुग़राफ़िया के नक़्शे में दफ़अतन ज़िन्दगी का रंग भर दिया गया हो। स्कूल में जुग़राफ़िया पढ़ने और नक़्शे देखने के बाद दिल में एक शुब्ह बाक़ी रह जाता है कि शायद यह सब किसी ने ऐसे ही लिख दिया है। अब मालूम होता है गोया पहली बार वाक़ई जुग़राफ़िया पढ़ रहा हूं। न सिर्फ़ जुग़राफ़िया बल्कि तारीख़ और बैनुल-अक़वामी सियासियात। दायें बाज़ू सुमाट्रा के ख़ूबसूरत जज़ीरे पर हालैण्ड का क़ब्ज़ा है, बायीं तरफ़ मलाया बरतानिया की मिल्कियत है। दुनिया की बिसात पर शहंशाहियत के फैले हुए मोहरे।

दोपहर को सख़्त गर्मी रही। नक़्शा देखने से मालूम हुआ कि अब हम ख़ते-इस्तवा [भूमध्यरेखा] के बिल्कुल क़रीब आ गए हैं। खाने के कमरे में एक नक़्शा लगा हुआ है, जिस पर हमारे जहाज़ का रास्ता एक लकीर खींच कर दिखाया गया है। हर रोज़ दोपहर के बारह बजे जहां जहाज़ होता है नक़्शे पर उस जगह एक छोटी सी काग़ज़ की झण्डी लगा दी जाती है। आज जब यह झण्डी लगाई गई तो काफ़ी हुजूम था। ऊपर डेक पर जाकर बाज़ मुसाफ़िर इधर-उधर ग़ौर से देख रहे थे शायद इस उम्मीद में कि समन्दर पर भी ख़ते-इस्तवा नज़र आएगा। सह-पहर के तीन बजे सिंगापुर पहुंच गए।

जंगी जहाज़

सबसे पहली चीज़ जो सिंगापुर की बन्दरगाह में नज़र आई, वो एक ज़बरदस्त बरतानवी जंगी जहाज़ था, जो एक मुहीब देव की तरह लंगर डाले खड़ा था। नक़्शा देखने से फ़ौरन मालूम हो जाएगा कि क्यों बरतानिया ने सिंगापुर में अपने जंगी जहाज़ों का ज़बरदस्त बेड़ा रखा है। मशरिक़ में सिंगापुर बरतानवी बहरी फ़ौज की सबसे बड़ी और अहम छावनी है, क्यों? इसलिए कि सिंगापुर पर चीन, हिन्दुस्तान और आस्ट्रेलिया के रास्ते आकर मिलते हैं। इन दोनों मुल्कों में अपनी हुकूमत और ताजिराना कारोबार की हिफ़ाज़त के लिए ज़रूरी था कि इस मुक़ाम पर क़ब्ज़ा किया जाए। इसी ग़रज़ से 1819 ई. में सिंगापुर को बरतानवी सल्तनत में शामिल कर लिया गया था। इसके बाद जापान की बढ़ती हुई ताक़त को देखते हुए और भी ज़रूरी हुआ कि इस मोर्चे को और मुस्तहकम बनाया जाए। इसीलिए पिछले साल करोड़ों रुपये के ख़र्च से यहां जंगी जहाज़ों की ज़बरदस्त छावनी बनाई गई है, मगर इस छावनी के आसपास जाने की भी इजाज़त नहीं है।

चीन

सिंगापुर में जो घंटे गुज़ारे वो भी यादगार रहेंगे। इसलिए कि चीन का पहला मंज़र इस शहर में देखा। जुग़राफ़िए के लिहाज़ से बेशक सिंगापुर चीन में नहीं बल्कि खाकनाए मलाया में शामिल है। मगर यहां की ज़्यादातर आबादी चीनी है।

लाखों की तादाद में चीनी यहां क्यों आबाद हैं? जब अंग्रेज़ों ने सिंगापुर के क़रीब टीन की खानों को दरियाफ़्त किया तब इन खानों में काम करने के लिए चीनी क़ुलियों को लाया गया। जिन मकानों में यह रहते हैं वो सरमायादारी निज़ाम के ज़ुल्म और नाइन्साफ़ी का सबूत हैं। तंग और तारीक गलियां, उनमें कई-कई मंज़िल के मकान, जिनकी मरम्मत शायद पचास बरस से नहीं हुई। हर मकान में सैकड़ों कोठरियां और हर कोठरी में एक चीनी मज़दूर का ख़ानदान। यहीं इसी तारीकी और गन्दगी में वो पैदा होते हैं, यहीं रहते हैं और यहीं मर जाते हैं। हमारे हिन्दुस्तान में भी मज़दूर जिन मकानों में रहते हैं, वो भी ऐसे ही होते हैं, मगर अपने मुल्क की मुसीबत देखते-देखते आदत हो जाती है। दूसरे मुल्कों में इन हालात को देखकर ज़्यादा एहसास होता है।

हिन्दुस्तानी

अलावा चीनियों के सिंगापुर में बाक़ी आबादी मलाया के बाशिन्दों और हिन्दुस्तानियों की है। मलाया वाले आमतौर से छोटे क़द और गहरे सांवले रंग के होते हैं। इनमें अक्सर मुसलमान हैं, हिन्दुस्तानी ज़्यादातर टीन की खानों या रबड़ के कारख़ानों में मज़दूरी करते हैं। लेकिन थोड़ी सी तादाद सिंधी ताजिरों की भी है, जो सिंगापुर के कारोबार पर काफ़ी हद तक हावी हैं। बाज़ार में बराबर-बराबर तीन दुकानों के बोर्ड 'ली दो एण्ड को, नसीम सालेह, किशन चन्द', चीनी, मलाया और हिन्दुस्तानी ताजिर यही तीन क़ौमें यहां आबाद हैं।

बायकॉट

सिंगापुर पहुंचकर पहली बार चीन और जापान की जंग का पता मिलता है। हर चीनी की सूरत पर अपने वतन की मुसीबत का एहसास नज़र आता है। सैंकड़ों चीनी जो जापान के बमों और गोलों की बदौलत बेघर हो गए हैं, सिंगापुर चले आये हैं और यहां उनके हमवतन उनकी परवरिश करते हैं। हाल ही में अंग्रेज़ हुकूमत ने ऐसे चीनियों का आना बन्द कर दिया है। मगर उनके ख़िलाफ़ सिंगापुर की चीनी आबादी ने ज़बरदस्त एहतिजाज किया है। वतनपरस्ती इसी का नाम है कि गो ख़ुद भूखे मरते हैं और मुसीबत से रहते हैं, मगर अपने हमवतनों की मदद के लिए फिर भी तैयार हैं। मैं एक सिंधी ताजिर की दुकान में बैठा हुआ था कि एक मुतवस्सित दर्जे की चीनी लड़की कपड़ा ख़रीदने आई। दुकानदार से कहा मुझे बहुत सस्ता कपड़ा चाहिए। उसने कई थान सामने रख दिए, मगर यह सब जापानी माल था इसलिए लड़की ने ख़रीदने से इन्कार कर दिया। जब दुकानदार ने कहा कि सस्ता माल तो जापानी ही होगा तो लड़की ने जवाब दिया, 'फिर मैं इस साल कपड़ा ही नहीं बनाऊंगी।'

बाद में दरियाफ़्त करने पर मालूम हुआ कि सिंगापुर की तमाम चीनी आबादी ने जापानी माल का पूरा बायकॉट कर रखा है। हालांकि इस वजह से उन्हें बहुत सी ज़रूरियात से मेहरूम रहना पड़ता है।

चीनी नवाब

कई साल हुए किसी ज़रूरत से मुझे शुमाली हिन्दुस्तान की एक रियासत में जाना हुआ था (रियासत का नाम लेने की ज़रूरत नहीं क्योंकि यह रियासतें सब एक ही तरह की होती हैं)। वहां बाज़ अफ़सरों की मेहरबानी से मुझे नवाब साहब के महल को देखने का मौक़ा मिला था। दौलत और बदमज़ाक़ी का अच्छा ख़ासा नमूना था। हर कमरे में इतनी तस्वीरें लगी हुई थीं कि उनमें से एक को भी देखना मुश्किल था। फ़र्नीचर हर क़िस्म और हर ज़माने का इस तरह भरा हुआ था गोया कबाड़ी की दुकान है। अज़ीमुश्शान मेज़ों पर चांदी के क़लमदान, मगर दवातों में कभी रोशनाई ही न पड़ी थी। हर तरफ़ बे-तरतीबी, लापरवाही और बदमज़ाक़ी। तक़रीबन वही मंज़र सिंगापुर के एक चीनी नवाब के महल में देखा, जो शाम को तमाशाइयों के लिए खुला रहता है। आर्ट और फ़न के सैकड़ों नादिर नमूने थे, मगर सब इस बुरी तरह से खचाखच भरे गए थे कि कमरे गोदाम मालूम होते थे। बाहर शानदार बाग़ था। जिसमें छोटे-छोटे गुड़िया के घर के बराबर मन्दिर, मसनूई पहाड़, नक़ली दरख़्त, जानवरों के बुत, मालूम होता था किसी दीवाने बच्चे के दिमाग़ से इस मकान और बाग़ का नक़्शा निकला है। इस महल पर कहा जाता है कई करोड़ रुपये ख़र्च हुए हैं। अगर इस रुपये का सही मसरफ़ होता तो सिंगापुर के कई लाख चीनी मज़दूरों के लिए माक़ूल मकानों का इन्तिज़ाम हो जाता और वो इन अंधेरी और गन्दी गलियों से निजात पा जाते, जहां वो अब ज़िन्दगी गुज़ारते हैं। सरमायादारी के खेल जो हिन्दुस्तान में हैं वही सिंगापुर में।

हड़ताल

सिंगापुर के अख़बार पढ़ने से मालूम हुआ कि मलाया की अक्सर टीन की खानों में मज़दूरों ने हड़ताल कर दी है। वजह यह है कि उनको मज़दूरी काफ़ी नहीं मिलती और काम करने की शर्तें सख़्त हैं। अफ़सर ज़ुल्म करते हैं। अब तक चीनी मज़दूर यह सब ज़ुल्म सहते आये थे, मगर 'अब बेदार हो रहा है मज़दूर इस सदी का', उन्होंने मालिकों के सामने अपनी मांगें रखीं और जब वो मंज़ूर नहीं हुईं तो हड़ताल कर दी। इस हड़ताल में हिन्दुस्तानी और मलाया मज़दूर भी उनके साथ हैं। इसी सिलसिले में एक और वाक़या मालूम हुआ। चन्द हफ़्ते हुए चीनी मज़दूरों को मालूम हुआ कि

जिस खान में वो काम करते थे वहां से टीन जापान भेजा जा रहा है, हथियार बनाने के लिए। यह सोचकर कि यह वही हथियार हैं, जिनकी मदद से जापान उनके मुल्क पर हमला कर रहा है, उन्होंने काम करने से इन्कार कर दिया। मालिकों ने उनके बजाय हिन्दुस्तानी मज़दूरों को भर्ती कर लिया, इस पर चीनी मज़दूरों के लीडरों ने पंडित जवाहर लाल नेहरू वग़ैरह को हिन्दुस्तान तार दिए। पंडित जवाहर लाल ने फ़ौरन तार के ज़रिए सिंगापुर के बाज़ हिन्दुस्तानियों से कहा कि वो जाकर हिन्दुस्तानी मज़दूरों को समझाएं कि अगर चीनी मज़दूरों ने हड़ताल कर दी है तो उनको भी साथ देना चाहिए क्योंकि इस लड़ाई में हिन्दुस्तान चीन का साथी है। नतीजा यह हुआ कि हिन्दुस्तानी मज़दूरों ने भी काम करने से इन्कार कर दिया। हड़ताल कामयाब हुई और मालिकों को वादा करना पड़ा कि टीन जापान न भेजा जाएगा।

मनहूस सितारा

शाम को जहाज़ पर वापस आने से पहले हम सिंगापुर की हवाई जहाज़ों की छावनी देखने गए। कहा जाता है कि तमाम दुनिया में पेरिस के बाद यह हवाई जहाज़ों का सबसे बड़ा मरकज़ है। पांच-छह मुख़्तलिफ़ हवाई रास्ते यहां मिलते हैं। इसके अलावा बरतानिया की मशरिक़ी सल्तनत के लिए भी सिंगापुर में एक ज़बरदस्त हवाई छावनी की ज़रूरत है। हम अभी यह जगह देख ही रहे थे कि अंधेरा छा गया। छत पर से एक अजीब और दिलचस्प नज़ारा देखा। एक हवाई जहाज़ अपने 'तवेले' से बाहर निकाला गया और एक आदमी उसको उड़ाकर ऊपर ले गया। थोड़ी ही देर में जहाज़ अन्धेरे आसमान में खो गया। आवाज़ भी नहीं सुनाई देती थी। मगर फ़ौरन ही तीन बिजली के हण्डे रोशन हो गए और उनका रुख़ आसमान की तरफ़ कर दिया गया। रोशनी की तीन आंखों ने आसमान को खोजना शुरू किया और जल्द हवाई जहाज़ को ढूंढ निकाला। हज़ारों फ़ुट ऊंचा हवाई जहाज़ ऐसा मालूम होता था गोया एक परवाना रोशनी में आकर फंस गया हो। तब मालूम हुआ कि यह जंग की मश्क़ हो रही है। जहाज़ पर हम वापस आ गए और आहिस्ता-आहिस्ता जहाज़ भी चलने लगा। मगर आसमान में भी यही 'आंख-मिचौली' का खेल जारी था। हवाई जहाज़ एक मनहूस सितारे की तरह सिंगापुर पर मंडरा रहा था।

हाकिमों का पसीना

अगले दिन हम फिर खुले समन्दर में हैं। गर्मी काफ़ी है और तालाब पर हुजूम है। हमारे कमरों की खिड़कियां फिर बन्द कर दी गई हैं क्योंकि समन्दर में बेचैनी के आसार नज़र आते हैं। दिन भर सब लोग डेक पर बैठे रहे। गर्मी की वजह से हिन्दुस्तानी, चीनी, जर्मन और इतालवी मुसाफ़िर नेकर, कुर्ता-पाजामा या इसी क़िस्म के हल्के कपड़े पहने हुए हैं। मगर अंग्रेज़ मुसाफ़िर अब भी कालर, टाई, वास्केट समेत पूरे सूट में नज़र आते हैं। पसीने में सराबोर मगर हुकूमत के दबदबे का इतना ख़याल।

रात को फिर सिनेमा दिखाया गया। इस दफ़ा फिर चार-पांच साल पुरानी अमरीकन फ़िल्म दिखाई गई, जो निहायत ग़ैर दिलचस्प साबित हुई। इसके बाद इटली के मुताल्लिक़ दो छोटी-छोटी फ़िल्म दिखाई गई। एक में वहां के मशहूर मुक़ामात दिखाए गए और दूसरे में इतालवी फ़ौज की परेड दिखाकर हम पर रौब डाला गया।

जहाज़ पर परेड

7 जुलाई, सुबह उठकर नाश्ते के बाद चन्द और मुसाफ़िरों के साथ जहाज़ के दूसरे किनारे तक गया। तीसरे दर्जे की डेक पर देखा कि मुसाफ़िरों के बिस्तर सामान वग़ैरह हटाकर वहां जहाज़ के मल्लाहों और ख़लासियों की फ़ौजी परेड कराई जा रही थी। यही लोग एक दिन मुसोलिनी के बढ़ते हुए इरादों की ख़ातिर अपनी जान देंगे और दूसरों की जान लेंगे।

कल हांगकांग पहुंचने पर जापान जाने वाले सब हिन्दुस्तानी मुसाफ़िर उतर जाएंगे। आज दिन भर गप्प होती रही। सबका इसरार है कि मैं भी उनके साथ हांगकांग उतर कर सीधा जापान चला जाऊं। मगर मैं शंघाई देखने का यह मौक़ा नहीं खोना चाहता हूं। यह सब लोग जो तिजारत पेशा हैं और जिन के सफ़र की वजह फ़क़त कारोबार है मेरे इस शौक़ पर निहायत ताज्जुब करते हैं। वो चाहते हैं कि जितनी जल्द मुम्किन हो सके इस ख़तरे के इलाक़े से निकल जाएं। अगर हालात इजाज़त देते तो मैं शंघाई से भी आगे अन्दरूनी चीन में जाने की कोशिश करता ताकि अपनी आंखों से देखूं कि किस तरह बहादुर चीनी बावजूद हथियारों और फ़ौजी सामान की कमी के जापानी क़ुव्वत का मुक़ाबला कर रहे हैं। मगर जिस इलाक़े में जंग हो रही हो वहां ग़ैर

मुल्कियों को आने-जाने में न सिर्फ़ दिक़्क़त होती है बल्कि ख़र्च भी बहुत ज़्यादा होता है। इसलिए यह इरादा मुल्तवी करना पड़ेगा।

शाम को सेकेण्ड क्लास के हिन्दुस्तानी मुसाफ़िर भी हमारी तरफ़ आ गए और डेक पर जमघट रहा। एक साहब अपना ग्रामोफ़ोन निकाल लाए और देर तक हिन्दुस्तानी गानों के रिकार्ड बजते रहे। सुबह चार बजे हांगकांग पहुंच जाएंगे। इसलिए रात का खाना खाकर सब सवेरे ही सो गए। बाज़ ऐसे भी शौक़ीन मिज़ाज हैं जो अपने कम्बल उठाकर डेक पर आ गए हैं और रात कुर्सियों पर लेट कर गुज़ारेंगे ताकि सबसे पहले हांगकांग पर नज़र डाल सकें।

हांगकांग

8 जुलाई, सुबह के ठीक चार बजे थे जब मेरी आंख खुली। खिड़की में से बाहर झांका तो ऐसा मालूम हुआ जैसे आसमान के तारे ज़मीन के क़रीब आ गए हों। हवास दुरुस्त होने पर याद आया कि यह हांगकांग की रोशनियां हैं। जहाज़ ठहर गया था। फ़क़त सामान उतारने की क्रेन (crane) की घड़घड़ाहट सुनाई दे रही थी। जल्दी-जल्दी कपड़े पहनकर ऊपर डेक पर गया तो बहुत से मुसाफ़िरों को मौजूद पाया। बन्दरगाह की रोशनियों में देखा कि जहाज़ गोदी पर लग गया है। सामान उतारने का इन्तिज़ाम हो रहा था। मज़दूरों के धीमे-धीमे साए हरकत कर रहे थे। समां देखने के क़ाबिल था। मालूम होता था कि शिमला, नैनीताल और मसूरी को समन्दर के किनारे बसा दिया गया है। हांगकांग नीची-नीची पहाड़ियों के सिलसिले पर आबाद है। इसलिए तमाम शहर की रोशनियां एक वक़्त में नज़र आती हैं।

चीन का दरवाज़ा

हांगकांग जनूबी चीन का दरवाज़ा है। यहां पहुंचकर इंसान आप से आप इस ज़बरदस्त मुल्क की तारीख़ और मौजूदा हालात पर ग़ौर करने पर मजबूर होता है। यूरोपियन और अमरीकन तमाम मशरिक़ी क़ौमों की तरह चीनियों को भी ग़ैर-मुहज़्ज़ब समझते हैं। अंग्रेज़ी नॉवलों और अमरीकन फ़िल्मों में आमतौर से चीनियों का किरदार निहायत ख़राब दिखाया जाता है। मगर वो यह भूल जाते हैं कि आज से हज़ारों बरस

पहले जब यूरोप की आबादी खाल लपेटे फिरती थी, चीन तहज़ीब, तमद्दुन आर्ट और अदब का मरकज़ था। मग़रिब वालों को अपनी साइंस की ईजादों पर बड़ा फ़ख़्र है, मगर दरअस्ल इंसानी ज़िन्दगी के लिए जितनी चीज़ें चीन में ईजाद की गई हैं वो किसी और मुल्क में नहीं हुईं। रेशम, लिखने का काग़ज़, सिक्के, सिक्कों के बजाय काग़ज़ के नोट, चाय, आतिशबाज़ी इन सब चीज़ों का इस्तेमाल मग़रिब ने चीन से सीखा। बारूद चीन में फ़क़त तफ़रीह के लिए आतिशबाज़ी बनाने के काम आता था। यूरोप वालों ने उससे बन्दूक़ और तोप और बम जैसे ख़ौफ़नाक हथियार बनाए। चीन की तहज़ीब का मक़सद इंसान की समझ-बूझ को तरक़्क़ी देना और उसकी ज़िन्दगी की मुश्किलों को आसान करना था। और मग़रिबी तहज़ीब का मक़सद? दूसरों को धोखा देकर उन पर नाजायज़ असर डालकर, डराकर, धमकाकर रुपये के ज़ोर से हथियारों के ज़ोर से अपनी दौलत और असर को बढ़ाना। वर्ना क्या वजह है कि दस हज़ार मील के फ़ासले पर बरतानिया ने हांगकांग पर क़ब्ज़ा करना ज़रूरी समझा है। कोलम्बो, सिंगापुर, हांगकांग ग़रज़ जहां भी जाओ वहां बरतानवी शहंशाहियत (साम्राज्य) का हाथ नज़र आता है। हांगकांग पर बरतानवी क़ब्ज़ा दो वजह से ज़रूरी था, अव्वल तो फ़ौजी नुक़्ता-ए-निगाह से कोलम्बो और सिंगापुर की तरह यह मुक़ाम भी हिन्दुस्तान की 'हिफ़ाज़त' के लिए निहायत ज़रूरी है। इसके अलावा जुनूबी चीन पर क़ब्ज़ा करने के लिए हांगकांग इतना ही ज़रूरी था, जितना शंघाई शुमाली चीन में। चीन में जम्हूरियत [लोकतंत्र] क़ायम होने के बाद बरतानिया का सियासी और फ़ौजी असर इस इलाक़े में कम हो गया हो मगर कारोबारी दिलचस्पी बाक़ी है। हांगकांग के दरवाज़े से अंग्रेज़ी कारख़ानों का माल चीन में दाख़िल होता है। हमारे जहाज़ में से भी लाखों का माल बन्दरगाह पर उतारा गया।

जापान का साया

हांगकांग पर बेशक बरतानवी क़ब्ज़ा है। जब जहाज़ से उतर कर शहर की सैर को गया तो हर जगह अंग्रेज़ी दुकानें, अंग्रेज़ी बैंक, अंग्रेज़ी गिरजा और अंग्रेज़ी सिपाही नज़र आये। चीन की क़ौमी हुकूमत पर दबाव डाल कर अंग्रेज़ों ने इस बन्दरगाह पर अपना क़ब्ज़ा क़ायम रखा था। मगर अब जापान का ख़ौफ़नाक साया बढ़ता हुआ आ

रहा है। मैं हांगकांग की एक पहाड़ी की चोटी पर गया। वहां से तमाम शहर नज़र आता है। हांगकांग के दो हिस्से समझने चाहिएं। शहर का ज़्यादातर हिस्सा तो एक जज़ीरे पर आबाद है बम्बई की तरह। इस जज़ीरे और चीन की सरज़मीन के दर्मियान फ़क़त एक मील चौड़ा समन्दर का हिस्सा है। इसलिए शहर का एक हिस्सा दूसरी तरफ़ भी आबाद है, जिसको कावलोन कहते हैं। यहां से रेल की लाइन जुनूबी चीन के सबसे बड़े शहर कैंटन को जाती है, जो तक़रीबन सवा मील के फ़ासले पर है। इस रेलवे लाइन पर जापानी हवाई जहाज़ बराबर गोले बरसाते रहते हैं ताकि चीन की हुकूमत हथियार और दूसरा ज़रूरी सामान हांगकांग के रास्ते से न ला सके। शंघाई ख़त्म होने के बाद अब दूसरे मुल्कों से तिजारती ताल्लुक़ात रखने के लिए हांगकांग ही चीन का सबसे बड़ा दरवाज़ा है। मगर जापानियों की पूरी कोशिश है कि यह रास्ता भी बन्द हो जाए। जिस वक़्त तक जापानी चीनी शहरों पर बम और गोले बरसाते हैं, अंग्रेज़ इत्मीनान से बैठे रहते हैं। मगर उनको यह नहीं मालूम कि अगर जुनूबी चीन पर जापानी क़ब्ज़ा हो गया तो फिर हांगकांग की भी ख़ैर नहीं, क्योंकि एक म्यान में दो तलवारें और एक मुल्क में दो साम्राज्यवादी ताक़तें नहीं रह सकतीं।

जंग की बरसी

जिस दिन हम हांगकांग पहुंचे उससे एक दिन पहले तमाम चीन में मौजूदा जंग की पहली बरसी मनाई गई थी। साल भर हुए इसी तारीख़ को जापानी फ़ौजों ने शुमाली चीन पर क़ब्ज़ा किया था। चीनी क़ौम-परस्तों ने चीन के हर शहर, क़स्बे और गांव में जलसे किए और इस जंग की अहमियत लोगों को समझाई। जापान के ख़ौफ़नाक इरादों से क़ौम को आगाह किया। और हर चीनी मर्द और औरत ने क़सम खाई कि उस वक़्त तक इत्मीनान से न बैठेंगे जब तक जापानी फ़ौज को अपने मुल्क से बिल्कुल न निकाल देंगे। एक हिन्दुस्तानी ताजिर से मालूम हुआ कि हांगकांग वालों में भी यह बरसी बड़े ज़ोर-शोर से मनाई गई थी। अलावा जलसों और जुलूसों के हांगकांग वालों ने हज़ारों रुपये क़ौमी हुकूमत के जंगी फ़ण्ड के लिए जमा किया। आज के अख़बारों में यह ख़बर शाया हुई है कि हमारी हिन्दुस्तान कांग्रेस ने एक तिब्बी मिशन चीन भेजने का फ़ैसला किया है। इस ख़बर पर चीनी अख़बारों और अवाम ने निहायत ख़ुशी का

इज़हार किया और बहुत से चीनी जो मुझे मिले उन्होंने इतनी गर्मजोशी से मेरा शुक्रिया अदा किया गोया यह तिब्बी मिशन मैंने ख़ुद ज़ाती कोशिश से भिजवाया है।

कैंटन पर बम

हांगकांग के शानदार कारोबारी इलाक़े को छोड़कर शहर के अन्दर गलियों कूचों में जाकर चीनी आबादी की मुफ़लिसी का अन्दाज़ा होता है। मज़दूरपेशा चीनी तो पहले भी ग़रीब थे मगर जब से मौजूदा जंग शुरू हुई है अन्दरूने-मुल्क से हज़ारों की तादाद में लोग पनाह लेने के लिए हांगकांग आ गए हैं। इन सबके रहने खाने का इन्तिज़ाम भी हांगकांग के चीनियों ने किया है। इसलिए इनकी इक़्तिसादी हालत पहले से भी ज़्यादा ख़राब हो गई है। सैंकड़ों भीख मांगने पर मजबूर हैं। चन्द रोज़ पहले कैंटन पर बड़ी सख़्त बमबारी हुई थी। उसकी वजह से हज़ारों बेघर हो गए थे। उनमें से काफ़ी तादाद ने अब हांगकांग में पनाह ली है। मैं एक हिन्दुस्तानी ताजिर से मिला जो दो दिन पहले कैंटन से आया था। उससे मालूम हुआ कि कैंटन की चीनी आबादी कितनी बहादुरी से जंग की मुसीबतों का मुक़ाबला कर रही है। हर दूसरे तीसरे रोज़ जापानी हवाई जहाज़ निहत्थे शहरियों पर बम गिराते हैं। मगर फिर भी शहर में किसी क़िस्म की भगदड़ या बद-इन्तिज़ामी नहीं है। हमला ख़त्म होते ही लोग ज़ख़्मियों को हस्पताल ले जाते हैं। और कारोबार फिर उसी तरह शुरू हो जाता है गोया कुछ हुआ ही नहीं।

किश्ती में मकान

हांगकांग की आबादी का काफ़ी हिस्सा ज़मीन पर मकानों में रहने के बजाय किश्तियों में रहता है। ये वो लोग हैं जो बेचारे मकान का किराया अदा नहीं कर सकते। दिनभर वो अपनी किश्तियों में इधर से उधर सामान ढोते फिरते हैं और रात को इन किश्तियों में ही पड़ रहते हैं। इनमें सैकड़ों ऐसे हैं जिन्होंने आज तक एक रात भी ज़मीन पर नहीं गुज़ारी है। मैंने देखा इन किश्तियों को अक्सर औरतें भारी चप्पुओं से खेती हैं। जिस मुल्क में भी जाओ मज़दूरपेशा औरतों को काम में मसरूफ़ पाओगे। इन बेचारियों को न श्रृंगार करने की फ़ुर्सत है और न पर्दे और बुर्क़े के तकल्लुफ़ात की।

हांगकांग में यह देखकर भी ताज्जुब हुआ कि अख़बार आमतौर से औरतें बेचती हैं।

चीनी हमला

अपने हिन्दुस्तानी साथियों से रुख़्सत होकर (जो दूसरे जहाज़ से जापान जाएंगे) शाम को जहाज़ पर वापस आया तो देखा कि सैकड़ों की तादाद में चीनी मुसाफ़िर आ गए हैं। ये सब लोग हांगकांग से शंघाई जा रहे हैं यानी कारोबार के सिलसिले में सफ़र कर रहे हैं। मगर ज़्यादातर वो हैं, जो कैंटन या किसी और अन्दरूनी शहर से हिजरत करके शंघाई तलाशे-मआश के सिलसिले में जा रहे हैं। इन में से अक्सर मौजूदा जंग के शिकार हैं। किसी का अज़ीज़ जापानी बम का निशाना बना है, किसी का मकान तबाह हो गया है। मगर फिर भी मैंने इनको निहायत हंसमुख पाया। वो अपनी मुसीबतों का ऐलान नहीं करते। मेरे कमरे में तीन चीनी मुसाफ़िर आ गए हैं। इनमें से एक अंग्रेज़ी बोलता है। इसलिए सबसे गुफ़्तगू हो सकती है। यह नौजवान कुआंगसी यूनिवर्सिटी में ज़राअत का प्रोफ़ेसर है और छुट्टियों में अपने अज़ीज़ों से मिलने शंघाई जा रहा है। एक और ताजिर से मुलाक़ात हुई जो शंघाई का रहने वाला है और हांगकांग कारोबार के सिलसिले में आया था। बात करने पर मालूम हुआ कि शंघाई में उसका सिगरेटों का एक कारख़ाना था जो जापानी हवाई जहाज़ों का शिकार हो गया। कहने लगा, 'लाखों सिगरेट थी, जापानी हवाई जहाज़ ने एक बम छोड़ा, सब एक साथ ही जलने लगीं।' और यह कहकर ख़ूब हंसा। यह है वो स्पिरिटजिसके मुक़ाबले में जापान की फ़ौजें बेकार हैं। क़ौम की ख़ातिर ज़ाती नुक़सान की परवाह न करना और मुसीबत की हालत में भी हंसमुख रहना हमें इन चीनियों से सीखना चाहिए। मुझे यह देखकर भी ख़ुशी हुई कि आम हिन्दुस्तानियों की तरह ये चीनी यूरोपियन लोगों से ज़रा नहीं दबते। तमाम जहाज़ पर चीनियों का क़ब्ज़ा है। यूरोपियन मुसाफ़िरों को बैठने के लिए कुर्सी भी नहीं मिलती। अंग्रेज़ तो गुस्से के मारे लाल-पीले हो रहे हैं। उनका बस चले तो सब चीनियों को निकाल बाहर करें। मगर न यह हिन्दुस्तान है और न ये चीनी हमारी तरह महकूम हैं। बावजूद अज़हद ख़ुददारी के सब चीनी निहायत बा-अख़लाक़ और तमीज़दार हैं। बात-बात पर शुक्रिया अदा करते हैं और झुककर सलाम करते हैं। रात के खाने पर एक बड़े मियां और उनका पांच-छह बरस का पोता मेरी मेज़ पर थे।

मैंने अपने हाथ से उन दोनों को खाना निकालकर दिया। और बच्चे के लिए एक ऊंची कुर्सी मंगवाकर रखवा दी तो बड़े मियां इस क़द्र ख़ुश हुए कि कुछ हद नहीं और इशारों से मेरा इतना शुक्रिया अदा किया कि मैं परेशान हो गया।

गांवों में यूनिवर्सिटियां

9 जुलाई – आज हम फिर खुले समन्दर में हैं, मगर साहिल से दूर नहीं हैं। दिनभर चीनी प्रोफ़ेसर से बातें होती रहीं। चीन की मौजूदा हालत, जंग के इम्कानात, चीन और हिन्दुस्तान के ताल्लुक़ात, बैनुल-अक़वामी सियासत, ग़रज़ हर मौज़ू पर गुफ़्तगू हुई। इन प्रोफ़ेसर की यूनिवर्सिटी अन्दरूने-मुल्क में है। जंग के इलाक़े से दूर मगर इससे यह मालूम होकर निहायत ताज्जुब हुआ कि शंघाई की तमाम चीनी यूनिवर्सिटियां जो जापानी क़ब्ज़े के बाद बन्द हो गई थी, अब अन्दरूने-मुल्क में फिर खोल दी गई हैं। हज़ारों की तादाद में इन यूनिवर्सिटियों के तालिबे-इल्म पैदल चलकर अपने-अपने ठिकानों पर पहुंच गए हैं और पढ़ाई फिर बाक़ायदा शुरू हो गई है। क्योंकि चीन की क़ौमी हुकूमत का ख़याल है कि जंग की वजह से उन्हें अपना तालीमी प्रोग्राम नहीं रोकना चाहिए। कमाल तो यह है कि अब पहले से कहीं ज़्यादा तालिबे-इल्मों की तादाद इन यूनिवर्सिटियों में पढ़ रही है। इसकी वजह यह है कि जंग से पहले यूनिवर्सिटियां और कॉलेज ज़्यादातर साहिल के बड़े शहरों शंघाई पेकिंग (बीजिंग)वग़ैरह में थीं। मगर अब वो अन्दरूने-मुल्क के क़स्बों में खोली गई हैं, जहां दूर-दूर से तालिबे-इल्म पढ़ने आते हैं। प्रोफ़ेसर का ख़याल है कि जंग की वजह से चीन में तालीम बहुत फैल गई है। क्योंकि अब ऐसे ऐसे क़स्बों में कॉलेज खुल गए हैं, जहां पहले स्कूल भी न थे।

ज़राअत

हिन्दुस्तान की तरह चीन का असल मसअला भी ज़राअती तरक़्क़ी है। इसके मुताल्लिक़ प्रोफ़ेसर से मालूम हुआ कि चीन की हुकूमत मुद्दत से ख़ास कोशिश कर रही है। तालिबे-इल्मों को मौजूदा ज़राअती तरीक़े सीखने के लिए अमरीका, रूस, हालैंड वग़ैरह भेजा जाता है ताकि वापस आकर वो चीन में भी ज़राअत की हालत बेहतर

बना सकें। मवेशियों को पालने और उनकी नस्ल को बेहतर बनाने के लिए भी काफ़ी कोशिश की जा रही है। इस लिहाज़ से हिन्दुस्तान चीन से ज़्यादा ख़ुशक़िस्मत है। हमारे यहां हर क़िस्म के मवेशी कसरत से पाए जाते हैं। मगर चीन में मवेशियों की कमी है। यह चीन की हुकूमत की क़ौम-परस्ती का सबूत है कि बावजूद जंग के वो तालीम और इक़्तिसादी तरक़्क़ी के लिए मुख़्तलिफ़ ज़राए इख़्तियार कर रही है।

फ़तह किस की होगी?

चीनी प्रोफ़ेसर से बातों के दौरान में मैंने यह भी पूछा कि उसकी राय में क्या चीन बावजूद अपनी फ़ौजी कमज़ोरी के मुद्दत तक जापान का मुक़ाबला कर सकेगा। प्रोफ़ेसर का ख़याल है कि जापान बाज़ बड़े-बड़े शहरों पर क़ब्ज़ा कर सकता है, लेकिन आख़िरकार जापानी फ़ौजों को नाकामी का मुंह देखना होगा। इसकी कई वजूहात प्रोफ़ेसर ने बयान कीं।

1. जापान की समन्दरी फ़ौज बहुत ज़बरदस्त है, लेकिन चीन के पास उसका मुक़ाबला करने के लिए कोई जंगी जहाज़ नहीं है। इसलिए साहिल पर और बड़े-बड़े दरियाओं के किनारे जहां तक जंगी जहाज़ जा सकते हैं जापानी फ़ौजें शहर फ़तह कर सकती हैं। लेकिन अन्दरूने-मुल्क में ख़ुसूसन पहाड़ी इलाक़ों में जंगी जहाज़ बल्कि हवाई जहाज़ और भारी जंगी मशीनें टैंक वग़ैरह बेकार हैं।
2. अपनी फ़ौजी कमज़ोरी को देखते हुए चीनी हुकूमत ने तय कर लिया है कि उसकी फ़ौजें ख़्वाह-मख़्वाह दुश्मन का मुक़ाबला करके अपना नुक़सान न करेंगी। अगर किसी बड़े शहर पर जापानी क़ब्ज़ा होने का ख़दशा होता है तो वो शहर ख़ाली कर देते हैं। तमाम आबादी अन्दरूने-मुल्क में चली जाती है ताकि जब 'फ़तहयाब' जापानी फ़ौजें दाख़िल हों तो उनको सिवाय खण्डहरों के और कुछ न मिले। यही वजह है कि जिस इलाक़े पर जापानियों का क़ब्ज़ा है, उसकी आबादी बहुत ही कम है। जापान के बादशाह को चीनी वीरानों का शहंशाह कहा जा सकता है।
3. जिन इलाक़ों पर जापान ने अपना क़ब्ज़ा करके फ़ौजें ठहरा दी हैं, वहां

भी उनको अमन नसीब नहीं है। चीनी क़ौम-परस्तों के 'बेक़ायदा' जंगी दस्ते शबख़ून मारकर उनको बराबर तंग करते रहते हैं। इस तरह हज़ारों जापानी सिपाही मारे जा रहे हैं।

4. मुद्दत से चीनी मुसीबत सहने के आदी हो चुके हैं। क़हत, सैलाब, टिड्डी, वबा ग़रज़ क़ुदरत के तमाम मज़ालिम वो झेल चुके हैं। इसलिए और लोगों के मुक़ाबले में वो मौजूदा जंग की मुसीबतों को आसानी से झेल सकते हैं। इसके अलावा चीन के ज़बरदस्त रक़्बे और पचास करोड़ की आबादी को फ़तह करना जापान के लिए आसान काम नहीं है।

5. मगर इस सिलसिले में सबसे अहम बात यह है कि तारीख़ में पहली बार तमाम चीनी क़ौम पूरी तरह मुत्तहिद है। इससे पहले जापान ने अक्सर आपस के लड़ाई–झगड़ों से फ़ायदा उठाया है। मगर अब ऐसा मुम्किन नहीं। शुमाल और जुनूब के आपस के इख़्तिलाफ़ात मिट गए हैं। कई साल से हुकूमत और कम्युनिस्टों में जो जंग जारी थी, वो अब ख़त्म हो गई है और जापान के ख़िलाफ़ हुकूमत और कम्युनिस्टों ने मुत्तहिदा मोर्चा क़ायम किया है। जब तक चीन में यह इत्तिहाद रहेगा जापान कामयाब नहीं हो सकता।

शंघाई

10 जुलाई, आसमान पर गदले बादल, समन्दर का पानी भी गदले रंग का। यह यंगसी और वांगपू दरियाओं का मुत्तहिदा डेल्टा है। समन्दर को छोड़कर अब हम दरिया में जा रहे हैं। पानी का मुख़ालिफ़ बहाव तेज़ है। जहाज़ च्यूंटी की रफ़्तार से चल रहा है। तमाम मुसाफ़िर डेक पर खड़े हुए हैं। मगर आज सुबह से चीनी मुसाफ़िर ख़ामोश नज़र आते हैं। टकटकी बांधे किनारे को देख रहे हैं, जहां दूर तक कोई आबादी के आसार नहीं हैं। मगर वो कैसा शहर है? 'इसका नाम वूसंग था।' था? क्या मानी? क़रीब आने पर 'था' का मतलब समझ में आता है। मीलों तक खण्डहर चले गए हैं। यह शंघाई के नवाह में एक रौनक़दार शहर था। अब हम वूसंग के बिल्कुल बराबर से गुज़र रहे हैं। इन खण्डहरों को देखकर मुश्किल से यक़ीन होता है कि अब से चन्द महीने पहले यहां हज़ारों इंसान रहते थे। हर तरफ़ वीरानी ही वीरानी, एक

मुसाफ़िर मुझे बताता जा रहा है, यह कॉलेज था। यह थियेटर हॉल था, यह हस्पताल था। यह कपड़े का कारख़ाना था। ये रहने के मकान थे। ये बच्चों का मदरसा था। और अब? एक खण्डहर पर जापानी झण्डा लहरा रहा है। और दुनिया को बता रहा है कि ये सब किसका कारनामा है। चीनी मुसाफ़िर इतनी मतानत और ख़ामोशी से देख रहे हैं। इनके सब्र पर हैरत होती है ... अब हम वांगपू दरिया में हैं। थोड़ी-थोड़ी दूर पर जापानी जंगी जहाज़ खड़े नज़र आते हैं। वूसंग के खण्डहर और ये जंगी जहाज़, नतीजा और सबब, यह देखकर महसूस होता है कि इस डेक पर से खड़े हुए हम तारीख़ का एक ख़ूनी बाब लिखा हुआ देख रहे हैं। दरिया में एक मोड़ आता है। जहाज़ आहिस्ता-आहिस्ता रुख़ बदलता है और अक्सर मुसाफ़िरों की ज़बान से बे-साख़्ता निकल जाता है, 'शंघाई!'

रिक्शा

शिमला और नैनीताल में सरकारी अफ़सरों, मसूरी में ज़मींदारों और ताल्लुक़ेदारों और कलकत्ता में मोटे-मोटे साहूकारों को रिक्शा में जाते देखकर हमेशा ग़ुस्सा आया है। एक इंसान दूसरे इंसान का बोझ उठाए या घसीटे यह कहां का इंसाफ़ है? मगर यह नहीं मालूम था कि एक रोज़ मुझे भी इस मनहूस सवारी में बैठना पड़ेगा। शंघाई के बन्दरगाह पर उतर कर सामान अमरीकन एक्सप्रेस कम्पनी के आदमी के सुपुर्द किया कि कस्टम का मुआयना कराकर लाए और ख़ुद बाहर निकला। अब क्या देखता हूं कि सिवाय रिक्शाओं के कोई सवारी ही नहीं है। न मोटर, न घोड़ा गाड़ी, न बस, न ट्राम। दूर फ़ासले पर ट्राम जाती नज़र आई। मगर ग़ैर शहर में बग़ैर ज़बान जाने हुए अपने ठिकाने पर कैसे पहुंच सकता हूं? यह सब सोच ही रहा था कि रिक्शा वालों ने आ घेरा। और एक-दो ने तो मुझे अपनी तरफ़ खींचना शुरू किया। अब वो चीनी में कुछ कह रहे हैं और मैं समझ ही नहीं रहा हूं। तंग आकर मैंने कहा 'वाई.एम.सी.ए.' (YMCA), जहां मुझे ठहरना था। यह कहना ही था कि 'पा-बा-दस्त दिगरे, दस्त-बा-दस्त दिगरे' वाला मामला हुआ। और आंख खुली तो मैं और रिक्शा है कि उड़ा चला जा रहा है। अव्वल तो इस नामाक़ूल सवारी से उम्र भर की नफ़रत और फिर यूं ज़बरदस्ती लाद दिया जाना। फिर रिक्शा वाला इतना तेज़ जा रहा था कि टोपी उड़

जाने का ख़याल और हर क़दम पर दूसरी सवारियों से टक्कर खाने का डर। रास्ते भर यह मालूम हुआ कि हर शख़्स मेरी हालत पर हंस रहा है। किसी न किसी तरह वाई. एम.सी.ए. पहुंचे। चौदह मंज़िल की शानदार इमारत। सामने ही घुड़दौड़ का मैदान। मैंने सोचा जगह तो अच्छी है। अन्दर जाकर मुसाफ़िरी चैक भुनाया और पूछा कि रिक्शा वाले को क्या दिया जाए। मालूम हुआ कि दस सेंट (यानी हिन्दुस्तानी सिक्के में तक़रीबन एक आना) यानी दो तीन मील तक मुझे घसीट कर लाने की मज़दूरी चार पैसे। अपनी ज़ात से नफ़रत होने लगी और सोचने लगा कि अगर मैं रिक्शा वाला होता और मुझे इतनी मेहनत के चार पैसे मिलते तो कैसा महसूस होता। मगर मौजूदा इक़्तिसादी निज़ाम में एहसास कहां। मुफ़लिस की मुफ़लिसी से सब फ़ायदा उठाते हैं। रिक्शा वाला ग़रीब इतनी कम मज़दूरी पर काम करने के लिए मजबूर है, वर्ना बेकारी और फ़ाक़े की नौबत आ जाएगी।

मगर मज़दूरी का सवाल छोड़कर भी यह सवारी निहायत वहशियाना है, शिमला वग़ैरह के रिक्शा-क़ुलियों की औसत उम्र पच्चीस-तीस साल से ज़्यादा नहीं होती। चीन में तो और भी कम होगी। क्योंकि यहां लोगों के क़ुवा इतने मज़बूत नहीं होते और मज़दूरी भी इतनी कम है कि उसमें पेट भरने को भी काफ़ी नहीं मिलता।

साझे की हण्डिया

11 जुलाई, यह शंघाई भी दुनिया का सबसे अजीबो-ग़रीब शहर है। और सबसे अजीब चीज़ इस शहर की हुकूमत है। मौजूदा लड़ाई शुरू होने से पहले शंघाई शहर के तीन हिस्से थे। अव्वल तो चीनी हिस्सा, जो बज़ाते-ख़ुद एक बहुत बड़ा शहर था। यह हिस्सा जम्हूरी चीन के इलाक़े में था। अब इस पर जापानी क़ब्ज़ा है। मगर फ़क़त खण्डहर ही खण्डहर हैं। आबादी नाम को नहीं। तमाम बाशिन्दे जापानियों का क़ब्ज़ा होने से पहले शहर छोड़ चुके हैं। दूसरा शंघाई वो है, जो बैनुल-अक़वामी इलाक़ा (International Settlement) कहलाता है। जब चीन में क़ौमी जम्हूरियत [लोकतंत्र] क़ायम हुई और ग़ैर-मुल्की ताक़तों इंग्लिस्तान, फ्रांस, अमरीका वग़ैरह को अपना बोरिया-बिस्तर समेटना पड़ा तो तिजारत की ग़रज़ से बाज़ बन्दरगाहों को बैनुल-अक़वामी मिल्कियत क़रार दे दिया गया। इन में से एक शंघाई भी है। इस

शहर को साझे की हण्डिया समझना चाहिए। इस पर बरतानिया, अमरीका, चीन और जापान सबका मुश्तरका क़ब्ज़ा है। इसकी हिफ़ाज़त की ज़िम्मेदारी ज़्यादातर बरतानवी और अमरीकन फ़ौज पर है। अंग्रेज़ी फ़ौज में बहुत से सिख और पठान भी हैं, जो हिन्दुस्तान से लाए गए हैं, साम्राज्यवादी शतरंज के चार मोहरे। इसी इलाक़े के एक हिस्से की ज़िम्मेदारी जापानी फ़ौज पर रखी गई थी। जब जंग शुरू हुई तो जापानियों ने बिला-तकल्लुफ़ इस पर अपना पूरा क़ब्ज़ा कर लिया और दूसरे साझीदार देखते ही रह गए। बैनुल-अक़वामी इलाक़े के अलावा शंघाई का एक हिस्सा बिला-शिरकते-ग़ैरे फ्रांस की मिल्कियत भी है। इसको फ्रांसीसी इजारा (French Concession) कहते हैं। एक मुआहिदे की रौ से चीनी हुकूमत ने यह हिस्सा फ्रांस को दे दिया था। शहर के इन मुख़्तलिफ़ हिस्सों के दर्मियान कोई ज़्यादा फ़ासला नहीं है। चीनी शहर और बैनुल-अक़वामी इलाक़े के दर्मियान फ़क़त कांटेदार तारों का एक जंगला लगा हुआ है। इसके एक तरफ़ अंग्रेज़ और सिख सिपाही पहरा देते हैं और दूसरी तरफ़ जापानी। जहां तक नज़र जाती है, खण्डहर ही खण्डहर नज़र आते हैं, जिनमें सबसे नुमायां शंघाई, नेन्किंग रेलवे का स्टेशन है, जो कभी तमाम मशरिक़ में रेलों का सबसे बड़ा मरकज़ था। इस तमाम इलाक़े पर जापानी हवाई जहाज़ों ने बम फेंके थे। निशाना कभी-कभी ख़ता भी हो जाता है। इसलिए कोई ताज्जुब की बात नहीं कि बैनुल-अक़वामी इलाक़े की सरहद पर भी बहुत से मकानों के खण्डहर नज़र आते हैं। और न सिर्फ़ सरहद पर बल्कि शहर के बीच में भी बाज़ औक़ात गोले और बम आकर गिरे हैं। जब अंग्रेज़ों और अमरीकनों के शिकवे शिकायत के जवाब में जापानी हुकूमत ने मुस्कराकर माफ़ी मांग ली। बैनुल-अक़वामी और फ्रांसीसी इलाक़ों के दर्मियान फ़क़त एक सड़क हायल है।

पचमेल आबादी

जिस शहर पर पांच मुख़्तलिफ़ हुकूमतों (बरतानिया, अमरीका, फ्रांस, जापान और चीन) का क़ब्ज़ा होगा, उसकी अजीबो-ग़रीब आबादी का भी अन्दाज़ा लगाया जा सकता है। अलावा पांच क़ौमों के बाशिन्दों के शंघाई में भगोड़े रूसी भी बहुत से आबाद हैं। ये वो लोग हैं, जो रूस में ज़ार की हुकूमत ख़त्म होने पर अपने मुल्क से

भाग आये। इनमें से ज़्यादातर पुराने रूसी रईसों, मालदारों और ताजिरों की औलाद हैं। जिनको मज़दूरों के राज में रहना गवारा नहीं था। मगर ये गवारा है कि उनकी औरतें शंघाई के गली-कूचों में हुस्न-फ़रोशी करें और वे ख़ुद मुख़्तलिफ़ क़ौमों के लिए मुख़बिरी करते फिरें। मंचूरिया, कोरिया और चीन के दूसरे इलाक़ों से भी, जिन पर जापानी क़ब्ज़ा हो गया था, हज़ारों की तादाद में लोग पनाह ढूंढने आ गए हैं। मुद्दत से चीन मग़रिबी साम्राज्य और कारोबार का अखाड़ा बना हुआ है। मुल्क की ग़ैर-साकिन हालत को देखकर यूरोप के कोने-कोने से हर क़िस्म के लोग पैसा बनाने की ग़रज़ से आ गए हैं। इनमें सौदागर भी हैं और बदमाश भी। सीधी तरह क़ानून की हद में रहकर इतना रुपया नहीं कमाया जा सकता, जितना ख़िलाफ़े-क़ानून तरीक़ों से। इसलिए शंघाई में ऐसे लखपतियों की कमी नहीं, जिनकी दौलत चोरी के सामान, अफ़ीम, कोकीन, शराब और हथियारों की नाजायज़ तिजारत से जमा हुई है। जहां तक मुम्किन होता है, सरमायादारी क़ानूनी रास्तों पर चलती है, मगर ख़िलाफ़े-क़ानून ज़राए से भी दौलत जमा करने में इसको आर नहीं है। शंघाई के बैनुल-अक़वामी सरमायेदार हर उस जिन्स की तिजारत करने के लिए तैयार हैं, जिसमें काफ़ी मुनाफ़ा हो, ख़्वाह वो जिन्स इंसान ही क्यों न हो! अगर किसी यूरोपियन कम्पनी को चीन या मलाया में खानें खोदने के लिए दस हज़ार मज़दूर दरकार हैं या शंघाई के किसी क़हवाख़ाने को पचास लड़कियां चाहिएं तो वो ये काम भी कर सकते हैं ... अगर मुनाफ़ा काफ़ी मिले। हर उस शहर की तरह, जहां मिली-जुली आबादी होती है और बाशिन्दों की काफ़ी तादाद नाजायज़ ज़राए से दौलत कमाती है, शंघाई में भी गुनाह का बाज़ार गर्म है। मगर सियासत और इक़्तिसादी हालात को यहां भी दख़ल है। मंचूरिया, कोरिया और अन्दरूनी चीन से हज़ारों की तादाद में चीनी लड़कियां बेकसी और लाचारगी की हालत में शंघाई आती हैं। इनके मां-बाप, भाई या शौहर जापानी साम्राज्य के बमों का शिकार हो चुके हैं। इस हालत में कोई ताज्जुब नहीं कि वो उन ख़ूंख़्वार इंसानी भेड़ियों के क़रीब आ जाती हैं, जो चन्द डालर की ख़ातिर इन लड़कियों को बेच डालते हैं। जापान ने जो ज़ुल्म चीन पर ढाए हैं, उनमें से यह भी निहायत संगीन है।

नाचघर

शंघाई में न सिर्फ़ पचमेल आबादी है, बल्कि यहां की फ़ज़ा में एक बेचैनी और बद-अमनी है। किसी चीज़ को सुकून मयस्सर नहीं। कल क्या होगा? किसी को नहीं मालूम। जापान का ख़ौफ़नाक साया तमाम मुल्क पर फैलता जा रहा है। लावारिसों, यतीमों, बेघरों की तादाद बढ़ रही है। बैनुल-अक़्वामी इलाक़े में भी जापानी दस्त-दराज़ी शुरू हो गई है। ऐसी हालत में ज़हनी बेचैनी और अख़लाक़ी बेक़ायदगी क़ुदरती हैं। जंग और इसी क़िस्म के ख़ौफ़नाक मौक़ों पर ज़िन्दगी और इसकी दिलचस्पियों के लिए इंसान की ख़्वाहिश बहुत बढ़ जाती है। सुना गया है कि 1914 की जंग के दौरान लंदन और पेरिस सिनेमा, थियेटर, नाचघर, शराबख़ाने वग़ैरह हमेशा सिपाहियों से भरे रहते थे, जो अपने-अपने मोर्चों से छुट्टी लेकर आये होते थे। यही हाल शंघाई का है। रात को तमाम तमाशों के मुक़ाम खचाखच भरे रहते हैं। मैंने चन्द नाचघर जाकर देखे। यहां मग़रिबी वज़ा का नाच होता है। नाचने वालों में ज़्यादातर तादाद चीनियों की थी। थोड़ी सी तादाद यूरोपियन लिबास पहने हुए थी। मगर ज़्यादातर का लिबास एक गलाबन्द लम्बा रेशमी कोट था, जो मुतवस्सित दर्जे के चीनी आमतौर से पहनते हैं। पचास के क़रीब हसीन और नौजवान चीनी लड़कियां कुर्सियों पर कमरे के गिर्द बैठी थीं। ये पेशेवर नाचने वालियां (Taxi Dancers) हैं। इनमें से किसी के साथ एक बार नाचने का टिकट दस सेंट (तक़रीबन चार आने) में मिलता है। इसमें से उस लड़की को फ़क़त डेढ़ आना फ़ी नाच मिलता है। बाक़ी सरमायादारी के उसूल के मातहत इस नाचघर का मालिक रख लेता है। अच्छी नाचने वाली लड़कियां दो-ढाई रुपये रोज़ कमा लेती हैं। ये लड़कियां सिर्फ़ नाचती हैं, पेशेवर कस्बियां नहीं हैं। इनमें से अक्सर अच्छे मुअज़्ज़िज़ मुतवस्सित दर्जे के ख़ानदानों की हैं, जो इक़्तिसादी मुश्किलात से मजबूर होकर यह पेशा इख़्तियार करने पर मजबूर हो गई हैं। क्योंकि मुझे नाचना नहीं था, इसलिए मैं एक चीनी दोस्त के साथ एक कोने की मेज़ पर बैठकर चाय पीता रहा। इस दोस्त के ज़रिए से मैंने दो-तीन लड़कियों से बातें कीं और चन्द सवालात पूछे। अपना हाल बताते हुए एक लड़की की आंखों में आंसू भर आये। वह एक मुअज़्ज़िज़ ताजिर की लड़की थी और जंग शुरू होने से पहले एक स्कूल में पढ़ती थी। जंग के पहले महीने में उसका बाप, भाई और तमाम ख़ानदान जापानी बमों का शिकार हो गये

और हज़ारों बेघरों लावारिसों के साथ उसको भी बैनुल-अक़वामी इलाक़े में पनाह लेनी पड़ी। 'मेरे सामने दो ही सूरतें थी', उसने अपने आंसुओं पर क़ाबू पाते हुए टूटी-फूटी हुई अंग्रेज़ी में कहा, 'अपने जिस्म की तिजारत या इस नाचघर की मुलाज़मत। और इस जगह इतनी भीड़ और शोर में कम अज़ कम थोड़ी देर के लिए मैं अपनी मुसीबतों को भूल सकती हूं।' इतने में दो जापानी सिपाही शोर मचाते निहायत बदतमीज़ी से दाख़िल हुए। उस लड़की ने जिस निगाह से उनकी तरफ़ देखा, उसमें ग़ुस्सा, नफ़रत, हिक़ारत और इन्तिक़ाम का जज़्बा सब ही कुछ था।

चीनी मुसलमान

शंघाई में चार दिन में मैंने चीन की मौजूदा हालत के मुताल्लिक़ बहुत कुछ सीखा। अलावा और लोगों के मैं कई अंग्रेज़ और अमरीकन अख़बार वालों से मिला जो शुरू जंग से चीन की मौजूदा हालत का मुतालेआ कर रहे हैं। इन सब की यही राय है कि तमाम चीन को फ़तह करना जापान के लिए तक़रीबन नामुम्किन है। यह सच है कि अपने जंगी और हवाई जहाज़ों के ज़ोर से जापानियों ने तक़रीबन एक तिहाई मुल्क पर क़ब्ज़ा कर लिया है। मगर इस इलाक़े में भी चीनियों के बेक़ायदा सिपाहियों ने शबख़ून मारकर जापानी फ़ौज का नाक में दम कर रखा है। ख़ुद शंघाई के इर्द-गिर्द, जहां जापानी क़ब्ज़ा हुए एक साल हो चुका है, जापानी फ़ौजों को अमन नसीब नहीं है। रोज़ रात को मशीनगनों और राइफ़लों की आवाज़ सुनाई देती है। जापानियों ने कई बार कोशिश की है कि अपने नामज़द ग़द्दार चीनियों की एक हुकूमत इस इलाक़े पर क़ायम करें। मगर हर दफ़ा इन क़ौम फ़रोशों को अपनी जान से हाथ धोना पड़ा। इसके अलावा जापानी मक़बूज़ा इलाक़े में कोई आबादी ही नहीं है जिस पर वो हुकूमत करें। ग़रीब चीनी किसान जिनकी उम्र मुसीबत झेलते गुज़री है, जापानी क़ब्ज़ा होने से पहले ही अपना हल कंधे पर रख बीवी–बच्चों को एक गाड़ी पर लाद अन्दरूने-मुल्क में चले जाते हैं... शंघाई में मुझे पहली बार मालूम हुआ कि चीन में मुसलमानों की इतनी बड़ी तादाद है। चन्द दोस्तों ने मेरी दावत एक होटल में की, जो एक चीनी मुसलमान की मिल्कियत है। यहां यह देखकर मुझे निहायत ताज्जुब हुआ कि चीनी मुसलमान भी शराब पीते हैं। मगर दरियाफ़्त करने पर मालूम हुआ कि और लिहाज़ से वो अपने

मज़हब के काफ़ी पाबन्द हैं। जम्हूरी चीन में उनको पूरी मज़हबी आज़ादी और शहरी हुक़ूक़ हासिल हैं। मौजूदा जंग शुरू होने पर जापानियों ने पूरी-पूरी कोशिश की कि चीनी मुसलमानों को बरग़लाकर अपनी तरफ़ तोड़ लें। मगर उनकी यह चाल कामयाब न हुई। चीनी मुसलमान सब क़ौम-परस्त हैं और मौजूदा जंग में हर तरह से जापानी हमले को रोकने के लिए क़ौमी फ़ौजों के साथ हैं। जनरल उमर जो एक मुअज़्ज़िज़ मुसलमान हैं, जनरल च्यांग काई शेक के दस्ते-रास्त समझे जाते हैं। लिबास, ज़बान, तर्ज़े-रिहाइश हर लिहाज़ से चीनी मुसलमानों और दूसरे चीनियों में कोई फ़र्क़ नहीं है। जब तक आप ख़ास तौर से यह सवाल न करें किसी चीनी के मुताल्लिक़ यह कहना नामुम्किन है कि उसका मज़हब क्या है। आपस में शादियां भी होती रहती हैं। मेरे एक चीनी दोस्त ने बताया कि वह ख़ुद ईसाई है। उसका बाप बौद्ध मज़हब का पैरोकार, उसका भाई ला-मज़हब और उसकी ईसाई बहन ने एक मुसलमान से शादी की है। बावजूद इसके वे सब एक ही मकान में रहते हैं। और साथ खाते-पीते हैं। और मुल्क की ख़ातिर बराबर क़ुर्बानियां करने को तैयार हैं। काश मैं उसको हिन्दुस्तान के मुताल्लिक़ बता सकता कि हमारे यहां भी इतना ज़बरदस्त इत्तिहाद है।

आज़ाद औरतें

शंघाई में मैं जिन लोगों से मिला, उनमें मिस्टर और मिसेज़ चाऊ (Chow) क़ाबिले-ज़िक्र हैं। ये दोनों नौजवान मियां-बीवी अख़बार-नवीस हैं। मिस्टर चाऊ एक अंग्रेज़ी अख़बार के असिस्टेंट एडिटर हैं और चीनी सियासी मसाइल पर मज़मून लिखते हैं। मिसेज़ चाऊ भी जिनकी तालीम यूरोप और अमरीका में हुई है, मुख़्तलिफ़ अख़बारों और रिसालों में लिखती हैं। वो मादाम च्यांग काई शेक (चीन के प्रेज़िडेंट जनरल च्यांग काई शेक की बीवी) की दोस्त हैं। और साथ काम करने वाली हैं। हाल ही में वो आस्ट्रेलिया से लौटी हैं, जहां औरतों की बैनुल-अक़वामी कॉन्फ्रेंस में उन्होंने चीन की नुमाइन्दगी की थी। मिसेज़ चाऊ ने मुझे बताया कि आस्ट्रेलिया में लोगों को यक़ीन न आता था कि एक चीनी औरत इस तरह आज़ादी से उनके सामने अंग्रेज़ी में तक़रीर कर सकती है। वाकई मौजूदा नस्ल की चीनी औरतों को देखकर हर ग़ैर-मुल्की को ताज्जुब होता है। अब से तीस-चालीस बरस पहले तक चीन में औरत की

समाजी हालत निहायत ख़राब थी। उनको मर्दों की मिल्कियत समझा जाता था। बचपन से उनके पांव बांध दिए जाते थे ताकि वो आज़ादी से चल फिर न सकें। मगर जम्हूरी हुकूमत क़ायम होने के बाद से यह सब हालत बदल गई है। अब क़ानून ने मर्द और औरत का फ़र्क़ मिटा दिया है। दोनों को बराबर के हुक़ूक़ हासिल हैं। औरतों की तालीम की तरफ़ हुकूमत ने ख़ास तवज्जह दी है। लाखों लड़कियां स्कूलों और हज़ारों लड़कियां कॉलेजों में पढ़ती हैं। सरकारी मुलाज़मत में औरतों का काफ़ी हिस्सा है और स्कूलों, कॉलेजों, अदालतों, दफ़्तरों और दुकानों में हर जगह औरतें काम करती हुई मिलती हैं। सरकारी वज़ीफ़ों से दूसरे मुल्कों में आला तालीम के लिए भेजी जाती हैं। प्राइमरी दर्जे तक तालीम सबके लिए लाज़िमी और मुफ़्त है। आज शंघाई की सड़कों पर चीनी लड़कियों और औरतों को आज़ादाना चलते-फिरते और काम करते देखकर यह गुमान भी नहीं होता कि यह सब तरक़्क़ी उन्होंने पिछले बीस साल में की है। इस तरक़्क़ी के मानी यह नहीं हैं कि उन्होंने यूरोपियन तमद्दुन की तक़लीद करना, सिंगार करना और अंग्रेज़ी में बात करना सीख लिया है। बल्कि चीनी औरतें आज न सिर्फ़ अपने हुक़ूक़ बल्कि अपनी ज़िम्मेदारियों से भी बख़ूबी वाक़िफ़ हैं। जापान के ख़िलाफ़ जंग में उन्होंने नुमायां हिस्सा लिया है। हज़ारों की तादाद में चीनी लड़कियां फ़ौज में भर्ती हो गई हैं। हस्पतालों में काम करती हैं। ज़ख़्मियों की देखभाल करती हैं। फ़ौजी मोटरें चलाती हैं। अब से चन्द साल पहले तक औरतों में आज़ादी की लहर शहरों तक मेहदूद थी। अगर जब से यह जंग शुरू हुई है और लाखों की तादाद में शहर के लोग अन्दरूने-मुल्क में आबाद हो गए हैं, गांव की औरतें भी बेदार हो रही हैं। जंग के ग़ैर-मामूली हालात में सदियों के रस्मो-रिवाज चन्द दिनों में ख़त्म हो जाते हैं। जो किसान औरत आज जापानियों के ख़िलाफ़ मर्दों के दोश-बा-दोश बन्दूक़ हाथ में लेकर लड़ रही है वो कल मर्दों की गुलामी हरगिज़ क़बूल न करेगी।

चीनी थियेटर

चीनी ज़िन्दगी का जितना मुतालेआ किया जाए पता चलता है कि हिन्दुस्तान और चीन के हालात में कितनी मुनास्बत है। दोनों ज़राअती मुल्क हैं, जिनकी ज़्यादातर आबादी की गुज़र औक़ात खेती-क्यारी पर है। दोनों मुल्कों पर मुद्दतों तक

मुतलक़ुल-इनान बादशाहों ने हुकूमत की है। दोनों पर मग़रिबी सरमायादारों और साम्राजी हुकूमतों ने क़ब्ज़ा किया। चीन किसी हद तक ग़ैर-मुल्की असर से आज़ाद होने में कामयाब हुआ और हिन्दुस्तान अभी तक जंगे-आज़ादी में मसरूफ़ है। एक से तारीख़ी हालात एक से नताएज पैदा करते हैं। मैं शंघाई में एक चीनी थियेटर देखने गया और यह देखकर हैरान रह गया कि वह हमारे यहां के दक़ियानूसी थियेटर से कितना मिलता-जुलता था। वही रंगीन पर्दों का स्टेज, वही अशआर में गुफ़्तगू, मौक़ा बे मौक़ा गाना, लचर मज़ाक़, जो अब से चन्द साल पहले तक हमारे 'लैला मजनूं' वाले ड्रामों की ख़ुसूसियत थी। दिलचस्प बात यह थी कि तमाशा करने वालों और तमाशाइयों में भी फ़िक़रेबाज़ी होती रहती थी। यह थियेटर पुराने चीनी थियेटर की यादगार है। पढ़े-लिखे चीनी ऐसी जगह कभी नहीं जाते। तालीम-याफ़्ता तब्क़े की कोशिशों से चीनी ड्रामों को मग़रिबी वज़ा पर पेश करने के लिए चन्द थियेटर बनाए गए थे, जो अब जंग की वजह से बन्द पड़े हैं। फ़िलहाल शंघाई के ग़रीब चीनी इस थियेटर में आकर दिल बहलाते हैं और अपनी मुसीबतों को भूलने की कोशिश करते हैं। मगर मुल्क के अन्दरूनी हिस्सों में जहां चीनी किसान न सिर्फ़ जापान के हमले को रोके हुए हैं बल्कि सोशलिस्ट लीडरों की सरकर्दगी में अपने ख़ून और पसीने से एक नया चीन क़ायम कर रहे हैं ... ऐसा चीन जहां मज़दूर और किसान को अपनी मेहनत का सिला मिल सकेगा और दुनिया की राहतें रईसों के लिए वक़्फ़ न होंगी ... वहां छोटे-छोटे स्कूलों और गांवों की चौपालों में एक नई क़िस्म के ड्रामे खेले जा रहे हैं, जिनमें रूस और फ्रांस और स्पेन के इंक़लाबी ड्रामों की झलक है ... ऐसे ड्रामे जो चन्द रूमानी गीत सुनाकर अवाम को सुलाते नहीं बल्कि जो ज़िन्दगी की असलियतों को इंक़लाबी नुक़्ता-ए-निगाह से पेश करते हैं। वहां न सिर्फ़ एक नया चीनी थियेटर जन्म ले रहा है बल्कि एक नया तमद्दुन, एक नया संसार।

आख़िरी रात

12 जुलाई (रात के बारह बजे) यह शंघाई में मेरी आख़िरी रात है। इस अजीबो-ग़रीब शहर में मैंने चीन जैसे अज़ीमुश्शान मुल्क की एक झलक देखी। यहां चीन की मुसीबतों और चीन की आरज़ुओं दोनों का पता मिलता है। मैं हर क़िस्म के

चीनियों से मिला ... प्रोफ़ेसर, अख़बार नवीस, सरकारी मुलाज़िम, तालिबे-इल्म, रिक्शा क़ुली, पेशेवर नाचने वालियां! मैंने यहां के शानदार होटल भी देखे और ग़रीबों के वो तंग और अंधेरे मुहल्ले भी, जहां एक-एक कमरे में बीस-बीस आदमी रहते हैं। मैंने जगमगाते हुए नाचघर, थियेटर, सिनेमा और क़हवाख़ाने देखे और उन मकानात के खण्डहर भी जो जापानी गोलों का निशाना बन चुके हैं। मगर जो चीज़ मैंने शंघाई में सबसे ज़्यादा अहम पाई उसको अलफ़ाज़ में बयान करना मुश्किल है। वो एक नई रूह है जो हर चीनी में पाई जाती है। ख़्वाह वो फ़ाक़ाज़दा मज़दूर हो या हसीन नाचने वाली, अमीर ताजिर हो या अख़बार बेचने वाली बुढ़िया। यह वो आज़ादी की रूह है जो आज जापानी जंगी जहाज़ों, गोलों और बमों का मुक़ाबला कर रही है। इस वक़्त जब मैं यह सतरें लिख रहा हूं दूर से गोलाबारी की धीमी-धीमी आवाज़ आ रही है। मालूम होता है बेक़ायदा चीनी सिपाहियों का कोई दस्ता जापानी फ़ौज पर हमला कर रहा है। इन बेक़ायदा सिपाहियों के हालात मैंने सुने हैं। न इनके पास पैसा है, न सामान, न वर्दियां और न काफ़ी हथियार, न मोटरें, न घोड़े, फिर भी एक साल से वे बराबर जापान की ज़बरदस्त फ़ौजों का मुक़ाबला कर रहे हैं। जब तक चीन के अवाम में यह हिम्मत और वतन-परस्ती का जज़्बा है, चीन कभी फ़तह न होगा, ख़्वाह तमाम मुल्क पर जापानी क़ब्ज़ा क्यों न कर लें।

कल मैं जापान के लिए रवाना हो जाऊंगा। जापान जो अपनी नफ़ासत और रंगीनी के साथ अपनी बरबरियत और ज़ुल्म की वजह से तमाम दुनिया के लिए एक मुअम्मा बना हुआ है।

दूसरा हिस्सा

जापान का मुअम्मा

जापानी सल्तनत

13 जुलाई की सुबह, छह बजे सोकर उठा। सामान मोटर में रख कर जहाज़ पर सवार होने के लिए रवाना हो गया। शंघाई पर हल्का-हल्का कोहरा छाया हुआ था। गार्डन ब्रिज (Garden Bridge) पर मोटर रोकी गई। एक अंग्रेज़ और एक सिख सिपाही पहरा दे रहे थे। यहां बैनुल-अक़वामी इलाक़ा ख़त्म हो जाता है। पुल की दूसरी तरफ़ मोटर दोबारा रोकी गई। यहां पांच-छह जापानी सिपाही पहरे पर थे। उन्होंने बड़े ग़ौर से मोटर का मुआयना किया। मगर यह मालूम करके कि मैं एक जापानी जहाज़ पर सवार होने के लिए जा रहा हूं, मुझे ज़्यादा तंग नहीं किया। जिन वक़्त मेरी मोटर का मुआयना हो रहा था, चन्द चीनी मज़दूरों का एक गिरोह आया, जिसमें दो औरतें भी थीं। उन बेचारों को जामा-तलाशी देनी पड़ी और मैंने देखा कि जामा-तलाशी लेते वक़्त जापानी सिपाहियों ने उन ग़रीब औरतों की इज़्ज़त का कोई ख़याल न रखा।

अब हम जापानी सल्तनत में पहुंच गए। मोटर वीरान सड़कों पर से होती हुई जा रही थी। दोनों तरफ़ खण्डहर ही खण्डहर थे। बड़े-बड़े आलीशान मकान, होटल, दुकानें, थियेटर और सिनेमा सब ग़ैर आबाद पड़े थे। अक्सर इमारतें गोलाबारी से छलनी हो गई थीं। सड़क पर जा-बजा मलबा पड़ा हुआ था। अक्सर दीवारों पर स्याही मायल सुर्ख़ ख़ून के हौलनाक धब्बे उस कुश्तो-ख़ून का पता दे रहे थे, जो जापानी क़ब्ज़ा होने पर इस इलाक़े में हुआ था। इंसानी आबादी का दूर-दूर पता न था। दो-चार खण्डहरों पर जापानी झंडा लहरा रहा था। चन्द गिद्ध हवा में मंडरा रहे थे। यह था जापान की अज़ीमुश्शान सल्तनत का पहला मंज़र जो मैंने देखा। ख़याल रखने की बात यह है कि यह इलाक़ा दर-असल बैनुल-अक़वामी मक़बूज़ा था, मगर जब जापानियों ने इस पर ज़बरदस्ती क़ब्ज़ा कर लिया तो अंग्रेज़ों, अमरीकनों और फ्रांसीसियों ने चूं भी न की और इस इलाक़े की तमाम चीनी आबादी को जापानियों के

रहमो-करम पर छोड़ दिया।

लूट का माल

जहाज़ पर जापानी फ़ौजियों का ज़बरदस्त मजमा था। साहिल पर भी कम-अज़-कम पांच सौ सिपाही मौजूद थे। मालूम हुआ कि इसी जहाज़ से उन सिपाहियों की राख जापान भेजी जा रही है जो चीन की लड़ाई में काम आये हैं। चन्द बड़े अफ़सर भी छुट्टी पर वतन जा रहे हैं। मैं यह देख कर हैरान रह गया कि मामूली मामूली जापानी सिपाहियों के पास निहायत क़ीमती कैमरे और घड़ियां हैं। जापानी फ़ौज में सिपाहियों को शायद पांच रुपये माहवार भी तनख़्वाह नहीं मिलती। फिर इनके पास इतना शानदार सामान कहां से आया? तब मुझे वो दुकानें याद आईं जो अभी मैंने खण्डहरों की हालत में पड़ी देखी थीं। जब फ़ौजें अपने वतन की हिफ़ाज़त के लिए नहीं बल्कि फ़क़त क़त्ल-ओ-ख़ून और सल्तनत बढ़ाने के लिए लड़ती हैं तो लूट का माल सिपाहियों का दिल बढ़ाने के लिए ज़रूरी होता है।

अपने केबिन में सामान रखने के बाद डेक पर आया और शहर की जानिब निगाह की तो दूर तक खण्डहर ही खण्डहर नज़र आये। कारख़ानों की चिमनियां ख़ामोश थीं। अक्सर के ऊपर का हिस्सा गोलों से टूट गया था। जब मैंने तबाही के इस मंज़र के बाद उन जापानी सिपाहियों और अफ़सरों को देखा जो जहाज़ को घेरे हुए थे तो ऐसा मालूम हुआ गोया तारीख़ के सफ़हात पर सबब और नतीजा मेरी आंखों के सामने लिखे जा रहे थे।

दुनिया के मालिक

जापानियों के ख़िलाफ़ उस वक़्त मेरे जो भी जज़्बात हों, उनकी वक़्त की पाबंदी का क़ायल होना पड़ा। जहाज़ की रवानगी का वक़्त साढ़े नौ बजे मुक़र्रर था और ठीक उसी वक़्त हमने लंगर उठाया। जहाज़ आहिस्ता-आहिस्ता चलने लगा। उस वक़्त मैंने देखा कि अक्सर जापानी सिपाही जो साहिल पर खड़े थे, बड़ी हसरत से हमारी तरफ़ देख रहे थे। दो-एक तो शायद रो रहे थे। उस वक़्त मुझे अन्दाज़ा हुआ कि क़त्ल-ओ-ग़ारत करने वाले फ़ौजियों में भी इंसानियत का जज़्बा बिल्कुल फ़ना

नहीं हो जाता। ये बेचारे शायद अपने बीवी बच्चों, दोस्तों और अज़ीज़ों का ख़याल कर रहे थे। जो वतन में उनका इन्तिज़ार कर रहे होंगे। यह देखकर मेरे दिल में जो कुछ नफ़रत उन फ़ौजियों के लिए थी, वो दूर हो गई। ये लोग तो अपने अफ़सरों और हाकिमों के हाथ में कठपुतलियों की तरह हैं। इनसे तो नफ़रत के बजाय हमदर्दी होनी चाहिए। मगर हां वो निज़ाम क़ाबिले-मलामत है, जो लाखों इंसानों को एक दूसरे को क़त्ल करने पर मजबूर करता है। इस निज़ाम के नुमाइन्दे वो जापानी अफ़सर हैं, जो इस जहाज़ की डेक पर अकड़-अकड़ कर टहल रहे हैं, मालूम होता है गोया दुनिया के मालिक यही हैं।

इन्क़िलाबी लिटरेचर

मेरे केबिन में दो और मुसाफ़िर हैं। एक तो शंघाई के बरतानवी क़ौन्सलख़ाने का एक नौजवान अफ़सर है जो छुट्टी पर जापान सैर के लिए जा रहा है। दूसरा एक मरंजां-मरंज फ्रांसीसी है, जो शंघाई में शराब की तिजारत करता है। जहाज़ रवाना होते ही जापानी पुलिस अफ़सर ने हमारे सामान की तलाशी ली। हर चीज़ की मुफ़स्सल फ़ेहरिस्त बनाई गई। मैंने पहले ही एहतियात कर रखी थी कि कोई अख़बार, किताब या काग़ज़ ऐसा साथ न लाऊं जिस पर जापानियों को ऐतराज़ हो। शंघाई में जितना मवाद जापानियों के ख़िलाफ़ मुझे मिला था, वो मैंने डाक से अपने नाम न्यूयार्क भेज दिया था ताकि वहां पहुंचने पर मुझे मिल जाए। आख़िरी दिन चन्द अख़बार कहीं से मिल गए थे, जिनमें चीन की मौजूदा हालत के मुताल्लिक़ ज़रूर इत्तिलाआत थीं। इन अख़बारों में मैंने अपने जूते लपेट रखे थे। इसलिए किसी ने उनकी तरफ़ तवज्जह न की। किताबों की मुफ़स्सल पड़ताल की गई। जवाहरलाल नेहरू की चन्द किताबों के मुताल्लिक़ पूछा गया कि यह किस मज़मून पर हैं। मैंने कहा, 'अदबे-लतीफ़'। मैं तो आसानी से छूट गया। मगर हमारे फ्रांसीसी दोस्त को बड़ी मुश्किल का सामना करना पड़ा। जब उसकी किताबों में इन्क़िलाबे-फ्रांस पर एक किताब निकल आई। किताब तो फ्रेंच में थी, मगर 'इन्क़िलाब' का लफ़्ज़ लिखा देखकर जापानी अफ़सर की त्योरी पर बल पड़ गए। इन्क़िलाबी लिटरेचर के शक में तमाम किताबें ज़ब्त कर ली गईं। लुत्फ़ यह कि सिवाय इन्क़िलाबे-फ्रांस की उस तारीख़ के बाक़ी तमाम किताबें

शराब बनाने के मुताल्लिक़ हैं या शराबों की फ़ेहरिस्तें हैं। फ्रांसीसी ताजिर ने लाख समझाने की कोशिश की मगर उसकी एक न सुनी गई और तमाम किताबें ज़ब्त कर ली गईं। मेरे कैमरे को बन्द करके उसपर मुहर लगा दी गई और ताकीद हुई कि रास्ते भर उसको बाहर न निकाला जाए। जापानी अफ़सरों को ख़तरा है कि उनके क़िलों और जंगी जहाज़ों वग़ैरह की तस्वीरें लेकर कहीं चीनियों या दूसरी क़ौमों के पास न पहुंचा दी जाएं।

'इंसान' या 'हिन्दुस्तान'?

सामान की तलाशी के बाद हम सबको पासपोर्ट अफ़सर के सामने पेश किया गया। यहां हर मुसाफ़िर को अपना नाम, बाप का नाम, क़ौमियत, नस्ल, जापान आने की ग़रज़ यह सब लिखवाना पड़ा। नस्ल के ख़ाने में 'इंसान' लिखना चाहता था, मगर पासपोर्ट अफ़सर इसको अपनी हतक समझा और अपने हाथ से 'हिन्दुस्तानी' लिख दिया। हर मुसाफ़िर से यह भी पूछा गया कि चीन और जापान की जंग के मुताल्लिक़ क्या राय है। मुझसे पहले एक यूरोपियन ख़ातून का नम्बर था। उसने तेज़ी से जवाब दिया, 'क्या तुम वाक़ई मेरी राय पूछना चाहते हो? तो सुनो, मेरी हमदर्दी सौ फ़ीसदी चीनियों के साथ है।' पासपोर्ट अफ़सर इतना परेशान हुआ कि इसके बाद उसने यह सवाल किसी से न पूछा और मुझे अपनी राय ज़ाहिर करने की ज़रूरत न पेश आई।

बड़ा साहब

अलावा उस नौजवान के जो मेरे केबिन में है, इस जहाज़ पर एक और बरतानवी क़ौन्सलख़ाने का अफ़सर भी है। यह कुछ अर्सा हिन्दुस्तान की किसी छावनी में रह चुका है और कर्नल का दर्जा रखता है। उसके मिज़ाज में वही रऊनत और गुरूर है जो 'बड़ा साहब' होने का सबूत होता है। बात करने का अन्दाज़ भी वही है, जो बरतानवी अफ़सर हिन्दुस्तान में इख़्तियार कर लेते हैं। जब उसके सामान की तलाशी ली गई और उसको पासपोर्ट अफ़सर के सामने पेश होने को कहा गया तो वह गुस्से से लाल-पीला हो गया। मालूम होता था कि तमाम सल्तनते-बरतानिया की हतक हो गई है। मगर जापानी फ़ौजी अफ़सर ख़ुद अपने आपको बड़ा साहब समझते

हैं। इसलिए अंग्रेज़ बहादुर को मजबूरी में अपना सामान खोलकर दिखाना पड़ा। मगर घंटों बड़बड़ाता रहा कि, 'यह बैनुल-अक़वामी क़ानून के ख़िलाफ़ है। बरतानवी क़ौन्सलख़ाने की हतक है। मैं टोक्यो जाकर शिकायत करूंगा।'

चीन के दोस्त

इस जहाज़ पर यह देखकर दिलचस्पी होती है कि जापानी सरकारी और फ़ौजी अफ़सर भी अब उसी अन्दाज़ में गुफ़्तगू करते हैं, जिस तरह अंग्रेज़। यह भी अपनी सल्तनत के हक़ मनवाने के लिए वही दलीलें पेश करते हैं, जो अंग्रेज़ हमेशा पेश करते आये हैं। एक जापानी अफ़सर मुझसे बातों के दौरान में कहने लगा, 'ये चीनी बिल्कुल जंगली और वहशी हैं, ज़रा तमीज़ नहीं है। अंग्रेज़ों और रूसियों के हाथ में कठपुतलियों की तरह हैं। अब हम इनको मुहज़्ज़ब बनाकर मशरिक़ में अमनो-अमान क़ायम करेंगे।' जब सल्तनत का नशा इंसान के दिमाग़ पर छा जाता है तो फिर अक़्ल और तमीज़ रुख़्सत हो जाती हैं। आज जापानी यह भूल गए कि उनका तमद्दुन और तहज़ीब, उनकी मुआशरत, उनकी ज़बान और रस्मुल-ख़त, उनका आर्ट और लिटरेचर सब कुछ चीन से मांगा हुआ है। चीनियों ने कभी आज तक जापान पर धावा नहीं किया, जापानियों के हुक़ूक़ को नहीं दबाया। आज जापानी फ़ौजें चीन की सरज़मीन पर क़त्लो-ग़ारत कर रही हैं। वहां उनकी मौजूदगी ही जापान का क़ुसूर साबित करने के लिए काफ़ी है। जब मैंने उसकी राय से इख़्तिलाफ़ किया तो जापानी अफ़सर कहने लगा, 'मगर अंग्रेज़ों, अमरीकनों और फ्रांसीसियों को क्या हक़ हासिल है कि वे चीन की सरज़मीन पर रहें और मुल्क की तिजारत में उनका हिस्सा हो? जापान उनको हटाकर अपने हुक़ूक़ हासिल करना चाहता है।' बहस ख़्वाह-मख़्वाह लम्बी होती जा रही थी मगर मैंने यह कहकर ख़त्म कर दिया कि एक बेइन्साफ़ी दूसरी बेइन्साफ़ी के लिए कोई दलील नहीं हो सकती। गुफ़्तगू का रुख़ बदलकर जापानी अफ़सर कहने लगा, 'मगर तुम ग़लत समझते हो कि हम चीनियों के दुश्मन हैं। हम तो इनके सबसे बड़े दोस्त और सरपरस्त हैं। मसलन इस जहाज़ पर और बाक़ी तमाम जहाज़ों पर तुम देखोगे कि बावर्चीख़ाने में चीनी ही मुलाज़िम हैं और कपड़े धोने का काम भी फ़क़त चीनी ही करते हैं।' यह ऐसा ही था जैसा अंग्रेज़ों का कहना

कि हिन्दुस्तान की हुकूमत में हिन्दुस्तानी बराबर के हिस्सेदार हैं क्योंकि वाइसराय के तमाम क्लर्क और चपरासी हिन्दुस्तानी हैं।

जासूस

क़िस्से कहानियों, नॉवलों और ख़ुसूसन फ़िल्मों में जासूस औरतों की कारगुज़ारी के मुताल्लिक़ बहुत कुछ पढ़ा और देखा था। मगर यह मालूम न था कि एक दिन वाक़ई एक चालाक जासूस औरत से दो-चार होना पड़ेगा। दोपहर के ख़ाने और शाम की चाय पर मैं और फ्रांसीसी सौदागर एक ही मेज़ पर बैठे थे। दोनों दफ़ा एक नौजवान रूसी औरत भी हमारे पास बैठी और खाने के दौरान मुख़्तलिफ़ बातें करती रही। शंघाई में हज़ारों की तादाद में वो रूसी आबाद हैं, जो मज़दूरों की हुकूमत क़ायम होने के बाद अपने मुल्क से भाग आये हैं। इनमें से बहुत से लोग मुख़्तलिफ़ क़ौमों के लिए जासूसी करते हैं। मुझे यह पहले से मालूम था। इसलिए मैं इस औरत से बातों में बहुत मोहतात रहा। वो पहले हिन्दुस्तान के मुताल्लिक़ पूछती रही ... 'अंग्रेज़ों के ख़िलाफ़ तहरीक का क्या रंग है, जापानियों के मुताल्लिक़ हिन्दुस्तानियों की क्या राय है?' वग़ैरह, इसके बाद हमसे पूछा कहां जा रहे हो किस काम से? कहां ठहरोगे? जब हमने उसके मुताल्लिक़ पूछा कि वह कहां और क्यों जा रही है तो उसने फ़क़त यह कहा कि शंघाई में गर्मी की वजह से जापान सैर के लिए जा रही है। मैंने कहा क्या तुम जापानी ज़बान जानती हो? कहने लगी नहीं। मगर थोड़ी देर बाद हमने उसको पासपोर्ट अफ़सर से जापानी में बातें करते हुए सुना। तब तो हमें यक़ीन हो गया कि वह जासूस है। रात के खाने पर वह दूसरी मेज़ पर बैठी।

प्रोपैगण्डा

रात के खाने के बाद खाने के कमरे ही में चन्द जापानी फ़िल्म दिखाई गई जो ज़्यादातर जंग के मुताल्लिक़ थे। ज़ाहिर है कि फ़क़त जापानियों की फ़तह के मंज़र दिखाए गए थे। मगर मैंने यह अजीब बात देखी कि इन फ़िल्मों को देखकर जापानी मुसाफ़िरों ने भी किसी ख़ास दिलचस्पी और जोश का इज़हार नहीं किया। रहे ग़ैर-जापानी मुसाफ़िर तो वो क़त्लो-ग़ारत की इस फ़िल्मी दास्तान जो जापानी प्रोपैगण्डे

की ग़रज़ से तैयार की गई थी, देखने के लिए तैयार न थे और हम लोग एक-एक, दो-दो करके कमरे से बाहर डेक पर आ गए। चांद निकला हुआ था और समन्दर की रुपहली लहरें निहायत ख़ुशगवार समां पैदा कर रही थीं। इतने में एक ज़बरदस्त जापानी जंगी जहाज़ चीन की तरफ़ जाता हुआ हमारे क़रीब से गुज़रा और फ़ज़ा पर एक मुहीब साया छा गया।

नागासाकी

14 जुलाई, सुबह आंख खुली तो देखा कि हम निहायत सरसब्ज़ और ख़ूबसूरत जज़ीरों के पास से गुज़र रहे हैं। जापान दर्जनों जज़ीरों का मज्मूआ है और अब हम दरअसल मुल्क की सरहद में दाख़िल हो चुके हैं। 10 बजे के क़रीब हम नागासाकी के बन्दरगाह पर पहुंचे। यह छोटा सा क़स्बा है, जिसकी अहमियत फ़क़त यह है कि रेलवे लाइन यहां से शुरू होती है। जापान के एक किनारे वाक़े होने से इसको फ़ौजी अहमियत भी हासिल है और इसीलिए हमको सख़्त ताकीद कर दी गई कि हरगिज़ कोई तस्वीर न ली जाए। चन्द औरतें जिनके पास कैमरे थे, उनसे निहायत बदतमीज़ी से कैमरे छीन लिए गए। जब जहाज़ ठहरा तो हमने देखा कि साहिल पर मर्द और औरत वालंटियरों की एक क़तार खड़ी है। मालूम हुआ कि ये लोग उन फ़ौजियों की राख का इस्तक़बाल करने के लिए आये हैं, जो हमारे जहाज़ पर आई है। जिस वक़्त यह मुतबर्रक डिब्बा उतारा जा रहा था तो हमें हुक्म दिया गया कि तुम मुंह मोड़ लो और साहिल की तरफ़ मत देखो क्योंकि तुम्हारी निगाहों से इन पाक रूहों की तौहीन होती है। तंग नज़र क़ौम-परस्ती के इस मुज़ाहिरे के साथ जापान की सरज़मीन ने हमारा इस्तक़बाल किया।

नागासाकी से मैं कोबे के लिए रेल में सवार हुआ। ज़्यादातर वही लोग थे जो जहाज़ में हमराह थे। दो बूढ़ी मिशनरी अंग्रेज़ औरतें मेरे क़रीब बैठी थीं। उनसे जापान के मुताल्लिक़ बातें करता रहा। रेल चावल के खेतों के बीच में से गुज़र रही थी। यहां मैंने देखा कि जापानी किसानों की भी तक़रीबन वही हालत है जो हिन्दुस्तान में है। मुल्क में चौपायों की कमी है इसलिए मर्द और औरतें अपने हाथ से हल चलाते हैं। गांव के क़रीब से गुज़रे तो देखा कि उनके बोसीदा झोंपड़ों से मुफ़्लिसी टपकती है।

जापान में भी हिन्दुस्तान की तरह ज़मींदारी राज है। किसानों को पेट भरने और तन ढकने के लिए भी मयस्सर नहीं आता। क्या यह ग़रीब किसान (मैं सोचता रहा) वाक़ई चाहते हैं कि चीन को फ़तह करने के लिए लाखों जापानी अपनी जान दे दें! रास्तेभर फ़ौजियों से भरी हुई रेलें नागासाकी की तरफ़ जाती हुई मिलीं। मालूम होता है जिन पांच सौ सिपाहियों की राख हमारे जहाज़ में आई है उनकी जगह लेने के लिए जा रहे हैं। यह राख जिस डिब्बे में है वो रेल के एक अलग दर्जे में रखा हुआ है और चार शिन्तो पुजारी उसकी हिफ़ाज़त कर रहे हैं। हर स्टेशन पर सैकड़ों मर्द और औरतें उसकी ज़ियारत के लिए आते हैं। बाज़ औरतों को देखा कि चुपके-चुपके रो रही हैं। मालूम होता है कि उनके भाई या शौहर या लड़के लड़ाई में काम आये हैं।

जापान का नक़्शा

चलती हुई रेल में से भी इंसान कितना मुशाहिदा कर सकता है। मालूम होता है जापान का क़ुदरती नक़्शा मेरी आंखों के सामने फैला हुआ है। मीलों तक चावल के खेल लहलहा रहे हैं। उनमें मेहनत से झुके हुए किसान ... मर्द और औरत ... मैले स्याह कपड़ों में ... काम कर रहे हैं, हल चला रहे हैं, पानी दे रहे हैं। दूर उफ़क़ पर छोटी-छोटी पहाड़ियां। दिलकश जापान, रंगीन फूलों का मुल्क, मगर रेल के किनारे कोई फूल नहीं उगते। इंजनों के ज़हरीले धुंए ने सबको फ़ना कर दिया है। अब रेल एक शहर में से गुज़र रही है। बड़े-बड़े कारख़ाने, स्याह बद-हैयत इमारतें, चिम्नियों में से धुंए के बादल निकल रहे हैं। ऐसे माहौल में कहीं फूल उग सकते हैं? मगर इसका मुझे कोई अफ़सोस नहीं। रईसों और शायरों की तफ़रीह के लिए फूलों के बाग़ बनाने से बेहतर है कि मज़दूरों की हालत को बेहतर करने के लिए कारख़ाने चलाए जाएं। यह देखकर मुझे ख़ुशी हुई कि गांवों और क़स्बों और शहरों में हर जगह बिजली के तार लगे हुए हैं। रेलों का जाल बिछा हुआ है। हर स्टेशन पर हज़ारों की तादाद में अख़बार बिकते हैं। यह तरक़्क़ी क़ाबिले-तारीफ़ है ... मगर फिर भी शंघाई के उन खण्डहरों और हज़ारों बेवाओं और यतीमों का ख़याल करता हूं और सोचता हूं कि तरक़्क़ी के लिए क्या यह सब भी ज़रूरी है?

हसीन मंज़र

शाम के सात बजे के क़रीब हम मोजी के मुक़ाम पर पहुंचे। यहां एक जज़ीरा ख़त्म हो जाता है। रेल समन्दर के किनारे लग जाती है। और यहां से हम एक जहाज़ में सवार होकर दूसरे जज़ीरे में पहुंच गए। दोनों जज़ीरों के दर्मियान समन्दर फ़क़त दो-ढाई मील चौड़ा है। सूरज पहाड़ियों के पीछे ग़ुरूब हो रहा था और किनारे की रोशनियों का अक्स समन्दर में अजीब पुरकैफ़ मंज़र पेश कर रहा था। आसमान पर हल्के-हल्के रंग के बादल छाए हुए थे जैसे जापानी मुसव्विरी के नमूनों में अक्सर देखे जाते हैं। मैं इस ख़ूबसूरत मंज़र की दाद दिए बग़ैर न रह सका।

दूसरी तरफ़ हम जिस मुक़ाम पर उतरे उसका नाम शमोली है। यहां रेल तैयार थी। उसमें अज़-हद भीड़, फिर भी किसी न किसी तरह मैं सवार हो ही गया। रातभर बैठे-बैठे किताब पढ़कर गुज़ारी।

कोबे

15 जुलाई, सुबह 6 बजे रेल कोबे के शानदार स्टेशन पर पहुंची। क़ुली से सामान उठवाकर मैं बाहर आया। तमाम क़ुली यूरोपियन लिबास पहनते हैं और सामान भी सिर पर नहीं उठाते, हाथों में उठाते हैं या कंधे पर लादते हैं। और अगर भारी हो तो ठेले पर ले जाते हैं। बाहर टैक्सियों की एक क़तार खड़ी थी। मैं इंडिया लॉज जाना चाहता था। मगर अपना मतलब टैक्सी वालों को न समझा सका। क्योंकि वे अंग्रेज़ी बहुत कम जानते थे। एक टैक्सी वाला मुझको लेकर चला और इंडिया लॉज की तलाश शुरू की, मगर कामयाबी न हुई। एक और दिक़्क़त यह थी कि आधी से ज़्यादा सड़कें बन्द मिलीं। मैंने शंघाई में पढ़ा था कि कोबे में सैलाब आया है। मगर यह न मालूम था कि इतना सख़्त नुक़्सान हुआ है। हज़ारों मकान तबाह नज़र आये। सड़कों पर हज़ारों मन मलबा, दरख़्त, पत्थरों और ईंटों के ढेर पड़े हुए हैं। पानी का यह रैला पहाड़ की चोटी की तरफ़ से आया था, जो कोबे की पुश्त पर है। और इसलिए हज़ारों भारी पत्थरों और दरख़्तों को भी अपने साथ बहा लाया। नतीजा यह हुआ कि आधे के क़रीब शहर बर्बाद हो गया। सैंकड़ों जानें गईं। हज़ारों बेघर हो गए। करोड़ों रुपये का नुक़्सान हुआ। शहर में मालूम होता है हवाई जहाज़ों से गोलाबारी हुई है। मगर जापानियों की

तरह चीनी इतने वहशी नहीं हैं कि वो निहत्थे शहरियों पर बम बरसाएं। चीनी हवाई जहाज़ फ़क़त एक मरतबा जापान के शहरों पर मंडराए हैं और इस दफ़ा उन्होंने बजाय बम और गोले फेंकने के जापानी ज़बान में लिखे हुए इश्तिहार बरसाए। इन इश्तिहारों में जापानी अवाम से अपील की गई थी कि इस मौजूदा जंग को बन्द करें। क्योंकि इसकी वजह से उनका भी नुक़्सान है। कोबे की यह हालत देखकर ख़याल होता है कि चीनी हवाबाज़ों ने इंसानियत का सबूत दिया। मगर क़ुदरत ने जापानियों को माफ़ नहीं किया।

इंडिया लॉज

इंडिया लॉज का पता न मिलने की वजह से मुझे ओरिएन्टल होटल में ठहरना पड़ा। अच्छा शानदार होटल है, बिल्कुल यूरोपियन तर्ज़ पर। महंगा भी बहुत नहीं। इसी दर्जे के हिन्दुस्तानी होटलों से बहुत सस्ता है। नहा धोकर फिर बाहर घूमने निकला। अमरीकन एक्सप्रेस के नुमाइन्दे से मिला और उससे लॉज का पता मालूम किया। टैक्सी लेकर चला और सड़कों पर मलबा पड़े होने की वजह से दूर-दूर का चक्कर लगाकर आख़िरकार इंडिया लॉज पहुंचा। यहां लॉज के सेक्रेटरी और जापान में मुक़ीम हिन्दुस्तानियों के लीडर मिस्टर सहाय से मुलाक़ात हुई। बहुत ख़लीक़ और मेहमा-नवाज़ आदमी हैं। उन्होंने फ़ौरन हुक्म दिया कि अपना सामान होटल से ले आओ। मगर चूंकि किराया तो दिनभर का देना पड़ेगा इसलिए मैंने अगली सुबह को आने का वादा किया। इंडिया लॉज कोबे में हिन्दुस्तानियों का मरकज़ है। यहां तक़रीबन एक दर्जन हिन्दुस्तानी तालिबे-इल्म रहते हैं, जिनमें से ज़्यादातर कारख़ानों में सनअती काम सीख रहे हैं। यहां चन्द हिन्दुस्तानी अख़बार आते हैं, हिन्दुस्तानी ग्रामोफ़ोन रिकार्डों का एक बड़ा ज़ख़ीरा है और हिन्दुस्तानी खाना मिलता है। मिस्टर और मिसेज़ सहाय की निगरानी में सब तालिबे-इल्म निहायत आराम से रहते हैं और ख़र्च भी हिन्दुस्तान के कॉलेजों के हॉस्टलों से कुछ ज़्यादा नहीं है। मिस्टर सहाय का नाम मैंने हिन्दुस्तान में सुना और पढ़ा था। वह उन सैकड़ों क़ौम-परस्त हिन्दुस्तानियों में से हैं जो जिला-वतनी में दिन काट रहे हैं। अगरचे कांग्रेसी विज़ारतें क़ायम होने के बाद क़वी उम्मीद है कि जल्द-अज़-जल्द हम इनको वापस हिन्दुस्तान लाने में

कामयाब हो जाएंगे।

तबाही

मुक़ामी अंग्रेज़ी अख़बार पढ़ने से कोबे का तबाही का पूरा अन्दाज़ा हुआ। सरकारी बयान की रू से सैलाब की वजह से 542 जानें तल्फ़ हुईं, 102669 अशख़ास ज़ख़्मी हुए, 2844 मकान बह गए, 3108 मकान गिर पड़े। 6042 मकानों के बाज़ हिस्से गिरे, 126355 मकानों में पानी भर गया। कुल नुक़्सान कई करोड़ रुपये का हुआ। ये आदाद फ़क़त कोबे शहर के हैं। आसपास के क़स्बों और देहात में जो नुक़्सान हुआ उसका अभी तक कोई अन्दाज़ा नहीं कर सका। इस सैलाब ही की वजह से जापानी हुकूमत ने फ़ैसला कर लिया है कि वह अपने मुल्क में 1940 ई. के बैनुल-अक़वामी खेलों के मुक़ाबले नहीं मुनअक़िद करेंगे। मगर जापान के बाहर इस सैलाब की अहमियत को वाज़ेह नहीं किया गया। क्योंकि जापानी यह नहीं चाहते कि ग़ैर-मुल्क वालों को उनकी मुसीबत का पता चले। शंघाई के अख़बारों में मैंने जो पढ़ा था, उससे मालूम होता था कि बहुत मामूली नुक़्सान हुआ है।

सिनेमा

शाम को इंडिया लॉज के चन्द दोस्तों के साथ सिनेमा देखने गया। पहले एक अमरीकन फ़िल्म दिखाई गई, जिसमें जापानी ज़बान के मुकालमे लिखे हुए आते थे। साथ-साथ एक आदमी जापानी में चिल्ला-चिल्लाकर कहानी समझाता रहता है। जैसे ख़ामोश फ़िल्मों के ज़माने में हिन्दुस्तान में होता था। इसके बाद एक जापानी फ़िल्म दिखाई गई, जिसको देखकर मैं इस नतीजे पर पहुंचा कि हमारी हिन्दुस्तानी फ़िल्म कम-अज़-कम जापानी फ़िल्मों से तो हज़ार दर्जे बेहतर हैं।

ताकाराज़ुका

16 जुलाई, सुबह उठते ही सामान बांधकर होटल छोड़कर इंडिया लॉज आ गया। यहां ख़ूब आव-भगत हुई। नाश्ते के बाद एक तालिबे-इल्म पांडे के हमराह ताकाराज़ुका (Takarazuka) के लिए रवाना हुआ। यह जापान में सबसे ज़्यादा

मशहूर तफ़रीह का मुक़ाम है। कोबे से तक़रीबन पन्द्रह बीस मील के फ़ासले पर है। इतना ही फ़ासला यहां से ओसाका का है। इस तरह इस तफ़रीहगाह को दो बड़े शहरों के दर्मियान रखा गया है ताकि दोनों जगह से लोग आ सकें। पुर-फ़ज़ा मुक़ाम है, दूर तक बाग़ और पार्क फैले हुए हैं। इनके बीच में एक आलीशान इमारत है, जिसमें ओपेरा, थियेटर, सिनेमा, होटल, रेस्टोरेन्ट, नाचघर, दुकानें, जुआ खेलने के कमरे सब ही कुछ है। यह तरकीब मुझे पसन्द आई कि इन तमाम तफ़रीहगाहों को शहर से दूर एक पुर-फ़ज़ा मुक़ाम पर जमा किया गया है। आख़िर सिनेमा और थियेटरों को शहरों के गुंजान गली-कूचों में क्यों बनाया जाए। यह देखकर हैरत हुई कि यहां काफ़ी भीड़ थी। बावजूद शहर से इतना फ़ासला होने के और बावजूद मुल्क की इक़्तिसादी हालत रोज़-ब-रोज़ बदतर होने के हज़ारहा लोग ओपेरा देखने आये थे। मालूम होता है जापानी खेल-तमाशों के बहुत शौक़ीन हैं।

ओपेरा

दो बजे के क़रीब ओपेरा शुरू हुआ। हॉल निहायत आलीशान है। तक़रीबन ढाई हज़ार आदमियों के बैठने की जगह है। तमाम हॉल में सिर्फ़ एक दर्जा है और जो पहले आये वो जहां चाहे बैठ सकता है। स्टेज बहुत बड़ा और मौजूदा तर्ज़ का है, जिसको ज़रूरत के वक़्त घुमाया भी जा सकता है। पर्दा उठा और तमाशा शुरू हुआ। अमरीकन गाने और नाच के ड्रामे (Musical Comedy Rave) का हू-ब-हू चर्बा था। एक्टिंग मामूली दर्जे की थी मगर स्टेज के इन्तिज़ाम, रोशनी की तब्दीली, मौसीक़ी के उतार-चढ़ाव वग़ैरह की दाद देनी पड़ती है। दो और ख़ुसूसियात क़ाबिले-ज़िक्र थीं। अव्वल तो तमाम ड्रामे में लड़कियों और लड़कों दोनों के किरदार लड़कियां कर रही थीं। इस ओपेरा में चार सौ नौजवान लड़कियां मुलाज़िम हैं, जो अदाकारी और नाच की तालीम पाती हैं। दूसरे यह कि ड्रामे के बाज़ सीन परदे पर दिखाए जाते हैं। मसलन जब यह दिखाना मंज़ूर था कि एक लड़का घर से निकलकर मोटर में बैठा हुआ जा रहा था। इसी तरह चलती हुई रेल, जहाज़, हवाई जहाज़ वग़ैरह के सीन भी इसी तरह दिखाए गए। इस तरकीब से स्टेज अपनी हुदूद की क़ैद से आज़ाद हो जाता है। तमाशा मज्मूई हैसियत से काफ़ी दिलचस्प था। मगर उसमें कोई जापानी ख़ुसूसियात

नहीं थीं। लिबास, नाच, गाना ग़रज़ हर चीज़ में अमरीकन तमद्दुन की नक़्ल थी।

जापान और हिन्दुस्तान

ताकाराज़ुका से शाम को वापस हुआ। इंडिया लॉज में रात के खाने पर सब हिन्दुस्तानी तालिबे-इल्म मौजूद थे। देर तक बातें होती रहीं। यह देखकर अफ़सोस हुआ कि उनमें से चन्द लड़के जापान की ज़ाहिरी तरक़्क़ी से इस क़द्र मरऊब हो गए हैं कि वो चीन में जापान की मौजूदा कार्रवाइयों को भी जायज़ समझते हैं। वो तमाम दलीलें पेश करते हैं, जो जापानी हुकूमत के प्रोपैगण्डे में सुनने में आती हैं, 'अगर अंग्रेज़ तमाम दुनिया में सल्तनत क़ायम कर सकते हैं तो जापानियों को भी हक़ हासिल है कि चीन पर क़ब्ज़ा कर लें।' 'चीन सोवियत रूस के ज़ेरे-असर है इसलिए जापान उसको कम्युनिज़्म से बचाएगा।' 'जापान का बढ़ता हुआ इक़्तिदार अंग्रेज़ों की ताक़त को कम करेगा और हिन्दुस्तान आज़ाद हो सकेगा।' वग़ैरह, वग़ैरह। हम हिन्दुस्तानियों में यह बड़ी कमज़ोरी है कि जिस किसी आज़ाद मुल्क में जाते हैं वहां के हालात से इस क़द्र मरऊब हो जाते हैं कि अच्छे-बुरे में भी तमीज़ नहीं कर सकते। जो कोई जर्मनी हो आया है वो हिटलर के गीत गाता आता है। अगर कोई इटली गया है तो वो समझता है कि मुसोलिनी के फ़ासिज़्म ही में हिन्दुस्तान की निजात है। इसी तरह जो हिन्दुस्तानी जापान में हैं वो यहां के कारख़ाने और सनअती तरक़्क़ी, फ़ौजों की परेड और तंग-नज़र क़ौम-परस्ती के जोशीले मुज़ाहिरे देखकर समझते हैं कि बस दुनिया का बेहतरीन मुल्क जापान है और जो कुछ जापानी करते हैं ठीक करते हैं। इसके अलावा जापानी (और जर्मन और इटालियन भी) हमारी अंग्रेज़ दुश्मनी से फ़ायदा उठाते हैं और यह साबित करने की कोशिश करते हैं कि जापान एशियाई क़ौमों की आज़ादी का मुहाफ़िज़ है। वो यह नहीं सोचते कि जो मुल्क चीन को हड़प करने के लिए बेचैन है वो हिन्दुस्तान को कब माफ़ करेगा।

वालंटियर

17 जुलाई, आज सुबह इंडिया लॉज के सब लोग मिस्टर सहाय की सरकर्दगी में जापानी वालंटियरों के साथ शहर का मलबा साफ़ करने गए। मुझे यह बात बहुत

पसन्द आई। दूसरे मुल्कों में हमारी हैसियत मेहमान की है। अगर वहां के लोगों पर कोई मुसीबत पड़े तो हमारा फ़र्ज़ है कि हर मुम्किन तरीक़े से उनकी मदद करें। कोबे में सैलाब आये हुए एक हफ़्ते से ज़्यादा गुज़र चुका है, मगर अब तक बावजूद पुलिस और म्युनिस्पलिटी की पूरी कोशिशों के आधे शहर का मलबा भी साफ़ नहीं हुआ। दरख़्तों, ईंटों और पत्थरों के ढेर हर जगह सड़कों पर पड़े हुए हैं। इसलिए हज़ारों शहरियों ने (जिनमें बड़ी तादाद स्कूल और कॉलेज के तालिबे-इल्मों की है) अपनी ख़िदमात इस काम के लिए पेश कर दी हैं। और वालंटियरों की हैसियत से वे अपना तमाम ख़ाली वक़्त इस काम में सर्फ़ करते हैं। जिस जगह हिन्दुस्तानी वालंटियरों ने काम शुरू किया वहां मिस्टर सहाय ने हमारा क़ौमी झण्डा लगा दिया कि सबको मालूम हो जाए कि फ़र्ज़-शनासी में हिन्दुस्तानी किसी से पीछे नहीं हैं। इसमें कोई शक नहीं कि इस तरह उन्होंने झण्डे की शान दोबाला कर दी।

यह देखकर भी मुझे बहुत ख़ुशी हुई कि हिन्दुस्तानी वालंटियरों के इस गिरोह में हिन्दू, मुसलमान, सिख, सब शामिल हैं। कोबे के तमाम हिन्दुस्तानी जिनमें ज़्यादातर ताजिर हैं, आपस में बड़े इत्तिहाद और इत्तिफ़ाक़ के साथ रहते हैं। उनकी ज़िन्दगी फ़िरक़ापरस्ती की वबा से बिल्कुल मेहफ़ूज़ है।

क्योतो

दोपहर के क़रीब मैं रेल से क्योतो गया जो किसी ज़माने में जापान की राजधानी था। यह कोबे से तक़रीबन एक घंटे के फ़ासले पर है। यह पहला मौक़ा है कि मैं किसी ऐसे शहर में तन्हा घूमा जहां की ज़बान से मैं बिल्कुल नावाक़िफ़ हूं। मगर फिर भी किसी न किसी तरह काम चल जाता है। स्टेशन के क़रीब सय्याहों के आराम के लिए एक दफ़्तर (Tourist Bureau) है। वहां एक नौजवान अंग्रेज़ी जानता था। उससे क्योतो का एक नक़्शा लिया और उस पर मशहूर मुक़ामात पर निशान लगाए। उसके बाद मैं पैदल चल खड़ा हुआ। यह शहर हमारे मथुरा या बनारस की तरह है। क़दम-क़दम पर पुराने महल और मन्दिर हैं। एक मन्दिर के सामने बहुत बड़ी घंटी लटकी देखी, जिसका वज़न दो-ढाई सौ मन से कम न होगा। उसको बजाने के लिए एक बहुत बड़ा शहतीर लगा हुआ है, जिसको हिलाने के लिए कम-अज़-कम दो आदमी

चाहिएं। यह घंटी बौद्ध मत के मशहूर मन्दिर क्योमिज़ो के दरवाज़े पर लगी है। मन्दिर काफ़ी ऊंचाई पर वाक़े है। हज़ारों सीढ़ियां चढ़कर ऊपर पहुंचा, वहां से तमाम शहर नज़र आता है। क्योतो पहाड़ियों से घिरा हुआ है और इतनी बुलन्दी से शहर की इमारतें बिल्कुल गुड़िया के घर मालूम होती हैं। इस मन्दिर के अलावा और कई मन्दिर देखे। पुराना शाही महल भी देखा। डेढ़ सौ साल पहले तक जापान के बादशाह यहां ही रहते थे और अब भी टोक्यो में ताजपोशी होने के बाद उस महल में ताजपोशी लाज़मी है। मन्दिरों, महलों और खण्डहरों में मुझे कोई ख़ास दिलचस्पी नहीं है। सिवाय इसके कि हर जगह मैंने देखा कि किस हद तक जापान चीन का क़र्ज़दार है। इमारतों की वज़ा-क़ता [शैली], आराइश [सौंदर्यीकरण], बुतसाज़ी [मूर्ति बनाना], ग़रज़ हर चीज़ चीनी तमद्दुन की नक़्ल है और आज वे चीनियों को वहशी और जाहिल कहते हैं।

इसके अलावा मैंने यह भी देखा कि कोई मन्दिर या महल या पुरानी इमारत शिकस्ता हालत में नहीं है। हुकूमत की तरफ़ से इनकी मरम्मत और देखभाल बराबर होती रहती है। अपनी क़ौम की पुरानी रिवायात को ताज़ा रखना क़ाबिले-तारीफ़ है मगर अफ़सोस यह है कि इन मन्दरों और महलों को क़ायम रखकर जापानी अवाम के दिलों में तंग नज़र क़ौम-परस्ती (बल्कि नस्ल-परस्ती) और ग़ुरूर के जज़्बात पैदा किए जा रहे हैं!

नारा

18 जुलाई, सवेरे उठकर मिसेज़ सहाय और पांडे के हमराह नारा गया। यह भी पुराना और मशहूर शहर है और पहाड़ियों से घिरा हुआ है। अलावा पुराने मन्दिरों के यहां की सबसे मशहूर ख़ुसूसियत यह है कि तमाम शहर में तीन हज़ार के क़रीब बारहसिंगे आज़ादी से घूमते फिरते हैं। यह बारहसिंगे एक मन्दिर से ताल्लुक़ रखते हैं और इसलिए मुतबर्रक समझे जाते हैं। कोई इनको गज़न्द [हानि] नहीं पहुंचा सकता। सय्याह और जातरी इनको बिस्कुट खिलाते रहते हैं।

नारा के बाग़ात और पार्क क़ाबिले-ज़िक्र हैं। एक ख़ूबसूरत पार्क में तोदाई जी का मन्दिर है, जहां गौतम बुद्ध का तमाम दुनिया में सबसे बड़ा कांसे का बुत रखा हुआ है। इस बुत की लम्बाई-चौड़ाई का अन्दाज़ा इससे किया जा सकता है कि फ़क़त चेहरे

की बुलन्दी 16 फ़ुट है और दहाने [मुंह] की चौड़ाई 3 ½ फ़ुट है। यह बुत 749 ई. में जापान के बादशाह शोमो के हुक्म से तैयार किया गया था। उसकी तैयारी में तक़रीबन पांच सौ टन कांसा ख़र्च हुआ और दो साल इसको ढालने में लगे।

जापान का मैनचेस्टर

नारा से हम सब ओसाका गए। इस शहर को जापान का मैनचेस्टर कहना चाहिए। मीलों तक कारख़ानों की चिमनियां ही चिमनियां नज़र आती हैं। ज़्यादातर कपड़ा यहां ही तैयार होता है। शहर मग़रिबी अन्दाज़ पर बना हुआ है और क्योतो और नारा को देखने के बाद बिल्कुल ही मुख़्तलिफ़ माहौल मालूम होता है। कारख़ानों की चिमनियों के धुंए से इमारतें स्याह पड़ गई हैं। रेलें और माल के जहाज़ बराबर आते-जाते रहते हैं। ट्राम और मोटरों के शोर में बात करना मुश्किल है। ग़रज़ मौजूदा सनअती दौर की तमाम ख़ुसूसियात ओसाका में मौजूद हैं।

ओसाका मनेची

शहर में घूमने के बाद हम अख़बार *ओसाका मनेची* का दफ़्तर देखने गए। यह न सिर्फ़ जापान का बल्कि शायद तमाम एशिया का सबसे बड़ा अख़बार है। जापानी और अंग्रेज़ी दोनों ज़बानों में शाया होता है। जापानी में तक़रीबन बीस लाख रोज़ाना इशाअत है और अंग्रेज़ी में कोई बीस हज़ार। इसी अख़बार का एक एडिशन टोक्यो से *तोक्यो निची निची* के नाम से भी शाया होता है। एडिटर साहब की मेहरबानी से मैंने दफ़्तर और प्रेस का हर हिस्सा ग़ौर से देखा और इतना ज़बरदस्त इन्तिज़ाम देखकर दंग रह गया। कुल मिलाकर पांच हज़ार के क़रीब मुलाज़िम हैं। अख़बार का अपना वायरलेस स्टेशन, अपना तारघर और अपने हवाई जहाज़ हैं। इसी अख़बार की तरफ़ से ख़बरों की फ़िल्म भी तैयार होती हैं और अंधों के लिए एक हफ़्तावार रिसाला ब्रेल के हुरूफ़ में शाया होता है। जब तक हमारे मुल्क में भी जबरी और मुफ़्त तालीम न होगी हमारे अख़बारों की इतनी शान नहीं हो सकती।

कोबे की मस्जिद

शाम को कोबे वापस आकर यहां की मस्जिद देखने गया। एक तंग गली में छोटी सी मगर ख़ुशनुमा इमारत है। नीचे एक हॉल है और ऊपर लाइब्रेरी, मदरसा वग़ैरह के लिए कमरे हैं। मुल्ला साहब मालूम हुआ टोक्यो गए हुए हैं। उनके नायब से मुलाक़ात हुई। पांडे के ज़रिए उनसे जापानी ज़बान में बातचीत की। यह मस्जिद जापानी हुकूमत के ख़र्च से बनी है और क़ानूनन इसकी हैसियत हुकूमत की मिल्कियत की है। इसके बनाने की वजह यह है कि रूस में इन्क़िलाब के बाद बहुत से तातारी तुर्क ज़मींदार वग़ैरह मज़दूरों और किसानों का मुल्क छोड़कर जापान में आबाद हो गए हैं। मौजूदा हालात में जापानी हुकूमत इनसे फ़ायदा उठाना चाहती है। चीन के मुसलमानों में प्रोप्रैगण्डा करने के लिए ज़रूरी है कि जापानी मुस्लिम दोस्ती का सबूत दें। इसलिए कोबे और टोक्यो में मस्जिद बनाकर उनकी तस्वीरें चीनी मुसलमान इलाक़ों में तक़सीम की जाती हैं। दूसरे इस्लामी मुल्कों में भी प्रोपैगण्डा किया जा रहा है और बताया जा रहा है कि जापान मुसलमानों का सच्चा हमदर्द और दोस्त है। मगर मुसोलिनी के 'मुहाफ़िज़े-इस्लाम' के ढोंग की तरह यह सब साम्राज्यवादी चालें हैं, जिनसे दुनिया के मुसलमान अच्छी तरह आगाह हो चुके हैं।

रात के पौने ग्यारह बजे की रेल से टोक्यो के लिए रवाना हो गया। इंडिया लॉज के दोस्त स्टेशन पर पहुंचाने आये। कोबे में चन्द रोज़ का क़याम उनकी मेहमान नवाज़ी और अख़लाक़ की वजह से याद रहेगा।

फ़ूजी यामा

इस दफ़ा मैं सोने की गाड़ी (Sleeping car) में सफ़र कर रहा हूं। सेकेण्ड क्लास टिकट के अलावा तक़रीबन ढाई रुपये अतिरिक्त देने से एक पूरी सीट सोने के लिए मिल जाती है। बिस्तर रेलवे कम्पनी की तरफ़ से मुहैया किया जाता है। न सिर्फ़ बिस्तर बल्कि पहनने के लिए सूती किमोनो (जापानी वज़ा का लबादा या ड्रेसिंग गाऊन) और तिनकों के बने हुए स्लीपर भी। रात को निहायत आराम से सोया।

19 जुलाई, सुबह सवेरे आंख खुली तो खिड़की में से दूर फ़ासले पर फ़ूजी यामा पहाड़ नज़र आया, जो सूरज की पहली किरणों में चमक रहा था। यह जापान का

सबसे ऊंचा और मुक़द्दस पहाड़ है। मगर हमारे हिन्दुस्तान के पहाड़ों के मुक़ाबले में कुछ भी ऊंचा नहीं। मगर जापानियों के क़ौमी गुरूर की यह हालत है कि वे अपने मुल्क की हर चीज़ को दुनियाभर में बेहतरीन और सबसे बड़ी समझते हैं। एक मुसाफ़िर जो मेरे क़रीब बैठा हुआ था, कहने लगा, मन्दिर काफ़ी ऊंचाई पर वाक़े है। मन्दिर काफ़ी ऊंचाई पर वाक़े है। 'क्या तुम्हारे मुल्क में भी पहाड़ होते हैं?' मैंने कहा, 'हां', फिर कहने लगा, 'मगर इतने ऊंचे और इतने ख़ूबसूरत नहीं हो सकते जितना हमारा फ़ूजी यामा।'

टोक्यो

तक़रीबन साढ़े नौ बजे टोक्यो पहुंचा। काफ़ी बड़ा शहर मालूम होता है। क्योंकि कोई दस मील पहले से आबादी शुरू हो गई थी। स्टेशन भी शानदार है। मैंने रेलवे होटल में एक कमरा लिया। अच्छा बड़ा होटल है और कमरा भी काफ़ी आरामदेह है। नहा-धोकर खाना खाया और टैक्सी लेकर प्रोफ़ेसर बरलास के मकान पर गया जो टोक्यो की यूनिवर्सिटी में उर्दू के प्रोफ़ेसर हैं। रास्ते में टोक्यो की गुंजान आबादी का अन्दाज़ा हुआ। शहर का ज़्यादातर हिस्सा मग़रिबी अन्दाज़ में है। बम्बई की तरह छह-सात मंज़िल की शानदार इमारतें हैं। बड़ी-बड़ी दुकानें, सिनेमा, थियेटर वग़ैरह। प्रोफ़ेसर बरलास और उनकी बेगम साहिबा बड़े तपाक से मिले और उनके घर में मुसाफ़िरत का एहसास जाता रहा। दोनों ने बड़ी ख़ातिर की। कई दिनों के बाद अच्छा हिन्दुस्तानी खाना नसीब हुआ। अब मालूम नहीं कब मिले। इसलिए मैंने भी ख़ूब डटकर खाया। प्रोफ़ेसर बरलास कई साल से टोक्यो यूनिवर्सिटी में प्रोफ़ेसर हैं। अपने इल्म और अख़लाक़ की वजह से बहुत हर दिल अज़ीज़ हैं। जापान के क़याम के दौरान में उन्होंने इस मुल्क के मुताल्लिक़ काफ़ी वाक़फ़ियत बहम पहुंचाई है। किताबों का एक बेश क़ीमत ज़ख़ीरा जमा किया है।

बेगम बरलास भी अदबी दिलचस्पी रखती हैं और उर्दू के ज़नाना रिसालों में मुद्दत से मैं उनके मज़ामीन पढ़ता रहा हूं। देर तक प्रोफ़ेसर और बेगम बरलास से जापान के हालात के मुताल्लिक़ बातें होती रहीं।

ज़बाने-यारे-मन

शाम के क़रीब एक हमसाया लड़की बेगम बरलास से मिलने आई। मेरा भी उससे तआर्रुफ़ कराया गया। मगर न वह अंग्रेज़ी जानती है और न उर्दू। इसलिए प्रोफ़ेसर साहब और बेगम साहिबा के ज़रिए से उससे बातें होती रहीं। वो मुसव्विरी सीखती है। मैंने कहा कि मेरी दस्तख़तों की किताब (Autograph Book) में कोई तस्वीर बना दो। उसने पांच मिनट में क़लम से एक जापानी लड़की का ख़ाका बना दिया। फिर वह दौड़कर अपने घर गई और अपनी दस्तख़तों की किताब ले आई और मुझसे फ़र्माइश की कि मैं कुछ लिख दूं। मैंने हस्बे-हाल लिख दिया, 'ज़बाने-यार मन तुर्की व मन तुर्की न मी दानम। ' जब बेगम बरलास ने उसका मतलब उसको समझाया तो वो देर तक हंसती रही।

ज़ियारत-गाहें

20 जुलाई, बरलास साहब का लड़का मसऊद आज सुबह होटल आ गया और उसके साथ मैं टोक्यो की सैर को रवाना हो गया। मोटर लेकर तमाम शहर को छान मारा। देहली, अजमेर और बनारस की तरह टोक्यो में भी लातादाद 'ज़ियारत-गाहें' हैं। पुराने मन्दिर, बादशाहों और 'शहीदों' के मक़बरे। ताज्जुब की बात यह है कि मैंने इन 'ज़ियारत-गाहों' में एक मक़बरा भी किसी वली, महात्मा, फ़लसफ़ी, शाइर या अदीब का नहीं देखा। मालूम होता है जापान में फ़क़त जांनिसार सिपाहियों की यादगारें क़ायम की जाती हैं। एक मक़बरा देखा जहां सैंतालीस सिपाहियों की ख़ाक दफ़्न है। ये सिपाही एक नवाब के मुलाज़िम थे। किसी वजह से नवाब पर इताबे-शाही नाज़िल हुआ और उसकी बे-इज़्ज़ती की गई। वफ़ादार सिपाहियों से अपने मालिक की तहक़ीर न बर्दाश्त हो सकी और उन्होंने ख़ुदकुशी कर ली। अब उनकी परस्तिश की जाती है।

गंजे-शहीदां

इन ज़ियारत-गाहों में सबसे मशहूर 'यासा कोनी जंजा' है, जिसको 'गंजे-शहीदां' [शहीदों का समूह] समझना चाहिए। इस इमारत में हज़ारों सूरमा और शहीद

दफ़्न हैं। टोक्यो के स्कूलों बल्कि कॉलेजों और यूनिवर्सिटियों के तालिबे-इल्मों को भी इस जगह की ज़ियारत के लिए वक़्तन-फ़वक़्तन जाना पड़ता है। जब से चीन की मौजूदा जंग शुरू हुई है इस मुक़ाम की अहमियत और भी बढ़ गई है। हर जापानी बच्चे और नौजवान को यहां लाकर यह सबक़ दिया जाता है कि उसका सबसे बड़ा फ़र्ज़ यह है कि इन शहीदों की तरह अपने मुल्क और बादशाह की ख़ातिर जान दे दे। जब मैंने इस ज़ियारत-गाह के सहन में पहुंचकर एहतराम के ख़याल से टोपी उतारी तो मुझ पर भी इस मुक़द्दस माहौल का काफ़ी असर हुआ। मगर वाक़ेआ यह है कि बजाय इसके कि मुझे भी इन 'शहीदों' की तक़लीद में जान देने का जज़्बा पैदा होता, मैं तमाम वक़्त यह सोचता रहा कि कब तक इंसान वतन-परस्ती के नाम पर ख़ून बहाता रहेगा। ये हज़ारों शहीद, जिनकी रूहों के मसकन में मैं खड़ा था, जापान की हिफ़ाज़त करते हुए, जापान की सरज़मीन पर नहीं क़त्ल हुए। बल्कि मनचूरिया और चीन पर पे-दर-पे हमलों के दौरान मारे गए। इसमें कोई शक नहीं कि अपने ख़याल के मुताबिक़ वो अपने मुल्क की ख़िदमत कर रहे थे। इसीलिए उनकी रूहों से भी मुझे हमदर्दी थी मगर उनके क़ातिल चीनी सिपाही नहीं बल्कि वो जापानी सरमायेदार और सियासतदां थे, जो अपनी ज़ाती अग़राज़ के लिए हज़ारों जापानियों और लाखों चीनियों का ख़ून बहा रहे हैं।

इस मुक़ाम पर मेरी मुलाक़ात एक नौजवान शिन्तो राहिब से हो गई, जो इसी ज़ियारत-गाह से मुताल्लिक़ है। वो अंग्रेज़ी बख़ूबी बोल सकता था। मुझसे देर तक हिन्दुस्तान के मुताल्लिक़ बातें करता रहा। गुफ़्तगू के दौरान में मालूम हुआ कि वो टोक्यो यूनिवर्सिटी का ग्रेजुएट है मगर किसी दूसरी नौकरी के बजाय उसने राहिब बनना पसन्द किया था।

शिन्तो

यह राहिब शिन्तो मज़हब से ताल्लुक़ रखता है। जापान का सरकारी मज़हब शिन्तो ही है। गौतम बुद्ध के पैरो भी काफ़ी तादाद में पाए जाते हैं। दरअसल शिन्तो एक मज़हब से भी बढ़कर हैसियत रखता है और जापानी के लिए (ख़्वाह वह बौद्ध हो या ईसाई) लाज़िमी है कि वह शिन्तो में अक़ीदा रखता हो। शिन्तो की पूरी तफ़सील के

लिए तो कई किताबें चाहिए और मैं बावजूद कोशिश के ख़ुद भी इस अजीबो-ग़रीब मज़हब की हक़ीक़त को नहीं समझ सका। मगर शिन्तो की बुनियाद जापानी बादशाहों और अपने आबा व अजदाद की रूहों की परस्तिश पर है। इस मज़हब के पैरोकारों का अक़ीदा है कि तमाम जापानी क़ौम सूरज देवता से पैदा हुई है। इसीलिए वो अपनी क़ौम को दुनिया की और तमाम क़ौमों से बालातर समझते हैं। जापानियों का बादशाह सूरज देवता का जानशीन है। इसलिए (शिन्तो के बमूजिब) उसको तमाम दुनिया पर हुकूमत करने का हक़ है। अलावा बादशाह के वो चांद तारों, हवा, आसमान वग़ैरह की परस्तिश करते हैं। क्योंकि यह मज़ाहिरे-क़ुदरत भी सूरज से पैदा हुए हैं और आबा व अजदाद की हैसियत रखते हैं। इस तरह शिन्तो के बमूजिब हज़ारों देवता हैं। हर ख़ानदान के आबा व अजदाद भी देवताओं की हैसियत रखते हैं और उनकी परस्तिश की जाती है। मगर आजकल शिन्तो से एक सियासी फ़ायदा उठाया जा रहा है। जापानियों को यह यक़ीन दिला दिया गया है कि सूरज देवता की औलाद होने की हैसियत से उनके बादशाह और ख़ुद जापानी क़ौम का हक़ बल्कि फ़र्ज़ है कि तमाम दुनिया पर हुकूमत करे। चीन पर हमले की ग़रज़ भी यही बताई जाती है कि सूरज देवता की सल्तनत की तौसीअ हो। बादशाह की ताबेदारी हर जापानी पर फ़र्ज़ है। दरअसल बादशाह बेचारा तो बराए-नाम है। उसके वज़ीर और दूसरे हाली-मवाली उसके नाम से जो एहकामात जारी करते हैं, उनको बजा लाना हर जापानी अपना मज़हबी फ़र्ज़ समझता है। यही वजह है कि बावजूद बढ़ते हुए इफ़्लास और हज़ारों जानों के नुक़सान के जापानी क़ौम अब तक मौजूदा जंग से पूरी तरह बेज़ार नहीं हुई। मगर फिर भी मज़हबी अक़ीदा हमेशा के लिए भूख और मौत पर ग़ालिब नहीं आ सकता। ज्यों-ज्यों चीन की जंग की वजह से मुल्क में मुफ़्लिसी बढ़ती जाएगी, शिन्तो के मतवाले भी अपने अक़ायद बदलने पर मजबूर होंगे।

दूसरे मज़ाहिब

शिन्तो के अलावा जापान में बौद्ध मत के पैरो भी काफ़ी तादाद में मौजूद हैं। बौद्ध मत हिन्दुस्तान से चीन होता हुआ जापान पहुंचा और इस मुल्क के तमद्दुन और मुआशरत पर इसका ज़बरदस्त असर है। इसी मज़हब की बदौलत जापानी ज़बान

में काफ़ी अल्फ़ाज़ संस्कृत के पाए जाते हैं। कुछ अर्से पहले ईसाई मिशनरियों को जापान में दाख़िल होने की इजाज़त नहीं थी। ईसाइयों पर निहायत ज़ुल्म होता था। मगर अब उनको मज़हबी आज़ादी है इस शर्त पर कि वो शिन्तो अक़ायद के ख़िलाफ़ प्रचार न करें। मैंने एक ईसाई मिशनरी से पूछा कि यह कैसे मुम्किन हो सकता है कि एक शख़्स ईसाई भी है और शिन्तो का भी पैरो है। उसने कहा, “शिन्तो जापानियो का क़ौमी मज़हब है, हम इसके अक़ीदों से उलझे बग़ैर हज़रत ईसा का पैग़ाम पहुंचाते हैं।” हक़ीक़त यह है कि हुकूमत के प्रोपैगण्डे की बदौलत शिन्तो का असर जापान में इतना मज़बूत है कि कोई दूसरा मज़हब इसकी मुख़ालिफ़त कर ही नहीं सकता। जापानी ईसाई भी नाम ही के होते हैं। बादशाह और आबा व अजदाद की परस्तिश बराबर करते हैं।

मुसलमान

चन्द साल से हिन्दुस्तान के बाज़ अख़बारों में अक्सर देखने में आता है कि जापान इस्लाम की तरफ़ रुजूअ हो रहा है और जापानी बड़ी तादाद में मुसलमान हो रहे हैं। मैंने जापान में आकर देखा कि इस बयान में कोई हक़ीक़त नहीं है। रूस से भागे हुए चन्द तातारी ज़रूर आबाद हैं जो जापानी हुकूमत के आलाए-कार हैं। हुकूमत ने दुनिया के मुसलमानों और ख़ुसूसन चीन के मुसलमानों को धोखा देने की ख़ातिर कोबे और टोक्यो में चन्द मस्जिदें बना दी हैं, जो दर-हक़ीक़त मस्जिदें नहीं कहलाई जा सकतीं। क्योंकि क़ानूनन वो जापानी हुकूमत की मिल्कियत हैं। मस्जिद मुसलमान अवाम की मुश्तरका मिल्कियत होती है। जब तक एक ग़ैर-इस्लामी हुकूमत का क़ब्ज़ा उस पर है, उसको मस्जिद नहीं कहा जा सकता। जापानियों ने प्रोपैगण्डे के ज़रिए चीन के मुसलमानों को अपनी तरफ़ करने की बहुत कोशिश की और कर रहे हैं। मगर कोई कामयाबी नहीं हुई। चीन के मुसलमान सही मानी में क़ौम-परस्त हैं और अपने मुल्क के साथ ग़द्दारी करने को तैयार नहीं हैं।

कल और आज

जापान की अजीबो-ग़रीब ख़ुसूसियात का सबूत पूरी तरह से टोक्यो में मिलता है।

क़दामत-परस्ती और जिद्दत-पसन्दी या सूकोई जंजा जैसी ज़ियारत-गाहें तवह्हुम-परस्ती का सबक़ देती हैं और हज़ारों साल पुरानी रस्मों और अक़ीदों को ज़िन्दा रखती हैं। वहां से बाहर निकलकर टोक्यो के बाज़ारों में घूमो तो मालूम होता है यूरोप या अमरीका का एक टुकड़ा है। ज़मींदोज़ रेलें, ट्राम, मोटरें, आसमान में मंडराते हुए हवाई जहाज़, तक़रीबन हर शख़्स मग़रिबी लिबास में, अज़ीमुश्शान इमारतें, मग़रिबी अन्दाज़ की ज़बरदस्त दुकानें, होटल और रेस्तरां , बैंक और सिनेमा और फिर बाज़ारों से होकर किसी जापानी के मकान में जाइये तो बिल्कुल मुख़्तलिफ़ माहौल, चटाइयां और नीची-नीची तिपाइयां, न मेज़ न कुर्सी, बाहर से आकर सब जापानी मग़रिबी लिबास उतारकर अपना किमोनो पहन लेते हैं। दुकानों, बसों, ट्रामों, बैंकों, होटलों में नौजवान लड़कियां फ्राक पहने काम करती हैं। मगर जापानी घरानों में औरत की हैसियत वही है जो अब से चार सदी पहले थी।

बाज़ लोग समझते हैं कि यह मग़रिबी और मशरिक़ी मुआशरत का मज्मूआ जापान का ज़बरदस्त कारनामा है। मुम्किन है ऐसा ही हो। मगर जापान ने यूरोप की तक़लीद में रेलें, तारघर, हवाई जहाज़ तो बना लिए मगर अपनी क़दीम तवह्हुम-परस्ती न छोड़ी। औरतों और किसानों को सियासी आज़ादी न दी। जम्हूरियत [लोकतंत्र], इश्तिराकियत और ज़हनी आज़ादी बीसवीं सदी की नुमायां ख़ुसूसियात हैं, मगर जापान में इनकी नश्व-व-नुमा मम्नूअ है। जापान के सरमायादारों ने कारख़ाने खोलकर करोड़ों रुपया जमा कर लिया है, मगर मज़दूरों को अपनी अंजुमनें बनाने की इजाज़त नहीं है। चीन पर क़ब्ज़ा करने की ख़ातिर जापान के हुक्मरानों ने एक ज़बर्दस्त फ़ौज तैयार कर ली है। साइंस की मदद से जितने मोहलिक हथियार यूरोप में तैयार हुए हैं, वो फ़राहम कर लिए हैं। जंगी जहाज़, बम फेंकने वाले हवाई जहाज़, तोपें, मशीन गनें, बन्दूक़ें, आबदोज़ किश्तियां, ज़हरीली गैस, इन सब चीज़ों को वो चीन में इस्तेमाल कर रहे हैं। मग़रिब से मौत और हलाकत का न सिर्फ़ यह सामान जापान ने हासिल कर लिया, बल्कि फ़ासिज़्म के ज़हरीले जरासीम भी। साथ ही दक़ियानूसी तवह्हुमात से फ़ायदा उठाकर मज़हब के नाम पर उन्होंने अवाम को यक़ीन दिला दिया कि उनके मुल्क की शान इसी में है कि चीन पर क़ब्ज़ा कर लिया जाए, ख़्वाह इस कोशिश में लाखों जानें क्यों न ज़ाया हो जाएं।

मुअम्मा

एक ज़माना था कि जापान के लोग आर्ट के दिलदादा और ख़ुशनुमा चीज़ों के आशिक़ समझे जाते थे। जापानी घरानों में अब भी फूलों को इस सलीक़े से सजाया जाता है कि बे-इख़्तियार उनके एहसासे-हुस्न की दाद देनी पड़ती है। जापानियों का अख़लाक़ और मेहमान नवाज़ी ज़रबुल-मिस्ल हैं। मगर यही क़ौम आज चीन में वो ज़ुल्म ढा रही है, जिसका बयान भी दुश्वार है। सैकड़ों चीनी शहर वीरान पड़े हुए हैं। हज़ारों चीनी क़त्ल हो गए, बेशुमार ज़ख़्मी हैं, लाखों औरतें बेवा और बच्चे यतीम हो गए। इन गुनाहों का बार उसी क़ौम पर है, जो अपनी नफ़ासत-मिज़ाजी के लिए मशहूर है, चीनी शहरों पर उन ही हाथों ने बम फेंककर हलाकत फैलाई है, जो फूलों की सजावट के लिए मशहूर हैं। यह है जापान का मुअम्मा, यह क़ौम-परस्ती का ख़ौफ़नाक पहलू।

इसी मुअम्मे पर ग़ौर करता हुआ और यह उम्मीद करता हुआ कि हिन्दुस्तान की क़ौम-परस्ती कभी इस हद तक न बढ़े मैं योकोहामा की बन्दरगाह से अमरीका के लिए रवाना हो गया।

तीसरा हिस्सा

नई दुनिया

(क) योकोहामा से हॉलीवुड

हंकाऊ वामारू

21 जुलाई, टोक्यो से बीस मील के फ़ासले पर जापान का सबसे बड़ा बन्दरगाह योकोहामा है। यहां से मैं जापानी जहाज़ 'हकाऊ वामारू' में अमरीका के लिए सवार हुआ। अच्छा बड़ा जहाज़ है। मैं सेकेण्ड क्लास में सफ़र कर रहा हूं जो काफ़ी आरामदेह है। मुसाफ़िर ज़्यादा नहीं हैं। बहुत से केबिन ख़ाली पड़े हुए हैं। मैं अपने केबिन में अकेला हूं। इसलिए अपने सामान को जिस तरह चाहूं फैला सकता हूं। तक़रीबन चार बजे जहाज़ रवाना हुआ और आहिस्ता-आहिस्ता बन्दरगाह की खाड़ियों से निकल कर खुले समन्दर की तरफ़ चला। सूरज ग़ुरूब होने तक उफ़क़ पर जापान एक मैले धब्बे की तरह नज़र आने लगा। थोड़ी देर में वह धब्बा भी नज़र से ओझल हो गया। अब हम बहरुल-काहिल (Pacific Ocean) में हैं और हर लम्हा नई दुनिया यानी अमरीका के क़रीब होते जा रहे हैं।

बन्दे मातरम

4 जुलाई – 28 जुलाई, हर जहाज़ पर काफ़ी दिलचस्प हमसफ़र मिलते हैं। मेरे क़रीब ही एक केबिन में सियालकोट का एक नौजवान ताजिर है जो खेल का सामान और कुछ हिन्दुस्तानी मसनूआत (मसलन कश्मीर के नम्दे और रेशम का सामान, मुरादाबादी बरतन) फ़रोख़्त करने की ग़रज़ से दुनिया का सफ़र कर रहा है। आस्ट्रेलिया, न्यूज़ीलैण्ड, फ़िलीपीन और जापान के बाद अब अमरीका जा रहा है। इस सफ़र में उसे काफ़ी कामयाबी हुई है। उससे बातें करने से मालूम हुआ कि अगर हिन्दुस्तानी ताजिर और कारख़ानेदार हिम्मत और दूर-अन्देशी से काम लें तो दूसरे

मुमालिक में हिन्दुस्तानी माल की काफ़ी खपत हो सकती है। इस नौजवान के पास एक ग्रामोफ़ोन और हिन्दुस्तानी गानों के कई रिकार्ड हैं जिनको हम दिनभर बजाया करते हैं। दूसरे हमसफ़र भी अब सहगल, के सी डे, कानन बाला, उमा शशि, मोतीलाल, बबीता देवी, देविका रानी और रत्ना प्रभा की आवाज़ से मानूस हो गए हैं। मैं अपने साथ 'बन्दे मातरम' के क़ौमी तराने का एक रिकार्ड लेकर चला हूं। एक दिन सीलोन में जहां सब मुसाफ़िर जमा थे, मैंने यह रिकार्ड लगा दिया। चन्द अंग्रेज़ों को बहुत पसन्द आया। मगर जब मैंने बताया कि इस गाने की क्या अहमियत है तो वो काफ़ी खिसियाने हुए।

साहब लोग

यह अंग्रेज़ शंघाई में पुलिस अफ़सर हैं। छुट्टी लेकर अमरीका होते हुए इंग्लिस्तान जा रहे हैं। इनके साथ चन्द कैनेडियन हैं और यह भी शंघाई की पुलिस में मुलाज़िम हैं। इन लोगों का एक अलहदा गिरोह है। दूसरे मुसाफ़िरों से बहुत कम बात करते हैं। दिन-रात ताश खेलते हैं या सुराग़रसानी के नॉवल पढ़ते हैं। हालांकि कई साल शंघाई में रह चुके हैं, मगर चीन के मौजूदा हालात से न हमदर्दी है और न कोई दिलचस्पी।

दो दिलेर अमरीकन

बर ख़िलाफ़ इस ग्रुप के चन्द अमरीकन जो चीन से आ रहे हैं, चीनी क़ौम-परस्तों से बहुत हमदर्दी रखते हैं। एक मोटरों के ताजिर ने (जो चीन में दस साल रहा है) मुझसे कहा कि जापान कभी चीन पर क़ब्ज़ा न कर सकेगा क्योंकि अब चीनी मुत्तफ़िक़ और मुत्तहिद हो गए हैं। इसके अलावा उसका ख़याल है कि चीन का रक़्बा इतना बड़ा है कि बावजूद इतनी ज़बरदस्त फ़ौजी ताक़त के जापान इस मुल्क पर कभी हुकूमत नहीं कर सकता।

हमसफ़र अमरीकनों में सबसे दिलचस्प दो नौजवान तालिबे-इल्म हैं। एक लड़का और एक लड़की। ये दोनों एक साल हुए छह और अमरीकन तालिबे-इल्मों के साथ चीन की लिंगनाम यूनिवर्सिटी में तालीम हासिल करने गए थे। (इस इल्मी तबादले की स्कीम के मातहत लिंगनाम यूनिवर्सिटी के आठ चीनी तालिबे-इल्म अमरीकन

यूनिवर्सिटियों में तालीम के लिए भेजे गए थे।) जंग शुरू होने पर बाक़ी छह अमरीकन तो वापस चले गए, मगर इन दोनों ने पूरा साल लिंगनाम ही में गुज़ारा और अपने चीनी रफ़ीक़ों के साथ जंग की मुसीबतों और ख़तरों में शरीक रहे। उनकी ज़बान से मालूम हुआ कि चीनी नौजवानों में अपने वतन की हिफ़ाज़त के लिए कितना जोश है और कितनी दिलेरी से वो जापान के हमला-आवरों का मुक़ाबला कर रहे हैं। जिस ज़माने में ये दोनों वहां थे, लिंगनाम पर कई बार जापानी हवाई जहाज़ों ने बम बरसाए मगर फिर भी यूनिवर्सिटी का काम बराबर जारी रहा। च्यांग काई शेक का हुक्म है कि जंग के दौरान में जहां तक मुम्किन हो कोई कॉलेज या स्कूल बन्द न हो क्योंकि जिस क़द्र ज़्यादा तालीम चीन में फैलेगी जापान की फ़तह उसी क़द्र मुश्किल हो जाएगी।

इन सब अमरीकनों से मिलकर अज़हद ख़ुशी हुई है। बरख़िलाफ़ अंग्रेज़ों के जो अपने आप को लिए दिए रहते हैं और कभी दूसरी क़ौम के लोगों से घुलमिल कर बात नहीं करते, अमरीकन फ़ितरतन ख़ुश-ख़ुल्क़ [प्रसन्नचित्त] और बे-तकल्लुफ़ वाक़े होते हैं।

एक नौजवान जापानी

हमारे दर्जे में एक नौजवान जापानी भी है, जो तालीम की ग़रज़ से अमरीका जा रहा है। उससे बातें करने से मालूम होता है कि तालीम-याफ़्ता जापानियों में भी किसी हद तक साम्राज (शहंशाइयत-परस्ती) का जज़्बा तरक़्क़ी कर गया है। यह लड़का मुझसे कहने लगा, 'तुम हिन्दुस्तानी हम जापानियों की फ़ौजी मदद से अंग्रेज़ों को क्यों नहीं बाहर निकाल देते?' मैंने जवाब दिया, 'इसलिए कि कहीं अंग्रज़ों के बजाय तुम लोग न गले पड़ जाओ।' अमरीकन तालिबे-इल्मों और उस लड़के में बराबर बहस होती रहती है। एक दिन लाजवाब होकर उसे कहना पड़ा, 'मैं मानता हूं कि यह जंग न शुरू होती तो अच्छा था, मगर अब जबकि शुरू हो गई है तो मेरा फ़र्ज़ है कि हर तरह से कोशिश करूं कि जापान की फ़तह हो, वर्ना हमारी क़ौम और हमारे शहंशाह की बड़ी हतक होगी।' मेरा ख़याल है कि ज़्यादातर जापानियों का जंग की बाबत यही अक़ीदा है। वो इस हौलनाक क़त्ले-आम को पसन्द नहीं करते। मगर बचपन से उनको स्कूल और मन्दिर दोनों जगह यही तालीम दी गई है कि मुल्क और शहंशाह की अज़मत के

लिए जो क़ुरबानी भी की जाए कम है।

रूसी ताजिर

दरअसल यह जंग जापानी क़ौम और शहंशाह की अज़मत के लिए नहीं बल्कि जापानी सरमायेदारों के मुनाफ़े के लिए लड़ी जा रही है। हमारे दर्जे में एक रूसी ताजिर है। इन्क़िलाब के बाद यह शख़्स अपने मुल्क से भागकर मनचूरिया में आ बसा था, जहां वह खालों और समूर की तिजारत करता था। मगर (उसने मुझे बताया कि) जब से जापानियों का क़ब्ज़ा मनचूरिया पर हुआ है, हर क़िस्म की तिजारत और सनअत का ठेका जापानी सरमायेदारों को दे दिया गया है, जो करोड़ों रुपये कमा रहे हैं। ग़ैर-जापानी दुकानदारों को मुख़्तलिफ़ ज़राए से तंग करके मुल्क छोड़ने पर मजबूर किया जा रहा है। यह रूसी ताजिर भी इसीलिए अब अमरीका में क़िस्मत आज़माई करने जा रहा है। अगर उस शख़्स ने अपने मुल्क के इन्क़िलाब में किसानों और मज़दूरों का साथ दिया होता तो आज यूं मारा-मारा न फिरता।

सर्दी

जापान से रवाना होने के अगले दिन ही से सर्दी सख़्त हो गई है। हर केबिन में गर्म हवा आने का इन्तिज़ाम है। इसलिए वहां तो आराम रहता है। मगर जब डेक पर आना होता है तो गर्म कोट और मफ़लर वग़ैरह पहनना होता है। ऐसी सर्दी तो लाहौर वग़ैरह में भी नहीं होती। ज्यों-ज्यों हम शुमाल की जानिब बढ़ रहे हैं सर्दी बढ़ती जा रही है। समन्दर पर चारों तरफ़ कोहरा छाया हुआ है। चन्द गज़ पर भी कुछ नज़र नहीं आता। जहाज़ की मुहीब सीटी बार-बार सुनाई देती है। समन्दर में काफ़ी तलातुम है। बाज़ लोगों को मतली की शिकायत हो रही है। शाम की चाय के वक़्त तो कोई खाने के कमरे में आता नहीं अपने केबिन में सिर लपेटे पड़े रहते हैं।

बड़ी बी

हमारे दर्जे में बस दो मुसाफ़िर हैं, जिनको मतली की शिकायत नहीं हुई और जो हर खाने के वक़्त मौजूद रहते हैं। एक मैं और एक अंग्रेज़ ईसाई मिशनरी औरत। खाने

के वक़्त हम मुख़्तलिफ़ मेज़ों पर बैठते हैं, मगर चाय के लिए कोई जगह मुक़र्रर नहीं। एक बड़ी मेज़ पर सबके लिए सामान रख दिया जाता है। एक शाम को मैं चाय पीने के लिए जैसे ही पहुंचा, उन बड़ी बी ने मुझ पर हमला किया, 'ऐ नौजवान!' हज़रत ईसा की उस पुजारन ने मुझे मुख़ातिब करते हुए कहा, 'क्या तुमने कभी अपनी रूह को दोज़ख़ की आग से बचाने की बाबत भी सोचा है?' मैंने जवाब दिया, 'पेट की आग बुझाने से फ़ुर्सत मिले तो रूह और दोज़ख़ के मुताल्लिक़ सोचूं।' बड़ी बी ने केक के एक बड़े टुकड़े को मुंह में रखते हुए कहा, 'इंसान की रूहानी भूख रोटी के टुकड़ों से नहीं भर सकती।' मैंने कहा, 'जी हां, रोटी के अलावा दूसरी इंसानी ज़रूरियात भी हैं।' इसके बाद मुझे ईसाइयत की फ़ज़ीलत पर एक लम्बा लेक्चर सुनना पड़ा। मैंने कहा कि ईसाई क़ौमों की हरकतों को देखते हुए तो मैं समझता हूं कि मैं हिटलर और मुसोलिनी और चैम्बरलेन से बेहतर ईसाई हूं। बड़ी बी बोलीं, 'सियासत को इस बहस में क्या दख़ल?' मैंने कहा, 'क्यों नहीं, आपके मुल्क में तो मज़हबी किताबें और मज़हब के एहकामात पार्लियामेंट की राय से बदले जा सकते हैं और पादरियों को सरकारी ख़ज़ाने से तनख़्वाहें मिलती हैं।' ग़रज़ किसी तरह उन बड़ी बी से पीछा छुड़ाना मुश्किल हो गया। मैंने आख़िरकार मतली का बहाना करके गुलू–ख़लासी पाई और वहां से भागा। अगले दिन चार बजे और मैं चाय के लिए नहीं गया तो जापानी स्टीवर्ड (मुलाज़िम) मेरे केबिन में मुस्कराता हुआ आया।

'आज तुम भी लेट गए?' उसने कहा, 'क्या मतली हो रही है।'

मैंने कहा, 'नहीं, मगर यह बताओ कि तुम मेरे दोस्त हो? मेरी जान बचाओगे?'

'हां हां' उसने यक़ीन दिलाया, 'क्या बात है?'

'तो चुपके से मुझे यहीं चाय दे जाओ और वो मिशनरी औरत पूछे तो कह देना कि मेरी हालत बहुत ख़राब है, मैं चाय पीने नहीं आऊंगा।'

अड़तालीस घंटे का दिन

आज 26 जुलाई है, कल भी 26 जुलाई थी. दूसरे अलफ़ाज़ में यह दिन अड़तालीस घंटे का हुआ। यह क्यों? इसको समझने के लिए आपको स्कूल में पढ़ा हुआ जुग़राफ़िए का सबक़ फिर याद करना पड़ेगा। यहां यह कहना काफ़ी है कि

मग़रिब से मशरिक़ की तरफ़ बहरुल-काहिल को उबूर करने में एक दिन इस तरह मुफ़्त मिलता है।

यह अजीब बात है कि उम्र भर अफ़सोस करते रहते हैं कि दिन में फ़क़त चौबीस घंटे ही क्यों होते हैं। हर शख़्स कहता है, काश दिन चौबीस घंटों के बजाय बत्तीस या अड़तालीस घंटों का होता। फिर हमें सब काम करने का मौक़ा मिलता। इत्मीनान से लिख-पढ़ सकते। दोस्तों से गप्प कर सकते, जी भर कर सो सकते। यह भाग-दौड़ और अदीमुल-फ़ुर्सती जो बीसवीं सदी की ज़िन्दगी की मुस्तक़िल लानत है, उससे छुटकारा पाते। मगर इस अड़तालीस घंटे के दिन का तजुर्बा कम-अज़-कम मेरे लिए तो बिल्कुल नाकामयाब साबित हुआ। 25 जुलाई को मैंने सोचा था कि अगला दिन दो दिनों के बराबर होगा। इसलिए ख़ूब काम करूंगा। कई मज़मून ख़त्म करूंगा। एक किताब पढ़ डालूंगा, कई दर्जन ख़त लिखूंगा। इसी ख़ुशी में 25 तारीख़ को कुछ काम न किया। दिनभर गप-शप में या सोकर गुज़ारा। ताश का खेल ब्रिज (Bridge) सीखने की नाकाम कोशिश की। जब पहली 26 तारीख़ की सुबह हुई तो कितना इत्मीनान था, 'आज तो कोई भाग-दौड़ करने की ज़रूरत ही नहीं।' मैंने सोचा और दिन का ज़्यादातर हिस्सा डेक पर खड़े-खड़े गुज़ारा। समन्दर पर कोहरा छाया हुआ था। सर्दी भी ख़ूब थी और मालूम होता था कि हवा सीधी क़ुतब शुमाली से आ रही है। मगर फिर भी केबिन की घुटन से तो बेहतर था। समन्दरी परिन्दे (seahawk) जहाज़ के साथ-साथ उड़ रहे थे और बावर्चीख़ाने से जो बचा हुआ खाना वग़ैरह समन्दर में फेंका जाता था उस पर फ़ौरन झपट्टा मारते थे। उनमें से कोई हिम्मत करके जहाज़ के मस्तूल या चिम्नी पर भी बैठ जाता था। शाम को चाय के बाद कुछ देर डेक पर टेनिस खेलते रहे। यह खेल बजाय गेंद और बल्लों के फ़क़त सख़्त रबड़ के एक छल्ले से खेला जाता है। बज़ाहिर तो बच्चों का खेल मालूम होता है मगर एक घंटे में थकान से आदमी शल हो जाता है। इतना थकने के बाद काम करना तो नामुम्किन था। खाना खाते ही सो गया। इत्मीनान था कि अगले दिन फिर छब्बीस तारीख़ है। मगर अगले दिन फिर वही क़िस्सा रहा। सुबह उठा तो इस एहसास के साथ कि पिछला दिन बेकार गुज़ार कर इतना सुनहरा मौक़ा गंवाया। कुछ देर किताब पढ़ी और दो तीन ख़त लिखे, फिर सो गया। शाम को कोहरा ज़रा हल्का हो गया। डेक पर घूमने का लुत्फ़ था। इसलिए काम

कौन करता है? अब रात के खाने के बाद ये सतरें लिखने बैठा हूं. मगर खाना डटकर खाया है, जहाज़ हल्के–हल्के हिल रहा है। जैसे कोई लोरियां देकर सुला रहा हो ...

कनाडा

31 जुलाई, आज सुबह उठते ही सब मुसाफ़िर डेक पर आ गए क्योंकि रात से जहाज़ साहिल के बराबर-बराबर चल रहा है। यह है कनाडा, यह है अमरीका, यह है नई दुनिया। कोहरा अब दूर हो गया, गो सर्दी बदस्तूर है। दूर तक साहिल को देख सकते हैं। निहायत ख़ुशगवार मंज़र है। समन्दर के किनारे नीची-नीची पहाड़ियों का सिलसिला चला गया है, जो चीड़ के दरख़्तों से लदी हुई हैं। कनाडियन मुसाफ़िर अज़हद ख़ुश हैं कि उनके वतन की सरज़मीन नज़र आ रही है।

शाम को जहाज़ के कप्तान ने सब मुसाफ़िरों को चाय की दावत दी फ़र्स्ट क्लास के खाने के कमरे में। इसमें कोई शक नहीं कि तमाम सफ़र में इस जहाज़ में हमें हर क़िस्म का आराम मिला। जापानी फ़ौजियों के ख़िलाफ़ मेरे जज़्बात जो भी हों, जापानी जहाज़ों के इन्तिज़ाम की दाद दिए बग़ैर नहीं रह सकता।

रात को आठ बजे के क़रीब जहाज़ साहिल से मीलभर पर ठहर गया। यहां कनाडा और अमरीकन हुकूमतों के अफ़सर मोटर किश्तियों में आये और जहाज़ पर सवार हो गए। जहाज़ फिर रवाना हो गया। हमारे पासपोर्टों की जांच हुई। मुझे अमरीका में दाख़िल होने की इजाज़त इस शर्त पर मिली कि मैं तीन महीने से ज़्यादा न ठहरूंगा। अमरीकन हुकूमत नहीं चाहती कि दूसरे मुल्कों के लोग उनके मुल्क में आकर मुस्तक़िल तौर पर मुक़ीम हों और उनकी क़ौमी दौलत में हिस्सा बटाएं।

वैंकूवर

1 अगस्त, दोपहर के क़रीब हमने वैंकूवर की बन्दरगाह में लंगर डाला। यह कनाडा के मग़रिबी साहिल पर अच्छा बड़ा शहर है। कनाडा वाले मुसाफ़िर सब यहां उतर गए। नौजवान हिन्दुस्तानी ताजिर भी यहां उतर गया। क्योंकि वह पहले कनाडा के तिजारती मुक़ामात का दौरा करेगा। मैं और अमरीकन तालिबे-इल्म दोनों शहर की सैर को गए। तेरह दिन के बाद ज़मीन पर चलना अजीब मालूम होता है। जहाज़ के

इंजनों की मुस्तक़िल आवाज़ कानों में अब तक बसी हुई है और शहर की रौनक़ और भीड़ अजनबी मालूम होती है। डाकख़ाने जाकर ख़त रवाना किए क्योंकि अगर ये ख़त अगले दिन सीएटल में डाले जाएंगे तो तिगुना ख़र्च पड़ेगा। कनाडा और हिन्दुस्तान दोनों सल्तनते-बरतानिया में हैं। इसीलिए उनके दर्मियान हवाई डाक रिआयती नरख़ों [कीमतों] पर जाती है। बरतानवी सल्तनत में होने का यह पहला (और आख़िरी) फ़ायदा मुझे नज़र आया है।

वैंकूवर अच्छा बारौनक़ शहर है। आबादी कोई दो-तीन लाख होगी। इसके आसपास चीड़ के जंगलात हैं और उनकी लकड़ी इसी बन्दरगाह से बाहर भेजी जाती है। वैकूवर की ख़ुशहाली और कारोबार का दारोमदार इन जंगलात ही पर है। शहर में बहुत से लोग मोटे-मोटे जूते और गंवारू कपड़े पहने हुए नज़र आये। ये लोग जंगलों में लकड़ी चीरने का काम करते हैं और कभी-कभी शहर की सैर करने आते हैं। यहां आमतौर से अंग्रेज़ी बोली जाती है। मगर कनाडा के बाज़ मशरिक़ी हिस्सों में फ्रांसीसी राईज है। इसकी वजह यह है कि यह मुल्क पहले फ्रांसीसियों के क़ब्ज़े में था, जिनसे अंग्रेज़ी फ़ौजों ने क्यूबेक की तारीख़ी लड़ाई में जीता था। फ्रांसीसी बाशिन्दों की औलाद की ज़बान और मुआशरत अब भी एक हद तक फ्रांसीसी है और उनमें और अंग्रेज़ नस्ल के बाशिन्दों में अक्सर मामलात पर इख़्तिलाफ़ रहता है। फिर भी किसी ने यह आज तक नहीं कहा कि कनाडा ख़ुदमुख़्तारी के क़ाबिल नहीं है।

सीएटल

3 अगस्त, वैंकूवर से शाम को रवाना होकर अगले दिन सुबह सवेरे हमारा जहाज़ अपनी आख़िरी बन्दरगाह सीएटल पहुंच गया। सुबह जब आंख खुली तो सामान उतारने वाली मशीनों की घरघराहट सुनाई दी। नाश्ते के बाद जहाज़ से उतरे। अभी उतरने के लिए ज़ीने पर क़दम ही रखा था कि एक अख़बार के रिपोर्टर से मुलाक़ात हुई । पहला अमरीकन जिससे अमरीका में मिला काफ़ी दिलचस्प आदमी था। कोई पचास बरस की उम्र थी। दुबला-पतला और कमज़ोर मगर बला का फुर्तीला और ज़िन्दादिल। जब उसे मालूम हुआ कि मैं भी एक अख़बार नवीस हूं तो बड़ा ख़ुश हुआ। नीचे उतर कर कस्टम के मुआइने में मेरी बहुत मदद की। यहां सब मुसाफ़िरों का

सामान खोलकर हर चीज़ की जांच की गई। मेरे पास भला क्या था, जिस पर मेहसूल लगता। चन्द कपड़े, किताबें, अख़बार, टाइप राइटर और कैमरा। कस्टम के अफ़सरों ने अमरीकन और ग़ैर-अमरीकन किसी की रिआयत नहीं की। हर चीज़ निकाल-निकालकर देखी। मगर निहायत तमीज़ और ख़ुश-अख़लाक़ी से। बजाय रौब-दाब से बात करने के वे सब मुसाफ़िरों और अख़बारों के रिपोर्टरों, फोटोग्राफ़रों से निहायत बे-तकल्लुफ़ी से हंसी-मज़ाक़ करते रहे। मुझे उनका यह तर्ज़े-अमल बहुत पसन्द आया।

चूंकि दोनों अमरीकन तालिबे-इल्म इसी ट्रेन से सफ़र कर रहे हैं, जिससे मैं। इसलिए हम तीनों साथ ही बन्दरगाह से स्टेशन आये। यहां से मैंने अपने दो सूट केस बुक कराकर सीधे न्यूयार्क रवाना कर दिए और फ़क़त एक सूटकेस और टाइप राइटर अपने साथ रहने दिया ताकि सफ़र में ख़ुद उठा सकूं। अमरीका में मज़दूरी महंगी है। रेल में सामान रखने के लिए हम्माल को कम-अज़-कम 25 सेंट (यानी तक़रीबन दस आना) देने पड़ते हैं। इसलिए मैंने तय किया कि मैं ख़ुद ही अपना सामान उठाऊंगा।

अमरीकन एक्सप्रेस कम्पनी के दफ़्तर जाने के लिए फिर शहर गया, सीएटल अमरीका के शहरों में एक मामूली शहर है। मगर एक हिन्दुस्तानी के लिए तो यह भी काफ़ी शानदार मालूम होता है। दस-बारह मंज़िलों तक की इमारतें, मोटरों की कसरत, क़ीमती सामान से भरी हुई दुकानें, ये दुनिया का सबसे ज़्यादा अमीर मुल्क है। मगर इस सरमायेदारी निज़ाम में ग़ुरबत हर जगह है। सीएटल में बहुत से लोगों को देखा कि फटे-पुराने कपड़े पहने हुए थे। बाज़ दियासलाई की डिबिया या जूतों के फ़ीते बेचकर भीख मांग रहे थे। स्टेशन के क़रीब ही पिछली जंग में ज़ख़्मी हुए दो सिपाही बैसाखियों के सहारे खड़े ज़बाने-हाल से भीख मांग रहे थे। मगर मैं तो हुस्नो-जमाल के मरकज़ हॉलीवुड जा रहा हूं। मुझे अपाहिज फ़क़ीरों से क्या ग़रज़? हॉलीवुड के ख़्वाब देखता हुआ मैं सह-पहर की ट्रेन से लास एंजेल्स की तरफ़ रवाना हो गया।

मुल्के-ख़ुदा तंग नीस्त

सीएटल अमरीका के शुमाल मशरिक़ी साहिल पर है। यहां से लास एंजेल्स तक जो जुनूब मशरिक़ी साहिल पर है, 40 घंटे का रास्ता है। जैसे कराची से रंगून, लास एंजेल्स से मैं तमाम मुल्क को पार करके न्यूयार्क जाऊंगा, जो मशरिक़ी साहिल पर है।

यह रास्ता रेल से साढ़े चार दिन का है। जैसे कोलम्बो से काबुल, इससे रियासतहाए-मुत्तहिदा अमरीका (United States of America) के रक़्बे का अन्दाज़ा हो सकता है।

सीएटल से रवाना होते वक़्त मैंने देखा कि रेल के हर इंजन पर एक बड़ी घंटी लगी रहती है। जब रेल चलती है तो यह घंटी बजती रहती है। यह उस ज़माने की यादगार है, जब गायों और भेड़ों के गल्ले तमाम मुल्क में घूमा करते थे और उनको रेल की लाइन से हटाने के लिए इस घंटी की ज़रूरत होती थी । अब यह गल्ले यूं ही वाही-तबाही नहीं फिरते बल्कि रेल की खिड़की से मैंने देखा, मीलों लम्बे-चौड़े बाड़ों में रखे जाते हैं, जहां घोड़े सवार रखवाले उनकी हिफ़ाज़त करते हैं। ये गल्लों के रखवाले (Cowboys) दुनियाभर में अपनी बहादुरी और शहसवारी के लिए मशहूर हैं और इनके मुताल्लिक़ हज़ारों फ़िल्म बनाई गई हैं, जो हिन्दुस्तान के क़स्बों तक में मक़बूल हैं।

सीएटल से लास एंजेल्स तक मैंने देखा कि यह मुल्क क़ुदरती दौलत से किस क़द्र मालामाल है, चीड़ और दूसरे दरख़्तों के जंगल, ग़ल्लों के खेत, लाखों मवेशी, मादनियात की खानें, पानी से बिजली पैदा करने के बड़े-बड़े कारख़ाने ग़रज़ क्या नहीं है? सैकड़ों मील तक क़ाबिले-काश्त ज़मीन बेकार पड़ी है। बाज़ औक़ात सौ-सौ मील तक एक झोंपड़ा भी नज़र नहीं आता। इस में कोई शक नहीं कि दो सौ साल में अमरीकनों ने अपने मुल्क को सनअती और इक़्तिसादी एतबार से कहीं से कहीं पहुंचा दिया है, मगर अब भी यहां करोड़ों की आबादी की गुंजाइश है। फिर भी उन्होंने ऐसे क़ानून बना रखे हैं, जिनकी वजह से कोई ग़ैर-मुल्की यहां आकर आबाद हो ही नहीं सकता। यह सोचकर कि यूरोप के छोटे-छोटे मुल्कों में आबादी की ज़्यादती की वजह से हर रोज़ जंग और इंक़लाब का ख़दशा रहता है और उनके पास अपनी ज़ाएद आबादी के लिए कोई जगह नहीं है, यह सोचकर कि लाखों यहूदी जो जर्मनी और आस्ट्रिया से निकाल दिए गए हैं, दर-बदर मारे-मारे फिर रहे हैं ... यह सब सोचकर अमरीकन हुकूमत की तंग-नज़री पर अफ़सोस होता है।

मगर इसमें हुकूमत का भी इतना क़ुसूर नहीं जितना सरमायेदारी के निज़ाम का है। अमरीका में इतना ग़ल्ला पैदा होता है कि मौजूदा आबादी, दोगुनी भी हो जाए

तब भी काफ़ी हो सकता है। लेकिन ग़ल्ले की तिजारत जिन सरमायेदारों के हाथ में है वो ग़ल्ले का नर्ख़ गिराने के बजाय लाखों मन गेहूं, मकई और काफ़ी रेल के और कारख़ानों के इंजनों में ईंधन के तौर पर जलाते हैं ताकि बाज़ार का भाव चढ़ा रहे। केलीफ़ोर्निया के सूबे में लाखों मन फल पैदा होते हैं। मालिक पैदावार का काफ़ी हिस्सा ज़मीन पर पड़ा सड़ने देते हैं, मगर अपने मुनाफ़े की ख़ातिर भाव कम नहीं करते। ग़ज़ब ख़ुदा का कि इस मुल्क में जहां दुनियाभर से ज़्यादा संतरे पैदा होते हैं एक संतरे की क़ीमत पांच आने है। कोई ताज्जुब नहीं कि बावजूद क़ुदरत की फ़य्याज़ी के अमरीका जैसे अमीर मुल्क में भी हज़ारों आदमी भूखे मरते हैं और बेकार हैं। हुकूमत अपने बेकारों की बढ़ती हुई तादाद देखकर फ़ैसला कर देती है कि ग़ैर-मुल्कियों का दाख़िला बन्द कर दिया जाए। मगर इफ़्लास और बेकारी की जड़ को नहीं काटती।

मेरी सात बीवियां

हमारे रेल के दर्जे में जितने भी अमरीकन मर्द और औरत हैं सब मुझसे बहुत अख़लाक़ और तपाक से पेश आते हैं। मैं देखता हूं कि ये लोग अंग्रेज़ों की निस्बत कितने ज़्यादा हंसमुख और दिलचस्प हैं, बिल्कुल जैसे हिन्दुस्तान में रेल के मुसाफ़िर एक दूसरे से फ़ौरन घुलमिल जाते हैं। यहां भी इसी तरह बेतकल्लुफ़ी बरतते हैं। मुझे एक हिन्दुस्तानी समझकर सब ताज्जुब से देखते हैं क्योंकि इनमें से अक्सर ने कभी हिन्दुस्तानी को नहीं देखा। एक आठ-दस साल का लड़का जो मेरे क़रीब ही बैठा है बहुत तेज़ है, दिनभर सवाल पूछता है।

‘ तुम कहां से आये हो?’

‘हिन्दुस्तान से’

‘क्या तुम महाराजा हो?’

‘नहीं।’

‘फिर क्या तुम स्वामी हो?’

‘नहीं, मैं तो अख़बार-नवीस हूं’

‘अच्छा तो तुम्हारे मुल्क में अख़बार भी होते हैं?’

‘ हां, न सिर्फ़ अख़बार, बल्कि हर चीज़ रेल, मोटर, तार, टेलीफ़ोन, रेडियो।’

'क्या तुम हाथी पर चढ़ते हो?'

'नहीं, ट्राम पर।'

'और तुम्हारी कितनी बीवियां हैं?'

'एक भी नहीं, अभी शादी ही नहीं हुई।'

'अजीब बात है, मैं तो समझता था कि बारह बरस की उम्र में सब हिन्दुस्तानियों की शादी हो जाती है और उनकी सात-सात बीवियां होती हैं। अच्छा यह बताओ कि …'

उस लड़के से बातें करके मालूम हुआ कि हिन्दुस्तानियों के मुताल्लिक़ दूसरे मुल्कों में कितनी ग़लतफ़हमियां हैं। आम तौर से लोग हमें नीम-मुहज़्ज़ब और वहशी समझते हैं। जो थोड़े-बहुत पढ़े-लिखे लोग हैं और हिन्दुस्तान के मज़ाहिब और फ़लसफ़े की क़द्र करते हैं वो इस ख़ुश-फ़हमी में मुब्तला हैं कि हम में हर शख़्स एक महाराजा या स्वामी है। कोई यह मानने को तैयार नहीं है कि हम उनकी ही तरह से मामूली इंसान हैं न बहुत अच्छे न बहुत बुरे, न सब वहशी हैं न सब रूहानी पेशवा।

मैंने उस लड़के से पूछा कि आख़िर उसको हिन्दुस्तान के मुताल्लिक़ ये सब मालूमात कहां से हासिल हुईं। उसने कहा, 'मदर इंडिया' जैसी और फ़िल्म 'ड्रम' जैसे हमारे हुक्मरानों ने अच्छा इन्तिज़ाम कर रखा है कि हम गुलामों के साथ दुनिया की हमदर्दी भी न हो।

दीवाला

सीएटल से रवाना होने के अगले दिन मेरे अमरीकन दोस्त तो अपने शहर में उतर गए। योकोहामा से यहां तक साथ सफ़र करने के बाद हम लोग इतने बे-तकल्लुफ़ हो गए थे जैसे सालों की दोस्ती हो। टोम बोल्स्टर और एलन बूथ दोनों नौजवान अमरीका के बेहतरीन नुमाइन्दे हैं और उनसे मैंने अमरीका के सियासी और मुआशरती मसाएल की मुताल्लिक़ बहुत कुछ सीखा। वैसे भी उनके साथ होने से अब तक मैंने यह न महसूस किया था कि मैं अपने वतन से इतनी दूर एक अजनबी मुल्क में सफ़र कर रहा हूं। उनके उतरने के बाद चन्द घंटे तक तबीयत घबराई। मगर 'सफ़र है शर्त मुसाफ़िर

नवाज़ बहुतेरे ’ दूसरे हमदर्द मुसाफ़िरों से बातों में लग कर वक़्त दिलचस्पी से कटता रहा। (चन्द माह बाद टोम और एलन के ख़त से यह मालूम करके निहायत ख़ुशी हुई कि उनकी शादी हो गई है।)

दोपहर को मैं खाने के दर्जे (Dining Car) में गया और किफ़ायत-शआरी के ख़याल से फ़क़त एक कटलस पर इक्तिफ़ा की। बिल आया तो क़ीमत देखकर दंग रह गया। एक डालर यानी तक़रीबन तीन रुपये। अमरीका और हिन्दुस्तान के इक़्तिसादी मेयार में अगर यही निस्बत है तो मेरा बहुत जल्द दीवाला निकल जाएगा।

लास एंजेल्स

3 अगस्त, आज सुबह से रेल मुक़ाबलतन आबाद इलाक़े से गुज़र रही है। मगर यह ज़मीन इतनी सरसब्ज़ नहीं है। बल्कि राजपूताना की तरह से बंजर और रेतीली है। रेल की लाइन के किनारे-किनारे मोटर की बहुत अच्छी सड़क है। जिस पर हर दस-दस पन्द्रह-पन्द्रह मील के फ़ासले से पेट्रोल स्टेशन और होटल वग़ैरह बने हुए हैं। दस बजे के क़रीब हम लास एंजेल्स के गिर्दो-नवाह में आ गए। अब रेल के दोनों तरफ़ संतरों और नीबू के बाग़ हैं जो मीलों तक चले गए हैं। कहीं-कहीं छोटे-छोटे सफ़ेद बंगले भी नज़र आते हैं... बारह बजे लास एंजेल्स के स्टेशन पर पहुंच गई।

स्टेशन से मैं टैक्सी करके यहां वाई.एम.सी.ए. आ गया हूं और आठवीं मंज़िल पर एक मुख़्तसर सा कमरा एक डालर रोज़ाना पर ले लिया है। लास एंजेल्स अमरीका के सबसे बड़े शहरों में से एक है। हॉलीवुड क़रीब होने से इसकी अहमियत में और भी इज़ाफ़ा हो गया है। इमारतें बीस-बीस मंज़िल तक की हैं। तक़रीबन हर शख़्स के पास मोटर नज़र आती है। मेरे कमरे की खिड़की से तीन बड़ी इमारतें साफ़ नज़र आती हैं। एक गिरजा है, जिस पर बिजली के अल्फ़ाज़ में लिखा है हज़रत ईसा नजात दहिन्दा हैं (Christ Saves)। इसके क़रीब ही एक सिनेमा है, जिस पर लाल और नीली रोशनी के अल्फ़ाज़ में एक फ़िल्म का इश्तिहार है और इन दोनों इमारतों से बहुत बड़ी तीसरी इमारत है, यह एक बैंक है। इक़्बाल मरहूम ने सच कहा है: –

गिरजों से कहीं बढ़के हैं बैंकों की इमारात!

हॉलीवुड

हॉलीवुड का नाम किसने नहीं सुना? यह दुनिया का सबसे बड़ा फ़िल्मी मरकज़ है। यहां की बनाई हुई फ़िल्म तमाम दुनिया के लाखों सिनेमाओं में दिखाई जाती हैं। यहां दुनिया की हसीनतरीन औरतें रहती हैं। यहां फ़िल्म स्टारों को अमरीका के प्रेज़िडेन्ट और हिन्दुस्तान के वाइसराय से ज़्यादा तनख़्वाहें मिलती हैं। हिन्दुस्तान या चीन, इंग्लिस्तान या डेनमार्क, ईरान या आस्ट्रेलिया हर मुल्क में हॉलीवुड के शैदाई मिलेंगे।

हॉलीवुड क्या है, यही मालूम करने तो मैं यहां आया हूं। मगर सबसे पहले तो यह समझ लेना चाहिए कि हॉलीवुड क्या नहीं है : –

हॉलीवुड एक शहर नहीं है। अमरीका के नक़्शे में इस नाम का कोई क़स्बा भी नहीं है, न इस नाम का कोई डाकख़ाना है, न रेलवे स्टेशन, अगर लास एंजेल्स से टैक्सी में सवार होकर ड्राइवर से कहें, 'हॉलीवुड' चलो तो वह आपके मुंह को तकेगा, फिर हॉलीवुड कहां है और क्या है?

यह कहा जा सकता है कि हॉलीवुड लास एंजेल्स शहर के गिर्दो-नवाह में है। मगर फिर भी यक़ीन के साथ किसी एक मुक़ाम को यह नाम नहीं दिया जा सकता।

आइए फिर हॉलीवुड की तारीख़ का मुतालेआ करें। इससे पता चलता है कि गो आज इस नाम का कोई शहर नहीं है, मगर अब से पचास साल पहले लास एंजेल्स से पांच-सात मील पर एक छोटा सा क़स्बा था। जिसका नाम हॉलीवुड था। इसी ज़माने में सिनेमा की ईजाद हुई थी। अमरीका के मग़रिबी साहिल पर साल के बारह महीने ख़ुशगवार मौसम रहता है और सूरज हमेशा निकला रहता है। उस ज़माने में फ़िल्म हमेशा खुले मैदान में सूरज की रोशनी में बनाई जाती थी। स्टूडियो और बिजली के 'मसनूई सूरज' अभी तक ईजाद न हुए थे। इसलिए फ़िल्म बनाने वाले सब मग़रिबी साहिल पर चले आए। लास एंजेल्स एक छोटा सा क़स्बा था। उसके आसपास ज़मीन सस्ती थी, सिनेमा ने अपना डेरा यहीं डाल दिया।

लास एंजेल्स के क़रीब चन्द हज़ार की आबादी का क़स्बा हॉलीवुड था। उस वक़्त उसकी अपनी म्युनिस्पलिटी थी। मगर कोई चालीस साल हुए इस म्युनिस्पलिटी को लास एंजेल्स के साथ मिला दिया गया और हॉलीवुड का नाम सरकारी नक़्शों पर से

ग़ायब हो गया। मगर इस अर्से में फ़िल्म बनाने वालों का यह मरकज़ हॉलीवुड के नाम से मशहूर हो गया था। और अब भी जब मुख़्तलिफ़ स्टूडियो एक दूसरे से पन्द्रह-पन्द्रह बीस-बीस मील के फ़ास्ले पर वाक़े हैं, वो सब हॉलीवुड ही में वाक़े समझे जाते हैं।

दिलचस्प बात यह है कि अब से चालीस पचास साल पहले हॉलीवुड का क़स्बा अपनी आबादी की मज़हबियत की वजह से मशहूर था। पेंशनयाफ़्ता सरकारी अफ़सर, 'शुरफ़ा' और छोटे-छोटे सरमायेदार यहां आबाद थे। सब इतवार को गिरजा जाने वाले इज़्ज़त और 'आबरू' के ठेकेदार और तमाम जिद्दतों के सख़्त मुख़ालिफ़। जब उन्होंने देखा कि सिनेमा कम्पनियों के एक्टर और एक्ट्रेसें उनके क़स्बे में आकर रहने लगे हैं तो उन्होंने इसके ख़िलाफ़ सख़्त एहतिजाज किया। रिज़ॉल्यूशन पास करके सिनेमा वालों का 'हुक़्क़ा-पानी' बन्द किया और उनको मकान किराये पर देने से इन्कार करते रहे। वो सिनेमा को शैतान का धन्धा समझते थे। एक बड़े मियां ने अपने मकान के पास किसी कम्पनी के एक्टरों को फ़िल्म बनाते हुए जो देखा तो इतने बिगड़े कि बन्दूक़ लाकर फ़ायर कर दिया। ख़ैरियत हुई कि कोई मरा नहीं। मगर इससे मालूम होता है कि ख़ुद हॉलीवुड वाले उस ज़माने में सिनेमा के कितने मुख़ालिफ़ थे। कहा जाता है कि जब हॉलीवुड की बनी हुई फ़िल्म दुनियाभर के शहरों में दिखाई जाने लगी तब भी ख़ुद इस शहर में कोई सिनेमा न था।

मगर इक़्तिसादी हालात मज़हबी अक़ीदों और समाजी तास्सुब से भी ज़्यादा कामयाब साबित हुए। दस-पन्द्रह साल ही में सिनेमा ने हॉलीवुड की दुनिया बदल दी। फ़िल्मों की मक़बूलियत ज्यों-ज्यों बढ़ती गई, एक्टरों और एक्ट्रेसों की तनख़्वाहें बढ़ीं और अमीर आदमियों के लिए किस घर के दरवाज़े बन्द रह सकते हैं। हॉलीवुड के बाशिन्दों ने फ़िल्म कम्पनी के हाथों अपनी ज़मीनें मुंह मांगे दामों पर बेचीं, अपने मकान बड़ी-बड़ी क़ीमतों पर एक्टरों को बेचे या किराये पर दिए और बहुत जल्द यह मुख़्तसर सा क़स्बा एक ख़ुशहाल शहर बन गया। आबादी इतनी बढ़ गई कि एक तरफ़ हॉलीवुड लास एंजेल्स के शहर से मिल गया और दूसरी तरफ़ दूर तक रेगिस्तान में स्टूडियो और रेगिस्तान बनते चले गए। आज जबकि फ़िल्मी सनअत ने इतनी तरक़्क़ी कर ली है और दुनिया के हर कोने से रुपया खिंच कर हॉलीवुड की तरफ़ आ रहा है, इस मुक़ाम ने बैनुल-अक़वामी अहमियत हासिल कर ली है। आज हॉलीवुड किसी

शहर या क़स्बे या मुक़ाम का नाम नहीं है, बल्कि एक माहौल का नाम है जिसके साथ सैकड़ों रोमान-अंगेज़ रिवायात वाबस्ता हैं।

जादू-ख़ाने

एक हफ़्ते के क़याम में मैंने हॉलीवुड की कई कम्पनियों के स्टूडियो देखे, जिन में वार्नर ब्रॉदर्स (Warner Brothers) और आर.के.ओ. रेडियो (R.K.O. Radio) ख़ास तौर से क़ाबिले-ज़िक्र हैं। वार्नर ब्रॉदर्स शायद तमाम हॉलीवुड में सबसे बड़ी कम्पनी है। यहां सालभर में दो सौ से ज़ाएद फ़िल्म तैयार होती हैं यानी एक कम्पनी इतनी फ़िल्म बनाती है जितने हिन्दुस्तान की तमाम कम्पनियां मिलकर भी सालभर में नहीं बनातीं। इसी से अन्दाज़ा किया जा सकता है कि हॉलीवुड की फ़िल्म कम्पनियां हमारी कम्पनियों से कितनी ज़्यादा तरक़्क़ी-याफ़्ता हैं। इसकी वजह यह है कि हॉलीवुड की फ़िल्म न सिर्फ़ अमरीका के हज़ारों सिनेमाओं में दिखाई जाती हैं बल्कि दुनिया के तक़रीबन हर मुल्क में भेजी जाती हैं। हिन्दुस्तान ही से तक़रीबन एक करोड़ रुपया हर साल हॉलीवुड आता है। एक फ़िल्म पर एक-दो करोड़ की आमदनी हॉलीवुड में मामूली बात है। यही वजह है कि वो दुनिया के बेहतरीन अदाकारों, डायरेक्टरों, फ़ोटोग्राफ़रों, कहानी लिखने वालों और मुकालमा नवीसों को मुलाज़िम रख सकते हैं। बेहतरीन कैमरे और मशीनें इस्तेमाल कर सकते हैं, दुनिया के तमाम अख़बारों में इश्तेहार दे सकते हैं। कोई ताज्जुब नहीं कि इनकी फ़िल्म हमारी फ़िल्मों से बेहतर होती हैं। बरख़िलाफ़ इसके हिन्दुस्तानी फ़िल्म फ़क़त हिन्दुस्तान के हज़ार बारह सौ सिनेमाओं ही में दिखाई जा सकती हैं। सिनेमा के टिकटों की क़ीमत भी हिन्दुस्तान जैसे ग़रीब मुल्क में बहुत कम है। एक फ़िल्म पर ज़्यादा से ज़्यादा आमदनी दो-तीन लाख हो सकती है। हालांकि मामूली फ़िल्मों पर तो एक लाख बनाना भी मुश्किल होता है। ऐसी हालत में कमाल तो यह है कि अच्छी या बुरी, हम सौ डेढ़ सौ फ़िल्म हर साल बना ही लेते हैं।

हॉलीवुड की कम्पनियों के सरमाये और ग़ैर-मेहदूद वसाएल का इससे अन्दाज़ा किया जा सकता है कि वो अपने फ़िल्मों के लिए हर क़िस्म के मनाज़िर चन्द घंटों में तैयार कर सकते हैं। अठारहवीं सदी के बग़दाद का बाज़ार, क़दीम रोम का गिरजा,

मौजूदा न्यूयार्क की एक सड़क, पेरिस का एफ़िल टावर, आगरा का ताजमहल या बनारस के घाट, क्लियोपेट्रा का महल या अफ्रीका का जंगल, जिस मंज़र की ज़रूरत हो वो स्टूडियो के अन्दर तैयार हो सकता है। ऐसी इमारतें फ़क़त फ़िल्मी ज़रूरत के लिए काफ़ी होती हैं यानी बस देखने ही देखने की होती हैं। मसलन आप स्टूडियो में घूमते-घूमते दफ़अतन एक ज़बर्दस्त महल देखेंगे। मालूम होगा सदियों पुराना है, पत्थर ज़माने की गर्दिश से घिस गए हैं। वज़नी मुजस्समे [मूर्तियां] नस्ब [स्थापित] हैं। लोहे या तांबे के दरवाज़े, क़ीमती पर्दे लटके हुए हैं। लेकिन अगर आप इन दरवाज़ों को खोलेंगे तो पहले आपको मालूम होगा कि दरवाज़े लकड़ी के बने हुए हैं और उन पर ऐसा रंग किया गया है कि लोहे के मालूम हों, दूसरे यह कि दरवाज़े के पीछे कुछ नहीं है। फ़क़त लकड़ी के शहतीर और बल्लियां हैं जिनके सहारे इस 'महल' का ढांचा खड़ा हुआ है।

न सिर्फ़ स्टूडियो में इस क़िस्म की इमारतें चन्द घंटों या ज़्यादा से ज़्यादा चन्द रोज़ में तैयार हो सकती हैं बल्कि हर क़िस्म के लिबास, फ़र्नीचर, बर्तन, हथियार, आलाते-मौसीक़ी ये चीज़ें भी ज़ख़ीरे में रहती हैं ताकि बवक़्ते-ज़रूरत काम आयें। ये तो ख़ैर मामूली बातें हैं, हॉलीवुड के इंजीनियरों और फ़िल्मी 'जादूगरों' का कमाल तो उस वक़्त देखने में आता है जब किसी फ़िल्म के लिए ख़ास क़िस्म के मनाज़िर की ज़रूरत होती है। मसलन समन्दर के तूफ़ान में एक जहाज़ को डुबोना है या ऐसी ज़बर्दस्त आंधी दिखानी है जिसमें मकान उड़ गए हों या ऐसा ज़लज़ला जिसमें शहर के शहर तबाह हो गए हों या हवाई जहाज़ों की लड़ाई, जब इन मनाज़िर को सिनेमा के पर्दे पर देखते हैं तो ख़याल भी नहीं गुज़रता कि ये सब मसनूई हैं और स्टूडियो में बनाए गए हैं। ये सब मनाज़िर सिनेमा की शोब्देबाज़ी [चालाकी] के कारनामे हैं। इनकी तैयारी में लाखों रुपये ख़र्च होते हैं और हफ़्तों की तैयारी दरकार होती है। और इनको देखकर पुराने जादूगरों के करतब बच्चों के खेल मालूम होते हैं।

गंगादीन

मैंने हॉलीवुड की सैर में एक हफ़्ता बड़ी हंसी-ख़ुशी से काटा। जिन लोगों से भी मिला वो निहायत अख़लाक़ से पेश आये। आर.के.ओ. रेडियो (R.K.O. Radio) के

स्टूडियो में मेरी काफ़ी आव-भगत हुई। स्टूडियो का हर शोबा मुझे दिखाया गया। मगर यह देखकर मुझे काफ़ी तकलीफ़ हुई कि इस स्टूडियो में एक ऐसी फ़िल्म बनाई जा रही है जिसमें मेरी क़ौम की तज़लील की गई है। इस फ़िल्म का नाम 'गंगादीन' है। इसकी कहानी इंग्लिस्तान के मशहूर शाइर रुडयार्ड किपलिंग की एक नज़्म पर बनी है। रुडयार्ड किपलिंग बरतानवी शहंशाहियत का ज़बर्दस्त मुबल्लिग़ था। उसकी तमाम कहानियों और नज़्मों का मक़सद बरतानवी हुकूमत का प्रोपैगण्डा है। 'गंगादीन' एक फ़ौजी भिश्ती की 'कारगुज़ारी' और 'वफ़ादारी' का क़िस्सा है। जिसमें दिखाया गया है कि किस तरह लड़ाकू और 'वहशी' हिन्दुस्तानी दग़ाबाज़ी से एक अंग्रेज़ पलटन पर हमला करते हैं और अंग्रेज़ सिपाही किस दिलेरी और शुजाअत से उनका मुक़ाबला करते हैं। गंगादीन उस पलटन का भिश्ती है। वह अपने अंग्रेज़ आक़ाओं की ख़ातिर अपनी जान देकर पलटन को बचा लेता है। इस कहानी का मक़सद हिन्दुस्तानियों को यह सिखाना है कि उनको भी गंगादीन की तरह वफ़ादार रहना चाहिए और तमाम दुनिया को यह जताना है कि सिवाय गंगादीन जैसे चन्द वफ़ादार मुलाज़िमों के सब हिन्दुस्तानी ज़ालिम और वहशी होते हैं। मैंने चन्द ज़राए से 'गंगादीन' फ़िल्म का पूरा मंज़रनामा या सिनेरियो (Scenario) हासिल करके पढ़ा। तमाम फ़िल्म में शायद ही कोई सीन ऐसा हो जिसमें किसी न किसी तरह हिन्दुस्तानियों की तज़लील न की गई हो और हिन्दुस्तानी ज़िन्दगी की इतनी ग़लत तस्वीर भी मैंने नहीं देखी। पठानों को दिखाया गया है कि वो धोती बांधते हैं और काली की पूजा करते हैं। दर्रा-ए-ख़ैबर के आसपास हाथी घूमते हैं। मन्दिरों में क़त्ल और लूट की साज़िशें होती हैं। ग़रज़ हर तरह से यह फ़िल्म क़ाबिले-मलामत है।

आख़िर हम हिन्दुस्तानियों ने अमरीकनों का क्या बिगाड़ा है कि वो इस क़िस्म के फ़िल्म बनाकर तमाम दुनिया में हमारी ज़िल्लत करना चाहते हैं? मेरा ख़याल है कि आमतौर से अमरीकन हिन्दुस्तानियों से हमदर्दी रखते हैं। मगर हमारी मुआशरत, हमारे रस्मो-रिवाज और सियासी सूरते-हाल से बिल्कुल नावाक़िफ़ हैं। जब कभी हॉलीवुड में कोई फ़िल्म हिन्दुस्तान के मुताल्लिक़ बनती है तो बरतानवी हुकूमत की तरफ़ से चन्द अंग्रेज़ फ़ौजी अफ़सर मशवरे के लिए भेजे जाते हैं। चूंकि अमरीकन डायरेक्टर वग़ैरह ख़ुद हिन्दुस्तान से बिल्कुल नावाक़िफ़ हैं इसलिए वे अंग्रेज़ मुशीरों

की राय पर अमल करते हैं। नतीजा ज़ाहिर ही है। बरतानवी शहंशाहियत निहायत चालाकी से हॉलीवुड के ज़रिए अपना काम निकाल रही है।

एक गुलाम मुल्क की यह ताक़त तो कहां कि ऐसे फ़िल्मों का बनना बन्द करा दे या दूसरे मुल्कों में दिखाने न दे। मगर हिन्दुस्तान जाकर मुझे कोशिश करनी चाहिए कि कम-अज़-कम ऐसे ज़लील फ़िल्म की नुमाइश हिन्दुस्तान में तो न हो। (यह फ़िल्म जब हिन्दुस्तान आई तो तमाम सूबों की हुकूमतों ने इसको पास करने से इन्कार कर दिया, सिवाय बंगाल की हुकूमत के!)

हिन्दुस्तानी

आमतौर से यह समझा जाता है कि हिन्दुस्तानी अपने मुल्क से निकलते हुए घबराते हैं। मगर कौन सा मुल्क है जहां हिन्दुस्तानी तारिके-वतन [प्रवासी] नहीं मिलते? अमरीका के मग़रिबी साहिल ख़ुसूसन केलीफ़ोर्निया के सूबे में सैकड़ों हिन्दुस्तानी आबाद हैं। उनमें से ज़्यादातर खेती-बाड़ी का काम करते हैं। बाज़ ने तो पैसा जमा करके ज़मीन ख़रीद ली है और मुस्तक़िल तौर पर यहीं आबाद हो गए हैं। ये लोग अब से बीस-पच्चीस बरस पहले यहां क़िस्मत आज़माई के लिए आये थे। उस ज़माने में अमरीका की हुकूमत की तरफ़ से ग़ैर-मुल्कियों पर कोई पाबन्दी नहीं थी। मगर उन हिन्दुस्तानियों ने यह ग़लती की थी कि अपने बाल-बच्चों को हिन्दुस्तान ही में छोड़कर आये थे। जिसका नतीजा यह हुआ कि जब नये क़ानून की रू से ग़ैर-मुल्कियों का दाख़िला बन्द कर दिया गया तो ये लोग अपने घर वालों को अमरीका न बुला सके। बूढ़े होकर बहुत से तो हिन्दुस्तान वापस चले गए और बाक़ी भी कभी न कभी वापस चले जाएंगे। इनमें ज़्यादातर बिल्कुल अनपढ़ थे। इसलिए अमरीका में ज़बान और मुआशरत से नावाक़िफ़ होने की वजह से उन्होंने काफ़ी तकलीफ़ें उठाईं। इसलिए उनकी हिम्मत की और भी दाद देनी पड़ती है।

इन काश्तकारों के अलावा पढ़े-लिखे हिन्दुस्तानियों की भी थोड़ी सी तादाद यहां है। ये वो ख़ानदान हैं जो तिजारत के लिए आये थे और यहीं आबाद हो गए। सैन फ़्रान्सिस्को में एक हिन्दुस्तानी लेडी डाक्टर हैं और लास एंजेल्स में तालिबे-इल्मों के अलावा चन्द हिन्दुस्तानी हैं जो कभी-कभी हिन्दुस्तानी या मशरिक़ी फ़िल्मों में काम

करके पेट पालते हैं।

सैयद हुसैन

लास एंजेल्स में सैयद हुसैन से भी मिला जो किसी ज़माने में हमारे अख़बार 'बम्बई क्रॉनिकल' के असिस्टेन्ट एडिटर और मशहूर क़ौम-परस्त लीडर थे। कोई पन्द्रह साल से वह अमरीका में हैं और अपने मज़ामीन और लेक्चरों की वजह से उन्होंने काफ़ी नाम पैदा किया है। अब वह लास एंजेल्स की यूनिवर्सिटी में हिन्दुस्तानी तारीख़ और तमद्दुन के प्रोफ़ेसर हैं और तालीमी हलक़ों में निहायत इज़्ज़त की निगाह से देखे जाते हैं। पिछले साल वह चन्द माह के दौरे के लिए हिन्दुस्तान गए थे। जब बम्बई में मैं उनसे मिला था। लास एंजेल्स में मेरे मुख़्तसर क़याम के दौरान में सैयद हुसैन से मुझे काफ़ी मदद मिली और कई दावतें खाने में आईं।

एक और हिन्दुस्तानी राम बगाई से भी इत्तेफ़ाक़िया मुलाक़ात हुई और निहायत मुफ़ीद साबित हुई। राम बगाई के मरहूम वालिद तिजारत की ग़रज़ से बीस साल पहले पंजाब से अमरीका आये थे, जब राम की उम्र बीस बरस की थी। अब वह अपनी वालिदा के साथ रहता है और यूनिवर्सिटी में फ़िल्मसाज़ी की तालीम हासिल कर रहा है। निहायत तेज़ और हमदर्द नौजवान है। हर हिन्दुस्तानी मुसाफ़िर की अज़हद ख़ातिर मुदारात करता है और कई हिन्दुस्तानी अख़बारों और रिसालों के लिए फ़िल्मों के मुताल्लिक़ मज़मून लिखता है। बगाई और उसकी वालिदा ने पूरी हिन्दुस्तानी मेहमान नवाज़ी बरती और इसरार किया कि मैं दोनों वक़्त खाना उनके साथ खाऊं। खाना और हिन्दुस्तानी वज़ा का पका हुआ, भला कौन इन्कार कर सकता है।

राम बगाई और उसके चन्द अज़ीज़ों से मिलकर जो सैन फ़्रान्सिस्को से आये हुए थे, मुझे अन्दाज़ा हुआ कि दूसरे मुल्कों में जो हिन्दुस्तानी पड़े हुए हैं उनको अपने वतन और हम-वतनों से कितनी मुहब्बत है।

अमरीका का गांधी

लास एंजेल्स के क़रीब ही एक मुक़ाम पासाडीना है, जहां मैं दुनिया के मशहूर सोशलिस्ट मुसन्निफ़ उप्टन सिंक्लेयर से मिला। अपनी सादगी, रहमदिली और ख़िदमते-

ख़ल्क़ के जज़्बे के एतबार से वो 'अमरीका का महात्मा गांधी' कहलाने का मुस्तहिक़ है। अदबी क़ाबिलियत तो उप्टन सिंक्लेयर की मानी हुई है। साठ बरस की उम्र में पूरी साठ किताबें लिखी हैं, जिनमें से हर एक में (ख़्वाह नॉवल हो, मआशियात पर किताब हो या नज़्म) उसने ज़ुल्म, जहालत, बे-इंसाफ़ी और सरमायेदारी के ख़िलाफ़ जिहाद किया है। ये किताबें लाखों की तादाद में बिकी हैं और दर्जनों ज़बानों में इनके तर्जुमे शाया हुए हैं। हिन्दुस्तान की शायद ही कोई ज़बान हो, जिसमें उप्टन सिंक्लेयर की किताबें शाया न हुई हों।

आम अमरीकनों की तरह उप्टन सिंक्लेयर हिन्दुस्तान के हालात से नावाक़िफ़ नहीं है। किताबों और अख़बारों के ज़रिए उसने हर मसअले पर ख़ुद को बाख़बर रखा है। थोड़ी देर की गुफ़्तगू के बाद उप्टन सिंक्लेयर ने मुझसे कहा, 'तुम क़ौमी कांग्रेस के मेम्बर तो ज़रूर होगे, मगर यह बताओ कि गांधी के ज़्यादा क़ायल हो या जवाहर लाल के?' इसके बाद हिन्दुस्तान में सोशलिज़्म के मुस्तक़बिल के मुताल्लिक़ देर तक बातें होती रहीं।

तीन घंटे की यादगार गुफ़्तगू के बाद जब मैं रुख़्सत हुआ तो सिंक्लेयर ने मेहरबानी से मुझे अपनी चन्द किताबें तोहफ़े में दीं। उनके बदले मैंने जवाहर लाल की अपनी लिखी हुई सवानेह-उमरी नज़्र की और इस तरह दुनिया की दो मशहूर हस्तियों का एक-दूसरे से तआर्रुफ़ करा दिया।

हॉलीवुड से ख़िताब

लास एंजेल्स से रवाना होने से पहले मैंने हॉलीवुड के मशहूर रेडियो स्टेशन के.एम.पी.सी. से एक तक़रीर ब्रॉडकास्ट की जो फ़िल्मी हलक़ों में काफ़ी दिलचस्पी से सुनी गई। इस तक़रीर में हॉलीवुड को मुख़ातिब करते हुए मैंने बताया कि हॉलीवुड की फ़िल्म किस तरह शौक़ से हिन्दुस्तान में देखी जाती हैं। फिर मैंने उन फ़िल्मी सितारों को अलग-अलग नाम लेकर मुख़ातिब किया जो ख़ास तौर से हिन्दुस्तान में मक़बूल हैं। मसलन पॉल मुनी, ग्रेटा गारबो, शरली टेम्पल, बेटी डेविस वग़ैरह। आख़िर में मैंने सख़्त अल्फ़ाज़ में शिकायत की कि हॉलीवुड में जितने फ़िल्म हिन्दुस्तान के मुताल्लिक़ तैयार होते हैं, उनमें हमारे मुल्क और क़ौम की तज़लील की जाती है।

अमरीका में रेडियो स्टेशन हुकूमत की मिल्कियत नहीं हैं बल्कि मुख़्तलिफ़ प्राइवेट कम्पनियों के हैं। उनके प्रोग्रामों में आधा वक़्त इश्तिहारों की नज़्र हो जाता है। बीच-बीच में आम दिलचस्पी के प्रोग्राम(गाने, तक़रीरें, ख़बरें वग़ैरह) रखे जाते हैं। रेडियो पर इश्तिहार ब्रॉडकास्ट कराना काफ़ी महंगा होता है। पांच मिनट के लिए कई-कई हज़ार डालर देने पड़ते हैं। इसी रुपये से वो अपना ख़र्च निकालते हैं। हुकूमत से कोई वास्ता नहीं। अमरीका में रेडियो इस क़द्र मक़बूल है कि ख़ुद लास एंजेल्स शहर में (जिसकी आबादी बम्बई के बराबर है) अठारह रेडियो स्टेशन हैं। न्यूयार्क में पच्चीस-तीस हैं। इसी तरह छोटे-छोटे शहरों में भी एक-दो रेडियो स्टेशन हैं।

आम दिलचस्पी के प्रोग्रामों और इश्तिहारों को अजीब तरह से मिलाया जाता है। मसलन मेरी तक़रीर ख़त्म होते ही एनाउन्सर ने कहा, 'अभी-अभी आपने ख़्वाजा अहमद अब्बास की तक़रीर सुनी है, जो हॉलीवुड की सैर को हिन्दुस्तान से आये हैं। अगर आप हिन्दुस्तान का सफ़र करना चाहते हैं तो फ़लां सफ़र एजेन्सी से आपको सब ज़रूरी इत्तलाआत मिल सकती हैं और हां अगर आपको हिन्दुस्तानी मसनूआत के सामान से दिलचस्पी है तो यह आपको फ़लां दुकान पर मिलेगा ... '

प्याले में तमाशा

लास एंजेल्स के आसपास जो मशहूर मुक़ामात हैं उनमें एक तफ़रीहगाह जिसको हॉलीवुड का प्याला (Hollywood Bowl) कहते हैं। 'प्याला' क्यों? इसलिए कि उस मुक़ाम पर कई पहाड़ियों के बीच में जो वादी है वो बिल्कुल प्याले की शक्ल में है। इन पहाड़ियों की ढलवान पर पत्थर काट-काटकर सीढ़ियां बनाई गई हैं जिन पर पच्चीस-तीस हज़ार आदमी बैठ सकते हैं। वादी के बीचों-बीच एक बहुत बड़ा स्टेज बनाया गया है जिस पर एक वक़्त में कई सौ एक्टर काम कर सकते हैं। लाउडस्पीकर के ज़रिए स्टेज की आवाज़ें वादी के हर-हर कोने तक पहुंचाई जा सकती हैं। साफ़ मौसम में रात को तमाशा होता है। स्टेज पर कोई पर्दा नहीं है। इसके बजाय जब ड्रामे का एक्ट ख़त्म हो जाता है तो अंधेरा कर दिया जाता है। इस 'प्याले' में फ़क़त बेहतरीन एक्टर और गाने वाले स्टेज पर आ सकते हैं।

रात के आठ बजे तमाशा शुरू हुआ। अजीब समां था। ऊपर आसमान, जगमगाते

हुए तारे, ठण्डी-ठण्डी हवा, पहाड़ों की सीढ़ियां, तीस हज़ार इंसानों से पटी हुई फ़ज़ा में हल्का-हल्का शोर, जैसे करोड़ों मक्खियां भिनभिना रही हों। फिर यकायक रोशनियों का गुल हो जाना, मुकम्मल अंधेरा, चारों तरफ़ ख़ामोशी जैसे तीस हज़ार इंसानों ने सांस रोक ली हो। और फिर दूर, बहुत दूर ... वादी के बीच में दफ़अतन रोशनी, सबकी निगाहें एक ही रोशन नुक़्ते पर जमी हुई। मौसीक़ी एक झंकार के साथ फ़ज़ा पर छा गई, तमाशा शुरू हो गया।

जिस जगह मैं बैठा हुआ था वहां से स्टेज कम-अज़-कम तीन फ़र्लांग नीचे होगा। एक्टर बिल्कुल गुड़ियों की तरह नज़र आते थे। मगर आवाज़ लाउडस्पीकर के ज़रिए इतनी साफ़ आती थी कि मुकालमे और गाने लफ़्ज़ बलफ़्ज़ सुने जा सकते थे. अपनी उम्र में बहुत से तमाशे देखे। मगर ऐसा हैरत-अंगेज़ और दिल-फ़रेब तमाशा पहले कभी न देखा था।

हॉलीवुड के दो रुख़

हॉलीवुड की दास्तान बहुत लम्बी होती जा रही है। क़िस्सा मुख़्तसर यह कि

1. जहां लाखों रुपये माहवार पाने वाले फ़िल्मी सितारे और उनके शानदार मकान देखे, वहां वो तंग और तारीक मकान भी देखे, जहां फ़िल्मी शोहरत के तलबगार इस उम्मीद में रहते हैं कि छोटे-छोटे पार्ट करते-करते वो भी किसी दिन ग्रेटा गारबो और जॉन क्राफोर्ड की तरह मशहूर और अमीर हो जाएंगे।
2. जहां स्टूडियोज़ में सनअत और साइंस के हैरत-अंगेज़ कारनामे देखे और क़ाबिल डायरेक्टरों, अदाकारों और लिखने वालों से मिला, वहां यह भी देखा कि किस तरह करोड़ों रुपया इस सनअत में बेकार सर्फ़ होता है। किस तरह नाक़ाबिल अदाकारों को पब्लिसिटी और इश्तिहारबाज़ी के ज़ोर से मक़बूल बनाया जाता है। किस तरह ख़ुद-ग़रज़ फ़िल्मसाज़ अपनी ज़ाती पसन्द और नापसन्दीदगी पर क़ाबिलियत और लियाक़त को क़ुरबान करते हैं।
3. जहां ऐसे एक्टरों और एक्ट्रेसों को देखा जो ऐशो-इशरत में ज़िन्दगी खोते हैं, वहां उनको भी देखा जो मज़ाक़े-सलीम [स्वस्थ विनोद] और दिल में दर्द

रखते हैं। शोहरत के आसमान पर पहुंचने के बाद भी अपने दिमाग़ों का तवाज़ुन क़ायम रखते हैं। और दुनिया से हमेशा के लिए मुफ़्लिसी, बीमारी और बे-इंसाफ़ी दूर करने के लिए हर मुम्किन कोशिश करते हैं। स्पेन और चीन के लिए चन्दा जमा करते हैं, बेकारों की ख़ातिर तमाशे करके रुपया जमा करते हैं। स्टुडियो के छोटे दर्जे के काम करने वालों की तनख़्वाहें बढ़ाने के लिए स्ट्राइक करते हैं।

4. वे होटल और रेस्टोरेन्ट भी देखे जहां घंटे में लोग हज़ारों रुपये खाने-पीने में सर्फ़ कर देते हैं और दुनिया का वो अजीबतरीन रेस्टोरेन्ट भी देखा जहां बाहर मोटे-मोटे अल्फ़ाज़ में लिखा हुआ है कि 'खाना खाने के बाद अगर आपका जी चाहे तो एक पैसा भी अदा न कीजिए' (दरियाफ़्त करने पर मालूम हुआ कि हज़ार में दो ख़रीदार इस ऐलान से फ़ायदा उठाते हैं)।

5. इस इश्तिहारबाज़ी के मरकज़ में न सिर्फ़ सिनेमा और थियेटर और साबुन और सिगरेट के इश्तिहार देखे बल्कि क़ब्रिस्तानों और गोरकनों के भी इश्तिहार देखे, 'हमारे पुर-बहार और पुर-फ़ज़ा क़ब्रिस्तान में अपने अज़ीज़ों को दफ़्न कीजिए।'

(ख) न्यूयार्क, यूकैप सी और बोस्टन

मग़रिब से मशरिक़

11 अगस्त, लास एंजेल्स अमरीका के मग़रिबी साहिल पर है। तीन हज़ार मील से ज़्यादा फ़ासला है, चार दिन का सफ़र है मगर ट्रेन काफ़ी आरामदेह है। रात को सोने के लिए अलग-अलग दर्जे हैं। मगर उनके लिए ज़ाएद किराया देना पड़ता है। मामूली दर्जों में नशिस्तें कुर्सियों की तरह हैं, स्प्रिंग के गद्दे लगे हुए हैं। क्योंकि भीड़ नहीं है इसलिए हर मुसाफ़िर के पास दो-दो कुर्सियां हैं। रात को कंडक्टर (रेल का मुलाज़िम) हर मुसाफ़िर को एक-एक तकिया दे जाता है। इसलिए यहां भी टांगें सुकेड़ कर इंसान सो ही सकता है। मैं लास एंजेल्स स्टेशन से रात को नौ बजे सवार हुआ। दस बजे सब दर्जों की रोशनियां धीमी कर दी गईं और सब मुसाफ़िर सो गए।

शर्ली टेम्पल

12 अगस्त, रेल के तमाम दर्जे इस तरह बनाए गए हैं कि बाहर जितनी भी गर्मी या सर्दी हो अन्दर टेम्प्रेचर एक ही रहता है। एक स्टेशन पर मैं चन्द मिनट के लिए बाहर निकला तो लू की गर्मी से झुलस गया। शायद मुल्तान में भी अगस्त के महीने में इतनी शिद्दत की गर्मी न होती होगी। हम लोग हिन्दुस्तान में यह समझते हैं कि अमरीका एक ठण्डा मुल्क है, यहां आकर मालूम हुआ कि इस मौसम में यहां भी ख़ूब गर्मी होती है।

दिन भर मैं एक चार-पांच बरस की बच्ची से बातें करता रहा, जो मेरे क़रीब की एक नशिस्त पर बैठी हुई है। उसकी शक्ल फ़िल्म स्टार शर्ली टेम्पल से बहुत मिलती-जुलती है। वैसे ही घुंघराले बाल, वैसी ही मासूम हंसी, मैं उसको शर्ली टेम्पल कहकर देर तक छेड़ता रहा और फिर यह बच्ची मेरी अंग्रेज़ी की ग़लतियां दुरुस्त करती रही। अमरीका में अंग्रेज़ी बोली जाती है, मगर एक ख़ास लहजे के साथ। मसलन अंग्रेज़

कहते हैं 'गिलास' और अमरीकन कहते हैं 'गिलैस'।

ज़राअत

13 अगस्त, एक दिन में अपने दर्जे के तमाम मुसाफ़िरों से दोस्ती हो गई है। सबको एक हिन्दुस्तानी को देखकर बहुत ताज्जुब हुआ। हिन्दुस्तान के मुताल्लिक़ सवाल पूछते रहे। मग़रिबी अमरीका में जो हिन्दुस्तानी आबाद हैं उनके मुताल्लिक़ इन अमरीकनों की राय अच्छी मालूम होती है। एक लड़की जो किसी स्कूल में उस्तानी है, कहती है कि उसके क़स्बे में एक हिन्दुस्तानी डाक्टर बीस साल से रहता है और सब अमरीकन उससे इलाज कराते हैं। हिन्दुस्तान की औलाद भी कहां-कहां फैली हुई है।

इस दर्जे में जितने लोग हैं उनमें से कोई भी न्यूयार्क तक नहीं जा रहा है। सब रास्ते में उतर जाएंगे। ज़्यादातर तो वो लोग हैं जिन्होंने कभी अपने मुल्क का सबसे बड़ा शहर देखा ही नहीं। वो मुझे बड़ा ख़ुश-क़िस्मत समझते हैं कि मैं न्यूयार्क जा रहा हूं।

कल तमाम दिन ग़ैर-आबाद और बंजर इलाक़े से गुज़र रहे थे, मगर आज ज़रख़ेज़ इलाक़े से गुज़र रहे हैं। दोनों तरफ़ गेहूं और मकई के खेत फैले हुए हैं। मगर हमारे हिन्दुस्तान की तरह छोटी-छोटी क्यारियों जैसे खेत नहीं बल्कि कई-कई मील लम्बे-चौड़े खेत, जिनमें घोड़े बड़े-बड़े हल खींचते हैं या ट्रैक्टर (मोटर के हल) से काम लिया जाता है। फ़ी बीगह यहां हिन्दुस्तान से दोगुनी और तिगुनी पैदावार होती है। इसकी वजह यह है कि यहां साइंस की बरकत से ज़राअत नये-नये तरीक़ों से की जाती है। दर्जनों अख़बार निकलते हैं, जिनमें सिर्फ़ काश्तकारों के काम की ख़बरें और मज़मून होते हैं।

शिकागो

14 अगस्त, सुबह नौ बजे शिकागो पहुंच गए। यहां रेल बदलनी थी। दूसरी ट्रेन के चलने में देर थी। मैं जल्दी से टैक्सी में बैठकर शहर की सैर को गया। लास एंजेल्स से कहीं बड़ा शहर है। बीस-पच्चीस मंज़िलों की इमारतें, मोटरों की कसरत, भीड़ और शोर। अमरीकन फ़िल्मों की बदौलत शिकागो के बदमाश हिन्दुस्तान तक में मशहूर

हैं। दुनिया भर से ज़्यादा जरायम इस शहर में होते हैं। शायद ही कोई दिन ऐसा होता हो, जब एक क़त्ल न हो, डाके तो मामूली चीज़ हैं। अमरीका के डाकू भी मौजूदा ईजादात से पूरा-पूरा फ़ायदा उठाते हैं। तेज़ मोटरों, रिवॉल्वरों, राइफ़लों, बमों इन सब चीज़ों को इस्तेमाल करते हैं। शिकागो इस क़द्र बदनाम है कि यहां नौवारिद को हर शख़्स डाकू बदमाश ही नज़र आता है। हालांकि ज़ाहिर है कि निन्यानवे फ़ीसदी लोग तो बेचारे शहरी बेगुनाह हैं।

यह अजीब बात है कि दुनिया में बुराई की शोहरत ज़्यादा होती है और अच्छी बातों की नहीं होती। शिकागो के डाकू दूर-दूर मशहूर हैं। इनके मुताल्लिक़ फ़िल्म बनाए जाते हैं। दूसरे मुल्कों में (हिन्दुस्तान में भी) मुजरिम इनके तरीक़ों की नक़्ल करते हैं। मगर यह बहुत कम लोगों को मालूम है कि शिकागो आला तालीम ख़ुसूसन साइंस की तालीम का ज़बरदस्त मरकज़ है। दुनिया भर में जितनी ईजादें होती हैं और साइंस के मुख़्तलिफ़ शोबों को तरक़्क़ी मिलती है, उनमें शिकागो के प्रोफ़ेसरों और साइंसदानों का काफ़ी हिस्सा होता है।

बारह बजे के क़रीब शिकागो से रेल चली। अब हम आबाद इलाक़े से गुज़र रहे हैं। हर पचास-साठ मील पर अच्छे बड़े शहर मिलते हैं। तमाम मुल्क में यह सब से क़दीम शहर हैं। क्योंकि यूरोप से आकर लोग यहां ही आबाद हुए थे।

न्यूयार्क

15 अगस्त, सुबह सवेरे आंख खुली तो देखा कि रेल सुरंगों में से गुज़र रही है। पहाड़ की सुरंगें नहीं बल्कि शहर के नीचे-नीचे रेल की लाइनों का जाल फैला हुआ है। कहीं-कहीं रेल ज़मीन की सतह पर आ जाती है और शहर का हिस्सा नज़र आता है। धुआं, कारख़ाने, चिम्नियां, काले-काले मकान, रेल के धुंए से काले हो गए हैं। सुरंगे, गैस और बिजली के कारख़ाने, ग़ुरबत-ज़दा आबादी, मज़दूरों के ग़ौल के ग़ौल, कारख़ानों की तरफ़ जाते हुए। यह है न्यूयार्क का पहला मंज़र जो मैंने देखा। हर शहर में दाख़िल होने के कई रास्ते होते हैं। मसलन बम्बई में अगर समन्दर के रास्ते से दाख़िल हों तो दूर से ताज महल होटल और फ़ोर्ट की शानदार इमारतें नज़र आएंगी। मगर जब रेल से आते हैं तो सबसे पहले दादर और परेल के मज़दूरों के गन्दे

और अंधेरे मकान नज़र आते हैं। इसी तरह मैं न्यूयार्क में 'ग़लत' रास्ते से दाख़िल हुआ। अगर समन्दर के रास्ते से आता तो मीलों दूर से 'आज़ादी' का शानदार बुत नज़र आता। शहर की आसमान से बातें करने वाली इमारतें नज़र आतीं। बन्दरगाह में बड़े-बड़े जहाज़ खड़े हुए दिखाई देते। मगर जिस रास्ते से मैं आया, मैंने न्यूयार्क का तारीक पहलू पहली नज़र में देख लिया। शायद किसी शहर को देखने का यही बेहतर तरीक़ा है।

इंटरनेशनल हाउस

स्टेशन से टैक्सी लेकर मैं इंटरनेशनल हाउस (International House) आया। यह ग़ैर-मुल्की तालिबे-इल्मों का बोर्डिंग हाउस है। यहां चीनी, जापानी, हिन्दुस्तानी, जर्मन, फ्रांसीसी ग़रज़ हर क़ौम के तालिबे-इल्म रहते हैं। मैं तमाम दुनिया के नौजवानों की कान्फ्रेन्स (World Youth Conference) में शिरकत करने आया हूं। इसका दफ़्तर भी फ़िलहाल यहां ही है। दुनिया के कोने-कोने से सैकड़ों डेलीगेट आये हुए हैं। आज सब यहां ठहरेंगे और कल यहां से यूकैप सी जाएंगे, जहां वासर कॉलेज में कान्फ्रेन्स के इजलास होंगे।

इंटरनेशनल हाउस में दूसरे हिन्दुस्तानी डेलीगेटों से मुलाक़ात हुई जो यूरोप से सीधे बहरे-औक़्यानूस [अटलांटिक महासागर] के रास्ते आये हैं। हमारे लीडर बम्बई के मशहूर कांग्रेस सोशलिस्ट यूसुफ़ मेहर अली हैं, जो हिन्दुस्तान से इसी कान्फ्रेन्स की ग़रज़ से आये हैं। उनके अलावा मियां इफ़्तिख़ारुद्दीन हैं जो पंजाब के नौजवान कांग्रेसी लीडर हैं। इन दोनों को मैं मुद्दत से जानता हूं। मिस रेनू राय और आरविन बोस कैम्ब्रिज यूनिवर्सिटी में पढ़ते हैं, वहां से आये हैं। बासू पेरिस यूनिवर्सिटी में तालीम पाते हैं। दिन भर सब डेलीगेट एक-दूसरे से मिलते रहे और मुख़्तलिफ़ कमेटियों के जलसे होते रहे। मैं और मियां इफ़्तिख़ार मौक़ा पाते ही शहर की सैर को चल दिए।

स्ट्राइक

सबसे पहली चीज़ जो हमने न्यूयार्क में देखी वो एक मोज़े बनियानों के कारख़ाने की स्ट्राइक थी। मालिक ने मज़दूरों को तनख़्वाह कम कर दी थी। मज़दूरों ने काम

करने से इन्कार कर दिया। कारख़ाने के दरवाज़े पर चन्द नौजवान मज़दूर पिकेटिंग कर रहे थे और ग़द्दार मज़दूरों को अन्दर जाकर काम करने से रोक रहे थे। एक लड़के से हम देर तक बातें करते रहे। उसने बताया कि किस तरह कारख़ानों के मालिक मज़दूरों पर ज़ुल्म करते हैं। मगर पिछले एक-दो साल से न्यूयार्क में ट्रेड यूनियन यानी मज़दूरों की अंजुमनों का ज़ोर है। मज़दूरों की हर जमाअत मुनज़्ज़म है और मालिकों के जब्रो-इश्तिदाद [अत्याचार] का मुक़ाबला करती है। उस मज़दूर लड़के से बातें करके हम हैरान रह गए। उप्टन सिंक्लेयर के बाद यह पहला अमरीकन मुझे मिला जो हिन्दुस्तान के मुताल्लिक़ सही वाक़फ़ियत रखता है। हिन्दुस्तान में सोशलिज़्म के बढ़ते हुए असर के मुताल्लिक़ गुफ़्तगू करते हुए उसने कहा, 'उम्मीद है कि एक दिन अमरीका और हिन्दुस्तान दुनिया में दो ज़बरदस्त सोशलिस्ट हुकूमतें होंगी।'

शहर में घूमने पर हमने देखा कि इस क़िस्म की स्ट्राइक कई और कारख़ानों और दुकानों में हो रही थी। न्यूयार्क की बड़ी-बड़ी दुकानें भी कारख़ानों से कम नहीं। बाज़ दुकानें जहां हर क़िस्म का सामान मिलता है और जिनको डिपार्टमेंट स्टोर्स कहते हैं, इतनी बड़ी हैं कि एक वक़्त में एक दुकान में आठ-दस हज़ार ख़रीदार मौजूद रहते हैं। दो-दो तीन-तीन हज़ार मुलाज़िम रहते हैं। उप्टन सिंक्लेयर ने मुझे बताया था कि अमरीका में सरमायेदारी उस दर्जे पर पहुंच गई है, जहां बड़े-बड़े सरमायेदार छोटे सरमायेदारों को भी नहीं पनपने देते। छोटी दुकानें छोटे कारख़ाने, छोटे अख़बार सब बन्द होते जा रहे हैं और उनकी जगह बड़े-बड़े कारोबार तरक़्क़ी कर रहे हैं यानी दौलत सिमट-सिमटकर चन्द लोगों के हाथ में जमा होती जा रही है।

104 मंज़िलें

मैंने बम्बई में सात मंज़िल की इमारतें देखी थीं, कलकत्ता में नौ-दस मंज़िल तक की इमारतें देखी थीं, शंघाई में तेरह-चौदह मंज़िल तक की इमारतें देखी थीं, लास एंजेल्स में आकर बीस मंज़िल ऊंचे मकान देखे और शिकागो में पच्चीस मंज़िल की इमारतें नज़र आईं, मगर ये सब न्यूयार्क की सबसे ऊंची इमारत एम्पायर स्टेट बिल्डिंग के सामने क्या हैसियत रखती हैं, जो 104 मंज़िल की है। इस इमारत को ऊपर तक देखने के लिए कोई एक फ़र्लांग दूर खड़े होकर देखना पड़ता है। फिर भी ख़दशा रहता

है कि टोपी न गिर जाए। एक मीनार मालूम होती है, जिसकी चोटी बादलों में तैर रही है। हम लिफ़्ट में उसकी चोटी तक गए। ये लिफ़्ट भी निहायत तेज़ होती हैं और कोई एक-डेढ़ मिनट में ऊपर पहुंचा देती हैं। एक्सप्रेस रेलों की तरह एक्सप्रेस लिफ़्ट भी होती हैं, जो रास्ते में बहुत कम ठहरती हैं। सबसे ऊपर की मंज़िल पर एक मुख़्तसर सा रेस्टोरेन्ट है, जहां हमने चाय पी। यहां से दूर तक पूरा न्यूयार्क नज़र आता है। नीचे सड़कों पर चलती हुई मोटरें बिल्कुल खिलौने मालूम होती हैं और दरियाए-हडसन, जिसके दहाने पर न्यूयार्क वाक़े है, सफ़ेद धज्जी मालूम होता है।

इस इमारत के आसपास चन्द और इमारतें चालीस से लेकर अस्सी मंज़िल तक की हैं। मगर आम तौर से न्यूयार्क की इमारतें इतनी ऊंची नहीं हैं, अगरचे दस-बारह मंज़िलें तक़रीबन हर इमारत की होती हैं।

यादगार नज़ारा

रात को एक खेल के मैदान में नौजवानों की कान्फ्रेन्स का इफ़्तिताह हुआ। न्यूयार्क के तरक़्क़ी-पसन्द मेयर लागुवार्डिया ने सदारत की। दुनिया की 56 क़ौमों के सात सौ नुमाइन्दों के अलावा न्यूयार्क के पचास हज़ार नौजवान तमाशा देखने के लिए मौजूद थे। लागुवार्डिया साहब ने अपनी तक़रीर में कहा कि दुनिया का मुस्तक़बिल नौजवानों के हाथ में है। इसके बाद हर बर्रे-आज़म के एक नुमाइन्दे ने तक़रीर की। एशिया की तरफ़ से चीन का एक नुमाइन्दा बोला और यूरोप की तरफ़ से स्पेन की एक लड़की ने तक़रीर की। अफ़्रीका की नुमाइन्दगी एक हब्शी काली बाला ने की। जब तमाम नुमाइन्दे अपने-अपने क़ौमी झण्डे लिए हुए मैदान के गिर्द मार्च करते हुए घूमे तो सबसे ज़्यादा तालियां चीनी नुमाइन्दों के लिए बजीं। उनके बाद स्पेन का नम्बर था। हिन्दुस्तानी नुमाइन्दे जब अपना तिरंगा झण्डा लिए हुए निकले तो काफ़ी लोगों ने तालियां बजाईं। एक शख़्स ने चिल्लाकर कहा, 'महात्मा गांधी का क्या हाल-चाल है' (How is good old Gandhi)। यह नौजवानों के इत्तिहाद और उख़ूवत [भाईचारे] का ऐसा शानदार मुज़ाहिरा था कि हर वो शख़्स, जो मौजूद था, उम्र भर याद रखेगा।

यूकैप सी

16 अगस्त, न्यूयार्क से दोपहर को एक छोटे से दुख़ानी [भाप के] जहाज़ में सवार होकर तमाम डेलीगेट यूकैप सी आ गए। यह क़स्बा न्यूयार्क से कोई साठ मील के फ़ासले पर दरिया के किनारे आबाद है। वासर कॉलेज जहां हमारी कान्फ्रेन्स हो रही है और जहां हम ठहरे हैं, अमरीका का सबसे मशहूर लड़कियों का कॉलेज है। यहां अमीर घरानों की कई हज़ार लड़कियां तालीम पाती हैं। आजकल कॉलेज में छुट्टियां हैं इसलिए बोर्डिंग वग़ैरह ख़ाली हैं और हम लोग बड़े ठाठ से ठहरे हुए हैं। ख़ुश-क़िस्मती से मुझे तो पूरा कमरा मिल गया है। मालूम होता है जो लड़कियां इस कमरे में रहती हैं वो बहुत सलीक़े वाली हैं, क्योंकि कमरा बहुत ख़ुश-मज़ाक़ी के साथ सजा हुआ है।

जिस वक़्त हमारा जहाज़ यूकैप सी पहुंचा तो शहर के सैकड़ों मर्द, औरत और बच्चे हमारे इस्तक़बाल के लिए मौजूद थे। अपने क़स्बे में तमाम दुनिया के नौजवानों का इतना बड़ा गिरोह देखकर वो ख़ुशी से फूले न समाते थे। उनकी मेहमान-नवाज़ी और दोस्ताना रवैये का हमारे दिलों पर बड़ा असर हुआ। शाम को जब हम बाज़ार घूमने गए तो वहां भी हर दुकानदार और राहगीर हम लोगों से निहायत अख़लाक़ से मिला। एक शराब की दुकान के मालिक ने तो जोश में आकर ऐलान कर दिया कि कान्फ्रेन्स का जो डेलीगेट चाहे उसके यहां मुफ़्त शराब पी सकता है। अफ़सोस कि मैं तो इस फ़य्याज़ी से फ़ायदा नहीं उठा सकता।

मिसेज़ रूज़वेल्ट

रात के आठ बजे हमारी कान्फ्रेन्स का पहला जलसा कॉलेज के बड़े हॉल में हुआ। अमरीका के प्रेज़िडेन्ट की बीवी मिसेज़ रूज़वेल्ट भी मौजूद थीं। जो लोग यह समझते हैं कि जम्हूरी हुकूमत के प्रेज़िडेन्ट और किसी सल्तनत के बादशाह में कोई फ़र्क़ नहीं, उनको मिसेज़ रूज़वेल्ट का तर्ज़े-अमल देखना चाहिए। लिबास, बात-चीत किसी तरह से यह नहीं मालूम होता था कि यह ख़ातून अमरीका के हुक्मरां की बीवी है। कोई मलिका जब कहीं जाती है तो पुलिस और फ़ौज का इन्तिज़ाम होता है। मलिका चलती है तो शाहाना 'वक़ार' के साथ बात करती है तो उसमें भी रौब और दबदबा होता है। इसके बरख़िलाफ़ मिसेज़ रूज़वेल्ट इस बेतकल्लुफ़ी से लोगों से मिल रही थीं

और बातें कर रही थीं कि बहुत से लोगों को यह मालूम ही नहीं हुआ कि वह कौन हैं, जब तक सद्र ने उनसे तक़रीर करने की दरख़्वास्त न की। अपने ख़ाविन्द की तरफ़ से उन्होंने कान्फ्रेन्स का ख़ैर-मक़दम किया और नौजवानों की उम्मीदों और उमंगों के साथ अपनी हमदर्दी का इज़हार किया।

इस जलसे के बाद मिसेज़ रूज़वेल्ट की तरफ़ से हमारी आइसक्रीम की दावत हुई। एक ख़ाली बड़े कमरे में सब डेलीगेट भरे हुए थे। सात सौ आदमियों के लिए कुर्सियों और मेज़ों का इन्तिज़ाम तो मुश्किल था। इसलिए सब खड़े हुए आइसक्रीम खा रहे थे। मेज़बान साहिबा भी बे-तकल्लुफ़ी से इसी भीड़ में खड़ी हुई थीं। डेलीगेटों के एक गिरोह ने मिसेज़ रूज़वेल्ट को घेर लिया और बातें शुरू कर दीं। इस पर उन्होंने फ़रमाया कि इस तरह बात करना तो मुश्किल है। बेहतर है कि सब लोग ज़मीन पर बैठ जाएं। यह कहकर अमरीका के प्रेज़िडेन्ट की बीवी इत्मीनान से लकड़ी के फ़र्श पर बैठ गईं (हमारे हिन्दुस्तान में तो डिप्टी कमिश्नर की बीवी भी फ़र्श पर बैठने को अपनी हतक समझती है) देर तक मिसेज़ रूज़वेल्ट से तबादला-ए-ख़यालात [विचार-विमर्श] होता रहा। मैंने पूछा, 'क्या आपके ख़याल में अमरीका की अगली प्रेज़िडेन्ट एक औरत होगी?' जिसका जवाब मिसेज़ रूज़वेल्ट ने हंसकर दिया, 'अभी तो यह मुश्किल नज़र आता है।' मैंने यह सवाल इसलिए किया था कि प्रेज़िडेन्ट की बीवी होने के अलावा मिसेज़ रूज़वेल्ट बज़ाते-ख़ुद एक निहायत क़ाबिल और मुदब्बिर औरत हैं। उनके मज़ामीन रोज़ाना सैकड़ों अख़बारों में शाया होते हैं और मुल्क की सियासी और समाजी बेहबूदी के लिए वो सैकड़ों पब्लिक कामों में दिलचस्पी लेती हैं। और बाज़ लोगों ने यह राय ज़ाहिर की कि अगर प्रेज़िडेन्ट रूज़वेल्ट तीसरी मरतबा इलेक्शन में खड़े होने से इन्कार कर दें तो फिर मिसेज़ रूज़वेल्ट को नामज़द कर दिया जाए ताकि वह अपने शौहर का उम्दा काम जारी रख सकें।

नौजवानों की अंजुमने-अक़वाम

17 अगस्त – 23 अगस्त, यह हफ़्ता मेरी ज़िन्दगी में यादगार रहेगा।

जिनेवा में अंजुमने-अक़वाम के जलसे जब होते हैं और तमाम मुल्क के नुमाइन्दे जमा होते हैं तो वहां हर शख़्स सियासतदानी के मर्ज़ में गिरफ़्तार होता है। एक-दूसरे

से कोई ख़ुलूस और नेक-नीयती से नहीं मिलता। हर शख़्स की कोशिश होती है कि दूसरे से किसी न किसी तरह अपना काम निकाल ले। अगर जिनेवा में उस ख़ुलूस और नेक-नीयती का चौथाई हिस्सा भी होता जो यूकैप सी में नज़र आया तो दुनिया में जंग, ज़ुल्म और साम्राज्य का हमेशा के लिए ख़ात्मा हो जाता। हमारी कान्फ्रेन्स की सबसे शानदार कामयाबी यह थी कि ऐसे वक़्त जबकि दुनिया पर जंग के बादल छाए हुए हैं, जब बड़ी-बड़ी ताक़तें छोटे मुल्कों को हज़्म करने पर तुली हुई हैं, जब फ़ाशियत [फ़ासीवाद] का हैबतनाक [डरावना] देव जम्हूरियत [लोकतंत्र] को हमेशा के लिए फ़ना करने पर तुला हुआ है, जब क़ौमों और मुल्कों के दर्मियान नफ़रत और फ़साद का बीज बोया जा रहा है ... ऐसे वक़्त पर 56 मुल्कों और क़ौमों के सात सौ नुमाइन्दे (लड़के और लड़कियां) अमरीका के इस क़स्बे में बाहमी [परस्पर] तबादला-ए-ख़याल से दुनिया में अमन क़ायम करने की ग़रज़ से जमा हुए। यह मुम्किन है कि इनके अपने-अपने मुल्क वापस जाने से पहले ही दुनिया जंग की भट्टी में झोंक दी जाए। मुम्किन है कि चन्द महीने में इनको एक-दूसरे के ख़िलाफ़ लड़ने के लिए मजबूर किया जाए। मगर यह मुम्किन नहीं कि जिस अमन-पसन्द स्पिरिटका मुज़ाहिरा यूकैप सी में हुआ है वो फ़ना हो जाए। आज नहीं तो कल, कल नहीं तो परसों, दुनिया इस नतीजे पर पहुंचेगी कि बैनुल-अक़वामी जंग और फ़साद को ख़त्म करने का वही तरीक़ा है जो हमारी कान्फ्रेन्स से इख़्तियार किया।

तआरुफ़

सात सौ नुमाइन्दे जो इस कान्फ्रेन्स में जमा हुए हैं, दुनिया की सैकड़ों नौजवान अंजुमनों की तरफ़ से भेजे गए हैं। इनमें काले भी हैं और गोरे भी। अमीर भी हैं और ग़रीब भी, ईसाई, हिन्दू, मुसलमान और लामज़हब, कम्युनिस्ट और क़दामत-पसन्द [रूढ़िवादी] लड़के भी और लड़कियां भी, इनमें से हर एक नौजवानों के किसी न किसी गिरोह का नुमाइन्दा है। इन सब का ज़िक्र लिखना तो नामुम्किन है। मगर चन्द दिलचस्प शख़्सियतों का ज़िक्र ख़ाली-अज़-दिलचस्पी न होगा।

चीन के पचास नुमाइन्दों में सबसे नुमायां हस्ती यान विंग मिंग है। इस अठारह साल की बहादुर लड़की ने अपने मुल्क की ख़ातिर कई बार अपनी जान को ख़तरे में

डाला है। साल भर हुआ जब शंघाई के गिर्दो-नवाह में चीनी फ़ौजें जापानी फ़ौजों का मुक़ाबला कर रही थीं, इस लड़की ने जान पर खेलकर एक चीनी दस्ते के पास हथियार और पैग़ाम पहुंचाए।

अफ्रीका से लम्बा-तड़ंगा शानदार हब्शी काली बाला आया है। युगांडा का यह नुमाइन्दा कोलम्बिया यूनिवर्सिटी का ग्रेजुएट है। अंग्रेज़ी बे-तकान बोलता है, मगर अपनी क़ौम के दर्द से उसका दिल भरा हुआ है। अपनी तक़रीर में उसने बेधड़क सफ़ेद क़ौमों को खरी-खरी सुनाईं और कहा कि वहशी उसके सीधे-सादे हमक़ौम नहीं हैं, बल्कि वो सफ़ेद रंग के लोग हैं जो अपनी दौलत और ताक़त की ख़ातिर दूसरी कमज़ोर क़ौमों पर ज़ुल्म करते हैं।

स्पेन के जंगी मैदानों से दो लड़कियां टेरेसा बलट्रान और मारग्रेटा वबल्ज़ आई हैं, जो अपने मुल्क में फ़ाशियत के ख़िलाफ़ बन्दूक़ लेकर लड़ती भी हैं और अनपढ़ किसानों और मज़दूरों को तालीम भी देती हैं।

कनाडा से एक दुबली-पतली लड़की असाबेल रकर आई है। वो एक मज़दूर की लड़की है। उसके पास रेल का किराया नहीं था। इसलिए वो एक महीने में छह सौ मील पैदल चलकर आई है।

हब्श (अबीसीनिया) को मुसोलिनी ने अपनी फ़ौजों और ज़हरीली गैस की मदद से फ़तह कर लिया हो। मगर उस मुल्क के क़ौम-परस्तों ने अभी हिम्मत नहीं हारी। उनके नुमाइन्दे डाक्टर बाइन ने हमारी कान्फ्रेन्स के सामने अपने मुल्क की हालत बयान की और बताया कि किस तरह क़ौम-परस्त अब भी इतालवी फ़ाशियत का मुक़ाबला कर रहे हैं।

जुनूबी अफ्रीका के नुमाइन्दों में डाक्टर मैक्स जोफ़ और मिसेज़ मैक्स जोफ़ क़ाबिले-ज़िक्र हैं। इस कान्फ्रेन्स के लिए रवाना होने से एक दिन पहले उनकी शादी हुई थी। गोया यह उनका 'हनीमून' है। गो वह ख़ुद यूरोपियन नस्ल से हैं मगर सोशलिस्ट होने की हैसियत से उनकी हमदर्दी अपने मुल्क के हब्शियों के साथ है।

फ़िलिस्तीन से दो नुमाइन्दे आये हैं। एक अरब और एक यहूदी। कमाल यह है कि दोनों बजाय एक-दूसरे को इलज़ाम देने के बरतानवी साम्राज को फ़िलिस्तीन की मौजूदा सूरते-हाल के लिए ज़िम्मेदार ठहराते हैं।

आस्ट्रिया पर हर हिटलर ने क़ब्ज़ा कर लिया है और यूरोप के हुक्मरानों ने चूं नहीं की, मगर नौजवानों की इस कान्फ्रेन्स ने हिटलर की जाबिराना हरकतों की न सिर्फ़ ज़बानी मज़म्मत की बल्कि हिटलर के मुख़ालिफ़ आस्ट्रियन लोगों के नुमाइन्दे को कान्फ्रेन्स में हिस्सा लेने का मौक़ा दिया। यह नौजवान अपना नाम बदलकर इस कान्फ्रेन्स में शरीक हुआ है ताकि आस्ट्रिया में नाज़ी इसके ख़ानदान वालों को न सताएं।

इंग्लिस्तान के नुमाइन्दों में हर सियासी जमाअत के लोग हैं। क़दामत-पसन्द सिर्फ़ तीन हैं। बाक़ी लिबरल मज़दूर या सोशलिस्ट पार्टी से ताल्लुक़ रखते हैं। इनमें से कई ने बरतानवी राज की खुल्लम-खुल्ला मुख़ालिफ़त की और हिन्दुस्तान के हक़े-आज़ादी की ताईद की। एक लड़की मारग्रेट गेल ने तो कमाल कर दिया और भरी कान्फ्रेन्स में अपने मुल्क की हुकूमत को हिन्दुस्तान पर हुकूमत करने के नाक़ाबिल ठहराया।

नुमाइन्दे न सिर्फ़ बड़े-बड़े मुल्कों से आये बल्कि इतने मुख़्तसर मुल्कों से भी जैसे हैती (Haiti)। दुनिया में बहुत से लोगों ने तो इसका नाम भी न सुना होगा। यह अमरीका के मशरिक़ी साहिल के क़रीब छोटा सा जज़ीरा है। दरअसल कोलम्बस ने जिस अमरीका को दरियाफ़्त किया था, वह हैती ही था। इस मुल्क की नुमाइन्दा एक लड़की लारा कैडेट है, जिसने कान्फ्रेन्स को बताया कि किस तरह नाज़ी प्रोपैगण्डा उसके मुल्क में भी हो रहा है।

कान्फ्रेन्स ने अमन, जंग की मुख़ालिफ़त, तालीम, बेकारी वग़ैरह के मुताल्लिक़ बहुत सी कारामद [उपयोगी] तज्वीज़ें मंज़ूर कीं। मगर इसका सबसे बड़ा कारनामा यह है कि इतने मुख़्तलिफ़ मुल्कों, नस्लों और क़ौमों के नुमाइन्दों को एक जगह जमा होने और बाहमी तबादला-ए-ख़यालात का मौक़ा दिया।

इस कान्फ्रेन्स ने बैनुल-अक़वामी दोस्ती और रफ़ाक़त का बीज बोया। इस इत्तिहाद की ज़िन्दा मिसालें भी मिल सकती हैं। मुख़्तलिफ़ मुल्कों के नुमाइन्दों की सैकड़ों दोस्तियों के अलावा कम-अज़-कम पांच निस्बतें और दो शादियां इस कान्फ्रेन्स की वजह से वाक़े हुईं।

नीग्रो

इस कान्फ्रेन्स में बहुत से नीग्रो या हब्शी नुमाइन्दों से मिला। सबसे पहली बात जो मैंने उनमें देखी वह यह है कि तमद्दुन और मुआशरत के लिहाज़ से ये लोग सौ फ़ीसदी अमरीकन हैं। बातचीत, तर्ज़े-रिहाइश तालीम किसी ऐतबार से भी वो अमरीकनों से मुख़्तलिफ़ नहीं हैं। हां मेहमान नवाज़ी और मुसाफ़िर दोस्ती में वो अमरीकनों से भी बढ़ गए हैं।

ज़ाहिर है कि सफ़ेद क़ौमों और नीग्रो लोगों में आपस की शादियों के नताएज एक मख़्लूत [मिली-जुली] नस्ल में नमूदार होंगे। अमरीका में हज़ारों आदमी ऐसे हैं जिनका रंग गंदुमी या साफ़ है, मगर बाल स्याह और घुंघराले हैं, मगर कमाल यह है कि ये सब लोग अपने आपको नीग्रो कहते हैं। हालांकि अक्सर इन पर कोई नीग्रो होने का शुबह नहीं कर सकता। एक दिन मैंने एक 'सफ़ेद' लड़की को बहुत सी नीग्रो लड़कियों के साथ बातें करते देखा। बाद में मैंने उससे कहा, 'यह देखकर मुझे बहुत ख़ुशी हुई कि तुम नीग्रो लड़कियों से इतनी घुलमिल गई हो।' यह सुनकर वो बहुत हंसी और जवाब दिया, 'मगर मैं भी तो नीग्रो हूं, देखते नहीं हो कि मेरे बाल कितने स्याह हैं।' यह सुनकर मैं दंग रह गया। क्योंकि हमारे मुल्क में तो ग़ुलामाना ज़हनियत की यह हालत है कि एंग्लो इंडियन तो कुजा देसी ईसाई भी अपने आपको अंग्रेज़ समझते हैं। नीग्रो क़ौम की ख़ुद्दारी क़ाबिले-तारीफ़ है।

सिवाय जुनूबी रियासतों के जहां नीग्रो लोगों को तालीम हासिल करने का पूरा मौक़ा नहीं दिया जाता, नीग्रो क़ौम ने हैरत-अंगेज़ तालीमी तरक़्क़ी की है। शुमाली अमरीका में कसरत से नीग्रो वकील, बैरिस्टर, अख़बार नवीस, एक्टर, डाक्टर वग़ैरह नज़र आते हैं। मगर इसमें कोई शक नहीं कि अब भी उनकी क़ौम के ज़्यादातर लोग कम दर्जे की मुलाज़मतों वग़ैरह में मिलते हैं।

ज्यों-ज्यों अमरीकन क़ौम की तालीमी और तमद्दुनी हालत बेहतर होती जा रही है, काले और सफ़ेद रंग की तमीज़ भी कम होती जा रही है। शुमाली रियासतों में क़ानून काले-गोरे में कोई तमीज़ नहीं करता और अगर कोई शख़्स किसी नीग्रो पर ज़ुल्म या जब्र करे तो उसको सज़ा दी जाती है। मगर फिर भी जो इम्तियाज़ सदियों तक क़ायम रखा गया हो, वह चन्द साल में नहीं मिटाया जा सकता। कम्युनिस्ट और

सोशलिस्ट नीग्रो क़ौम की हिमायत और काले-गोरे की तफ़रीक़ को मिटाने में पेश-पेश हैं। गो क़दामत-पसन्द अब भी नीग्रो क़ौम को कमतर समझते हैं।

जुनूबी रियासतों में मुझे जाने का मौक़ा नहीं मिला, यह वो इलाक़ा है जहां मुद्दत तक ग़ुलामी का रिवाज था और जब तक अब्राहम लिंकन ने उनको रिहा नहीं किया सैकड़ों नीग्रो ग़ुलामी में ज़िन्दगी बसर करते थे। उन लोगों को अफ़्रीका के जंगलों में मुख़्तलिफ़ धोखों से पकड़कर अमरीका लाकर खेतों में काम करने के लिए बेच दिया जाता था। आज क़ानून की निगाह में नीग्रो आज़ाद हैं। मगर जुनूबी इलाक़े में उन पर अब भी बहुत ज़ुल्म किया जाता है। जो अमरीकन हिन्दुस्तानियों पर छूतछात और ज़ात-पात का इलज़ाम लगाते हैं, उनको अपने मुल्क की जुनूबी रियासतों में जाकर देखना चाहिए कि किस तरह नीग्रो क़ौम पर ज़ुल्म हो रहा है।

मैं नीग्रो बन गया

मुझे जुनूबी इलाक़े के अमरीकनों की इस ज़हनियत को देखने का एक अजीब मौक़ा मिला। लास एंजेल्स से न्यूयार्क आते हुए एक दिन खाना खाने के लिए डाइनिंग कार (Dining Car) में गया। तमाम मेज़ें भरी हुई थीं। सिर्फ़ एक मेज़ पर एक कुर्सी ख़ाली थी। दूसरी कुर्सियों पर एक मोटी औरत और उसके दो बच्चे बैठे थे। एक बच्चे ने मुझे देखकर इशारा किया कि यहां आ जाऊं। मगर इससे पहले कि मैं वहां बैठ जाऊं, उसकी मां ने उसके कान में ज़ोर से कहा, 'ख़बरदार, देखता नहीं यह नीग्रो है।' यह सुनकर मैं झिझक गया। इतने में डाइनिंग कार के मैनेजर ने उस औरत को आकर समझाया कि मैं नीग्रो नहीं हूं, बल्कि हिन्दुस्तानी हूं। तब वह औरत मुझको मुख़ातिब करके बोली, 'ओह, अगर ऐसा है तो तुम बैठ सकते हो।' अब मुझे भी ग़ुस्सा आ गया था। मैंने जवाब दिया, 'अगर तुम्हें नीग्रो के साथ खाना खाने से इन्कार है तो मुझे तुम्हारी मेज़ पर बैठने से इन्कार है।' यह कहकर मैं वहां से चला आया। मैनेजर घबराया कि मैं शायद रेलवे कम्पनी को शिकायत लिखकर भेजूंगा, क्योंकि क़ानूनन किसी नीग्रो को भी डाइनिंग कार में खाना खाने से नहीं रोका जा सकता। वह मेरे पास भागा आया और कहा कि वह औरत जुनूबी इलाक़े की रहने वाली है और इसलिए नीग्रो आदमियों से नफ़रत करती है। मगर उसको कोई हक़ नहीं है कि

एक मुसाफ़िर को उस जगह बैठने से रोक सके। मैंने मैनेजर को यक़ीन दिलाया कि मैं उसकी शिकायत न करूंगा, मगर फिर मैं खाना खाने न गया।

चन्द मिनट बाद जब सब मुसाफ़िर खाना खाकर वापस आ गए तो कई आदमियों ने मेरी हिमायत में उस औरत से बहस शुरू कर दी और देर तक तू-तू मैं-मैं होती रही। यह देखकर मुझे बड़ी ख़ुशी हुई कि कम-अज़-कम चन्द अमरीकन मुसाफ़िर नीग्रो क़ौम की तरफ़दारी कर रहे थे।

बोस्टन

यूकैप सी से एक दिन मोटर करके मैं, इफ़्तिख़ार, बोस और बासू बोस्टन गए जो यहां से कोई डेढ़ सौ मील है। रास्ता निहायत ख़ुशगवार है। साफ़-चौड़ी सड़क सर सब्ज़ इलाक़े में से गुज़रती हुई जाती है। रास्ते में निहायत ख़ूबसूरत और सुथरे गांव और क़स्बे पड़ते हैं। पुरानी वज़ा के मकान, ऊंचे-ऊंचे गिरजा, बाग़ और पार्क। यह अमरीका का सबसे बारौनक़ इलाक़ा है। बोस्टन एक तारीख़ी शहर है और अपनी क़दामत और ख़ामोशी के लिहाज़ से न्यूयार्क से बिल्कुल मुख़्तलिफ़ है। यहां मौजूदा वज़ा की ऊंची-ऊंची इमारतों के बजाय पुरानी चाल के शानदार रईसाना मकान नज़र आते हैं। किसी ज़माने में अमरीका के सबसे बड़े ज़मींदार और ताजिर यहां रहते थे। मगर यह ज़माना तेज़ रफ़्तार ज़िन्दगी, मशीनों और कारख़ानों का है। बोस्टन इस दौड़ में पीछे रह गया है। न्यूयार्क और शिकागो और लास एंजेल्स के मुक़ाबले में एक गांव मालूम होता है। यहां के रहने वाले (दिल्ली और लखनऊ के रईसों की तरह अब भी) अपनी पुरानी शानो-शौकत के ख़्वाब देखा करते हैं और यह नहीं समझते कि दुनिया उनको पीछे छोड़ गई है।

बोस्टन के क़रीब ही हॉरवर्ड की यूनिवर्सिटी है। हम यूनिवर्सिटी देखने गए। कोई ख़ास बात इमारतों में नज़र नहीं आई। बनारस और अलीगढ़ ज़्यादा शानदार हैं। मगर यहां की लाइब्रेरी ज़रूर बहुत बड़ी है। यूनिवर्सिटी में छुट्टियां थीं। इसलिए हम सिर्फ़ ख़ाली इमारतों में घूमकर आ गए।

फिर न्यूयार्क

23 अगस्त – 30 अगस्त, न्यूयार्क जैसे शहर को सरसरी नज़र से देखने के लिए भी एक हफ़्ता काफ़ी नहीं है। मैंने यह सात दिन ट्रामों, बसों, रेलों और टैक्सियों में से न्यूयार्क की एक झलक देखने में गुज़ारे। मशहूर अख़बारों के दफ़्तरों में काफ़ी अर्सा गुज़ारा। यहां दो-चार लाख की इशाअत तो मामूली बात है। 'न्यूयार्क टाइम्स', जो शायद दुनिया का सबसे ज़बरदस्त अख़बार है, बीस-पच्चीस लाख छपता है। इस अख़बार का दफ़्तर इतना बड़ा है कि इसमें हिन्दुस्तान के तमाम अख़बारों के दफ़्तर समा सकते हैं। अख़बारों के मुख़्तलिफ़ एडिशन दिन-रात छपते रहते हैं। हर दो घंटे बाद नया एडिशन नई ख़बरों के साथ निकल आता है। इसका नतीजा यह है कि कोई भी ग़ौर से अख़बार को नहीं पढ़ता। सब सुर्ख़ियों पर सरसरी नज़र डालकर फेंक देते हैं और दो घंटे बाद नया एडिशन ख़रीदते हैं। इसीलिए आम लोगों की वाक़फ़ियत ठोस नहीं बल्कि वाजिबी है। अजीब बात है इतने अख़बार शाया होने के बावजूद आम वाक़फ़ियत में कोई हैरत-अंगेज़ इज़ाफ़ा नहीं हुआ। और बावजूद इसके कि न्यूयार्क में हर तीसरे शख़्स के पास मोटरों को खड़ा करने के लिए शहर में काफ़ी जगह नहीं है। जहां कहीं जगह है भी तो मालिक मोटर खड़ा करने का किराया लेते हैं, दस आने से लेकर तीन रुपये रोज़ तक। न्यूयार्क वह शहर है जहां

1. अख़बार बेचने वाले अख़बारों का गड्डा सड़क के किनारे छोड़कर चले जाते हैं और जिस रास्ता चलने वाले को ज़रूरत होती है वह अख़बार ले लेता है और क़ीमत एक टीन के प्याले में डाल देता है।
2. जूते पर पॉलिश कराने के लिए ढाई आने से पांच आने तक देने होते हैं।
3. बाज़ होटलों में एक वक़्त के गुस्ल की क़ीमत छह रूपये देनी होती है और एक क़हवा की प्याली एक रुपये में मिलती है।
4. सिनेमा में हर वक़्त तमाशा होता रहता है। फ़िल्म ख़त्म होते ही फ़ौरन दोबारा शुरू हो जाता है। रोशनी कभी होती नहीं। बेकार लोग जिनको कहीं सोने का ठिकाना नहीं, किसी सिनेमा में जाकर सो जाते हैं और सुबह के दो बजे जब तमाशा ख़त्म होता है तो निकाले जाते हैं।

5. टैक्सी वाले या सामान उठाने वाले मज़दूर को दस आने (25 सेंट) इनाम दिया जाए तो वह अपनी हतक समझता है।

6. होटल या दुकान या मकान के 'बिल' को 'चेक' कहते हैं और करंसी नोट को 'बिल'

7. बाज़ी सड़कों पर जो शहर के बाहर हैं, मोटर को आहिस्ता रफ़्तार से चलाना जुर्म है। यह सड़कें फ़क़त तेज़ रफ़्तार गाड़ियों के लिए हैं।

8. शहर में रेलें ज़मीन के नीचे-नीचे भी चलती हैं और सड़कों के ऊपर पुलों पर भी चलती हैं।

9. बसों और ट्रामों में टिकट नहीं मिलता। किराये का सिक्का, कंडक्टर के पास एक मशीन होती है, उसमें डाल दिया जाता है।

10. दुनिया की हर क़ौम के लोग आबाद हैं। नीग्रो, चीनी, जापानी, जर्मन, फ्रांसीसी, पोलैण्ड के रहने वाले, आस्ट्रियन, रूसी वग़ैरह। और इन सबके अपनी ज़बानों में अख़बार निकलते हैं।

11. वाल स्ट्रीट, जहां रोज़ाना अरबों का कारोबार होता है और जहां दुनिया के सबसे बड़े बैंक और मंडियां हैं एक पतली सी गली है, जहां दो मोटरें बराबर बराबर नहीं चल सकतीं।

अमरीका

ग़रज़ अमरीका वह मुल्क है जहां:

1. बड़े-बड़े सरमायेदारों की आमदनी का हिसाब करोड़ों नहीं बल्कि अरबों होता है।

2. तक़रीबन हर ख़ानदान में एक मोटर और रेडियो है।

3. मामूली मज़दूरों को तक़रीबन दस रुपये रोज़ाना मज़दूरी मिलती है।

4. मामूली होटलों में भी नाश्ते की क़ीमत दस-बारह आने और खाने की क़ीमत ढाई-तीन रुपये होती है। काफ़ी की प्याली पांच आने में मिलती है।

5. तमाम बड़े-बड़े अख़बार और रेडियो स्टेशन मौजूदा प्रेज़िडेन्ट मिस्टर रूज़वेल्ट

और उसकी हुकूमत के ख़िलाफ़ हैं। क्योंकि वह बड़े-बड़े सरमायेदारों पर टैक्सों का इज़ाफ़ा करके ग़रीबों और बेकारों की इम्दाद करना चाहता है।

6. जब किसी नौजवान को इश्क़ में नाकामी होती है तो वह अपनी मोटर में कुछ देर के लिए साठ-सत्तर मील की रफ़्तार से मारा-मारा फिरता है ... और फिर किसी दूसरी लड़की को मुलाक़ात के लिए टेलीफ़ोन करता है।

7. गर्मी के मौसम में अदालत के जज और वकील कोट उतारकर और आस्तीनें चढ़ाकर बैठते हैं। और न्यूयार्क का मेयर कोट कंधे पर डाले फिरता है।

8. मकई के भुट्टे भूनकर नहीं बल्कि उबालकर खाए जाते हैं।

9. हर हिन्दुस्तानी को महाराजा, स्वामी या सपेरा समझा जाता है।

10. ज़्यादातर तालिबे-इल्म अपने फ़ुर्सत के वक़्त में मज़दूरी या मुलाज़मत करके कॉलेज का ख़र्च पूरा करते हैं।

11. 'ख़ुद-चालू' मशीनों में सिक्के डालकर चाकलेट, आइसक्रीम, फल, डाक के टिकट और इसी क़िस्म की सैकड़ों चीज़ें निकाली जा सकती हैं।

(ग) जंग के बादल

नॉरमंडी

31 अगस्त, आज सुबह न्यूयार्क से 'नॉरमंडी' जहाज़ में रवाना हुआ। मुसाफ़िरों में कई जानने वाले हैं, जिनसे नौजवानों की कान्फ्रेन्स के दौरान मुलाक़ात हुई थी। इनमें डाक्टर और मिसेज़ मैक्स जोज़फ़ क़ाबिले-ज़िक्र हैं जो जुनूबी अफ्रीका वापस जा रहे हैं। और जो बावजूद सफ़ेद नस्ल के होने के तमाम गुलाम क़ौमों से हमदर्दी रखते हैं। हम सब लोग तीसरे दर्जे में हैं। मगर 'नॉरमंडी' का तीसरा दर्जा भी दूसरे जहाज़ों के सेकेण्ड क्लास से कहीं बेहतर है। अपने केबिन में मैं अकेला हूं। इसलिए ख़ूब इत्मीनान से सामान फैला सकता हूं।

न्यूयार्क में इतनी रातें जाग कर गुज़ारीं कि जैसे ही जहाज़ रवाना हुआ मैं अपने केबिन में जाकर लेट गया। उस वक़्त कोई सुबह के साढ़े दस बजे थे। केबिन में कोई पोर्ट-होल नहीं है इसलिए बिजली बुझा देने के बाद बिल्कुल अंधेरा हो गया। क़रीब ही नीचे जहाज़ की ज़बरदस्त मशीनें हैं। उनकी धड़धड़ाहट ने लोरी का काम किया और बहुत जल्द ही मैं सो गया। आंख जब खुली तो हस्बे–मामूल अंधेरा था। उठकर रोशनी की। पेट में चूहे दौड़ रहे थे। मैंने सोचा कि दोपहर के खाने का वक़्त हो गया। (घड़ी में कूक देनी भूल गया था और वह ग्यारह बजाकर बन्द हो गई थी) घंटी बजाकर मुलाज़िम को बुलाया, जो फ्रांसीसी है और अंग्रेज़ी वाजिबी ही जानता है। उससे पूछा कि खाने का वक़्त हो गया तो उसने कहा कि हां सब मुसाफ़िर डाइनिंग रूम में जमा हैं। जल्दी से मुंह धोकर कपड़े बदलकर खाने के कमरे में पहुंचा तब मालूम हुआ कि दोपहर का नहीं रात का खाना हो रहा है।

यह जहाज़ फ्रांसीसी कम्पनी का है और तमाम दुनिया में इससे बड़ा या इससे ज़्यादा आरामदेह जहाज़ कोई नहीं है। इसका वज़न 82 हज़ार टन है। जब यह ख़याल किया जाए कि 'कोंटे वर्डे' जिससे मैं बम्बई से रवाना हुआ था और जो अच्छा

भारी जहाज़ समझा जाता है, फ़क़त 22 हज़ार टन वज़नी है तब नॉरमंडी की जसामत का अन्दाज़ा किया जा सकता है।

इस जहाज़ पर तीन-चार हज़ार मुसाफ़िर समा सकते हैं। मगर इस दफ़ा तक़रीबन ख़ाली है सिवाय तीसरे दर्जे के और सब दर्जों में बहुत कम मुसाफ़िर हैं। मालूम हुआ कि न्यूयार्क से रवाना होने से दो घंटे पहले जब लोगों ने सुबह के अख़बारों में यह ख़बर पढ़ी कि यूरोप में जंग का इम्कान है तो सैकड़ों मुसाफ़िरों ने अपना सफ़र मुल्तवी कर दिया।

हिन्दुस्तानी लड़की

1 सितम्बर, जहाज़ पर हर शख़्स जंग के इम्कानात पर बहस कर रहा है। अमरीकन जो तिजारत की ग़रज़ से यूरोप जा रहे हैं, परेशान हैं कि कभी वो जंग के तूफ़ान में न फंस जाएं। जहाज़ का अख़बार, जो रोज़ शाया होता है, उससे मालूम हुआ कि हिटलर चेकोस्लोवाकिया में जंगी मुदाख़लत करने पर तुला हुआ है। हर मुल्क से फ़ौजी नक़्लो-हरकत की ख़बरें आ रही हैं। ज़ाती तौर से मुझे कोई ख़ास परेशानी नहीं है। अख़बार नवीस की इससे ज़्यादा क्या ख़ुशक़िस्मती हो सकती है कि ऐसे तारीख़ी और नाज़ुक लम्हे में वो मौक़ा-ए-वारदात पर मौजूद हो। दिनभर मैं तो इत्मीनान से बैठा हुआ अपने मज़ामीन मुकम्मल करता रहा। हालांकि यह भी यक़ीन नहीं है कि जब तक हम फ्रांस पहुंचेंगे, डाक हिन्दुस्तान भेजी जा सकेगी या नहीं।

हमारे दर्जे के मुसाफ़िरों में एक हिन्दुस्तानी लड़की भी है, जो बम्बई की रहने वाली है और कैम्ब्रिज यूनिवर्सिटी में साइंस की तालीम हासिल कर रही है। गर्मियों की छुट्टियों में वह अमरीका की सैर करने गई हुई थी। तमाम मुसाफ़िरों और ख़ुसूसन अमरीकनों को सख़्त ताज्जुब है कि हिन्दुस्तानी लड़कियां इतनी तालीम-याफ़्ता और आज़ाद हो सकती हैं। वह तो हिन्दुस्तानियों को अब तक वहशी और जाहिल ही समझते थे। यह देखकर कि एक बाईस बरस की हिन्दुस्तानी लड़की न सिर्फ़ फ़र्राटे से अंग्रेज़ी बोलती है बल्कि साइंस की आला तालीम पाती है, उनकी हैरत की इन्तिहा न रही। शाम की चाय के वक़्त चन्द अमरीकनों ने मुझे और उस लड़की को घेर लिया और हिन्दुस्तान, महात्मा गांधी, कांग्रेस वग़ैरह के मुताल्लिक़ सवाल करने शुरू कर

दिए। इनमें से एक अमरीकन डाक्टर तो हिन्दुस्तान से बहुत हमदर्दी रखता है और अंग्रेज़ों की शहंशाहियत का सख़्त मुख़ालिफ़ है। मुझसे कहने लगा कि तुम अगर कभी इस सफ़र के मुताल्लिक़ किताब लिखो तो मेरा ज़िक्र ज़रूर कर देना कि एक अमरीकन हिन्दुस्तान की आज़ादी का कितना ज़बरदस्त हामी है। सो मैंने अपना वादा पूरा कर दिया।

हेमिंग्वे

यूरोप की सलीबी लड़ाइयों (Crusades) में ईसाइयों और मुसलमानों की फ़ौज में भर्ती होने के लिए जोशीले जवान दूर–दूर से आये थे। दोनों तरफ़ मज़हब के नामलेवा (बिला क़ैदे-रंगो-नस्ल) बरसरे-पैकार थे। आज बीसवीं सदी में मज़हब के बजाय सियासी और इक़्तिसादी उसूलों की टक्कर हो गई है। सोशलिज़्म और फ़ाशियत का मुक़ाबला है। स्पेन में मज़दूर और किसान और तालिबे-इल्म हिटलर और मुसोलिनी के ज़र-ख़रीद सिपाहियों से जिहाद कर रहे है। कहने को यह ख़ाना-जंगी है मगर दर-असल स्पेन के मैदान में एक बैनुल-अक़वामी मारिका [युद्ध] हो रहा है। अगर फ़ाशी ज़मींदारों, सरमायादारों और पादरियों की मदद के लिए हिटलर और मुसोलिनी खुले-बन्दों फ़ौजें और हथियार भेज रहे हैं तो दूसरी तरफ़ भी रुपया और हथियारों की कमी हो मगर हमदर्दों और रफ़ीक़ों की कमी नहीं है। दुनिया के हर मुल्क से सोशलिस्ट जवान मुश्किलों का मुक़ाबला करते हुए (घर बेचकर, मुलाज़मत छोड़कर, पैदल चलकर बग़ैर पासपोर्ट के पहाड़ों को उबूर करके) स्पेन के किसानों और मज़दूरों की मदद के लिए पहुंच गए हैं। इस बैनुल-अक़वामी फ़ौज में शाइर भी हैं और अदीब भी, फ़लसफ़ी भी हैं और फ़िल्म बनाने वाले भी, इंजीनियर भी और अख़बार नवीस भी ... वो लोग जिन्होंने हमेशा क़लमी जंग की थी, आज फ़ाशियत के ग़ौले-बयाबानी [छलावे] का मुक़ाबला करने के लिए मशीन-गनें चला रहे हैं। फ़लसफ़ी अपने फ़लसफ़े को जंग की कसौटी पर परख रहे हैं और शाइर अपने ख़ून से इंक़लाब के गीत लिख रहे हैं।

इन बीसवीं सदी के मुजाहिदों में अर्नेस्ट हेमिंग्वे का नाम एक ख़ास हैसियत रखता है। यह अमरीकन अदीब और अफ़साना-निगार शुरू से स्पेन की जंग में जम्हूरी फ़ौजों

की ख़िदमत कर रहा है। इसी की कोशिशों का नतीजा है कि बैनुल-अक़्वामी दस्ता इतना ताक़तवर हो गया है कि कई मौक़ों पर उसने फ्रेंको की फ़ौजों के छक्के छुड़ा दिए। चन्द माह हुए हेमिंग्वे अमरीका रुपया जमा करने आया था और अब इसी जहाज़ पर स्पेन वापस जा रहा है। हम लोगों ने आज शाम को उसकी दावत की और अपने दर्जे में उसको बातें करने के लिए बुलाया। कोई दो घंटे तक गुफ़्तगू जारी रही, जिसके दौरान में अदब और लिटरेचर का तज़्किरा कम और जंग का ज़िक्र ज़्यादा रहा। यह देखकर हैरत होती है कि एक शख़्स जिसने अपनी उम्र अदबी काम में गुज़ारी अब दफ़अतन एक जंगी माहिर बन गया है। हेमिंग्वे ने नक़्शा खींचकर हमें बताया कि स्पेन में जम्हूरी और फ़ाशी फौजों की मुक़ाबलातन क्या ताक़त है। उसका ख़याल है कि अगर जम्हूरी फ़ौजों को बहुत जल्द हथियारों का काफ़ी ज़ख़ीरा न मिला तो वो फ्रेंको का मुक़ाबला कामयाबी से न कर सकेंगे। मगर उनके पास हथियार कहां से आयें जब बरतानिया, फ्रांस और अमरीका की नाम निहाद 'जम्हूरी' हुकूमतों ने उनको क़ीमतन भी हथियार देने से इन्कार कर दिया है। और दूसरी तरफ़ हिटलर और मुसोलिनी बराबर सिपाहियों और हथियारों से फ्रेंको की मदद करते रहते हैं।

जंग

3 सितम्बर, आज सुबह से किसी ने यह अफ़वाह फैला दी है कि हिटलर की फ़ौजें चेकोस्लोवाकिया में पहुंच गई हैं और यूरोप में जंग शुरू हो गई है। हर शख़्स परेशान नज़र आता है। दोपहर के क़रीब एक जर्मन जहाज़ हमारी मुख़ालिफ़ सिम्त में जाता नज़र आया तो सब लोग उसको सहमी हुई नज़रों से देखते रहे। गोया हमले का इम्कान था। एक साहब मुझसे कहने लगे कि दो दिन हुए जंग शुरू हो गई है मगर जहाज़ वाले हम से यह ख़बर छुपा रहे हैं।

4 सितम्बर, सुबह 6 बजे जहाज़ इंग्लिस्तान की बन्दरगाह साउथेम्पटन के बाहर ठहरा और सब अंग्रेज़ मुसाफ़िर उतर गए। बाज़ लोग मुझसे भी कहने लगे तुम भी यहीं उतर जाओ। मगर मैंने कहा मेरे लिए इंग्लिस्तान में कोई ख़ास कशिश नहीं है। सामने इंग्लिस्तान का सरसब्ज़ और शादाब साहिल था और मैं डेक पर दिल ही दिल में कह रहा था, 'यही वह मुल्क है जो हिन्दुस्तान की क़िस्मत का मालिक बना हुआ

है, क्यों? और कब तक?'

फ्रांस

साउथेम्पटन में जहाज़ आधे घंटे से भी कम ठहरा। यहां से रवाना होकर हम साढ़े दस बजे के क़रीब फ्रांस के बन्दरगाह लाहावर पहुंच गए। साउथेम्पटन जब हम पहुंचे थे तो सख़्त सर्दी थी और कोहरा छाया हुआ था। मगर फ्रांस का साहिल धूप में चमक रहा था। बन्दरगाह पर काफ़ी भीड़ थी और लोग टोपियां हिला-हिलाकर अपने दोस्तों और अज़ीज़ों का ख़ैर-मक़दम कर रहे थे।

'यही है वह मुल्क', मैंने सोचा, 'जहां नेपोलियन जैसे जरनैल और रूसो और ज़ोला जैसे इंक़लाबी मुसन्निफ़ पैदा हुए, जहां अदब और आर्ट ने दुनिया में सबसे ज़्यादा तरक़्क़ी की, जहां हुस्न और हुस्न शनासी को तक़रीबन मज़हब का दर्जा मिला। जहां आज़ादी और इंक़लाब का अलम बुलन्द हुआ।'

जहाज़ के क़रीब ही पेरिस की रेल लगी हुई थी। फ़ौरन उसमें सवार हो गया। एक अमरीकन लड़का, जिससे जहाज़ पर दोस्ती हो गई थी मेरे हमराह है और हमने तय कर लिया है कि पेरिस में साथ ही किसी होटल में ठहरेंगे। उस लड़के के नाम पार्कर है और वह आर्ट की तालीम हासिल करने फ्रांस आया है।

पेरिस

सरसब्ज़ और शादाब मर्ग़ज़ारों और खेतों में से गुज़रते हुए हमारी रेल शाम के छह बजे पेरिस के स्टेशन पर पहुंच गई। नये शहर में उतरना, जहां की ज़बान से बिल्कुल नावाक़िफ़ हों, अजीब मालूम होता है। मगर पार्कर को कुछ टूटी-फूटी फ्रांसीसी आती है और मैं भी डिक्शनरी की मदद से दो-चार लफ़्ज़ बोलने की कोशिश करता हूं। एक हम-सफ़र ने एक होटल का नाम बता दिया था। टैक्सी में सवार होकर यहां पहुंचे। टैक्सी तो यहां सस्ती है, मगर होटल की शक्ल देखकर ही रूह फ़ना हो गई। मालूम होता था किसी शाही महल में आ गए हैं। ख़ैर अब तो आ ही गए, इसलिए एक दिन तो ठहरना ही होगा। दो छोटे-छोटे कमरे लिए तब भी मालूम हुआ कि एक दिन भर का किराया तक़रीबन बारह रुपये फ़ी-कस देना होगा।

पेरिस की शोहरत की वजह यहां की रंगीन तफ़रीह-गाहें हैं। नाचघर, कैबरे (Cabaret), नाइट क्लब (Night Club) और क़हवा-ख़ाने।

मैंने और पार्कर ने तय किया कि सबसे पहले पेरिस की इन तफ़रीह-गाहों की सैर करनी चाहिए। होटल में कपड़े बदलकर और खाना खाकर सैर के लिए रवाना हो गए।

नंगा नाच

'रक़्से-उरियां' तो एक शाइराना और हसीन मंज़र का ख़याली नक़्शा पेश करता है। मगर रोज़मर्रा की ज़बान में इसको 'नंगा-नाच' कहिए तो कराहत आती है। पेरिस के सबसे ज़्यादा मशहूर नाचघर (Folies Bergere) में जाकर हमने तमाशा देखा और इस नतीजे पर पहुंचे कि इस जगह को आर्ट या हुस्न से दूर की भी मुनासिबत नहीं है। स्टेज पर आधी नंगी, तीन चौथाई नंगी और पूरी मादरज़ाद नंगी लड़कियों के गिरोह आकर उछल-कूद करते रहे। न उनके नाच में कोई हम-आहंगी थी न कोई मानी, न हरकत में हुस्न, न मौसीक़ी में तरन्नुम, न जन्नते-निगाह, न फ़िरदौस-गोश, हां इंसानी जिस्म की अदनातरीन [बहुत छोटी] नुमाइश थी। एक क़िस्म का जोश और बेख़ुदी ज़रूर थी मगर जोशे-हैवानी था और बेख़ुदी ऐसी थी जैसी कि अफ्रीका के जंगली आदमख़ोरों के नाच में होती है। अजीब बात तो यह है कि नंगी औरतों की इतनी बड़ी तादाद देखकर मालूम हुआ कि बरह्नगी हुस्न में इज़ाफ़ा नहीं करती, बल्कि रही-सही ख़ूबसूरती को भी ज़ाएल करती है। ये नंगी औरतें निस्वानी हुस्न के नमूने नहीं, बल्कि गोश्त के हरकत करते लोथड़े मालूम होती थीं। मुम्किन है यह नज़ारा बाज़ लोगों की जिन्सी ख़्वाहिशात को तस्कीन देता हो, हम दोनों का तो जी मतलाने लगा।

इस नाचघर में एक बात देखकर बड़ा ताज्जुब हुआ। तमाशाई तक़रीबन तमाम ग़ैर-मुल्की थे। अंग्रेज़, अमरीकन, जर्मन, हिन्दुस्तानी, अरब मगर हज़ार में शायद पन्द्रह-बीस भी फ्रांसीसी नहीं थे। दूसरे नाचघरों वग़ैरह में भी यही हाल देखा। असल बात यह है कि फ्रांसीसी ख़ुद इतने अय्याश नहीं हैं, जितना कि वो समझे जाते हैं। बाज़ हिन्दुस्तानियों ने, जो मुद्दत से फ्रांस में रहते हैं, मुझे बताया कि आम फ्रांसीसियों की अख़लाक़ी हालत अंग्रज़ों और अमरीकनों वग़ैरह से कहीं बेहतर है। मगर इसमें कोई शक नहीं कि पेरिस का शहर दुनियाभर में अय्याशी का सबसे बड़ा मरकज़ है।

हर क़िस्म के गुनाह के अड्डे यहां मौजूद हैं। जिस तरह दुनिया के बाज़ारों में जानवर बिकते हैं, इस तरह यहां औरतों के जिस्म हैवानी ख़्वाहिशात को पूरा करने के लिए बेचे और ख़रीदे जाते हैं। नफ़्सानियत की इस मंडी में हर क़िस्म की औरत ... काली और गोरी, फ्रांसीसी, अंग्रेज़, जर्मन, यहूदन, रूसी, हिन्दुस्तानी और जापानी ... फ़रोख़्त करने के लिए मौजूद है। मगर इस सूरतेहाल के लिए मग़रिबी तहज़ीब को इल्ज़ाम नहीं दिया जा सकता। इसकी ज़िम्मेदारी इस सरमायेदारी के निज़ाम पर है, जो बेकस और लाचार औरतों को मजबूर करता है कि अपना जिस्म फ़रोख़्त करें और ग़रीब मर्दों को मजबूर करता है कि अपना दिमाग़ और अपनी रूह बेचकर पेट भरें। कौन सा बड़ा गुनाह है? दिमाग़ बेचना जैसा कि हम अख़बार-नवीस करते हैं या जिस्म बेचना जैसाकि पेरिस की रंडियां करती हैं।

पन्द्रहवीं सदी

न्यूयार्क के बाद पेरिस बीसवीं सदी के बाद पन्द्रहवीं या सोलहवीं सदी। ऐसा मालूम होता है कि पांच दिन में पांच सदी पीछे के ज़माने में पहुंच गए। बावजूद अपनी बिजली की ज़मीं-दोज़ रेलों, ट्रामों और मोटरों के पेरिस का शहर पुरानी वज़ा का है। न सिर्फ़ इमारतें पुरानी हैं बल्कि यहां का तमाम माहौल न्यूयार्क के मुक़ाबले में सुस्त-रफ़्तार और दक़ियानूसी और साथ ही ज़्यादा पुर-सुकून है। शहर के बीच में दरियाए-सीन बहता है। आहिस्ता-आहिस्ता ख़रामा-ख़रामा, गोया इसको समन्दर तक पहुंचने के लिए कोई जल्दी नहीं है। बस पेरिस के रहने वालों का भी यही हाल है। न्यूयार्क में हर शख़्स दौड़कर चलता है, पेरिस में च्यूंटी की चाल। इत्मीनान से इधर-उधर देखता हुआ। दरियाए-सीन के किनारे सैकड़ों आदमी दिनभर मछली पकड़ने की बंसी पानी में डाले बैठे रहते हैं। साधुओं की तरह, गोया कोई वज़ीफ़ा पढ़ रहे हैं। सुबह से शाम तक ख़्वाह एक मछली भी हाथ न आये, मगर उनका मक़सद मछली पकड़ना नहीं है, बल्कि इत्मीनान से वक़्त गुज़ारना है। इसी तरह हर होटल और रेस्तरां में लोग घंटों बैठे गप्प किया करते हैं। ऐसे इत्मीनान से जैसे उनको कोई और काम ही नहीं है। यह क़हवा-ख़ाने और रेस्तरां भी ख़ूब हैं, बाज़ लोग तो इनको क्लब के तौर पर इस्तेमाल करते हैं। यहां आकर अख़बार पढ़ते हैं, ख़त लिखते हैं, इस पते पर अपने ख़त मंगवाते

हैं। दोस्तों के नाम कोई पैग़ाम छोड़ना हो तो क़हवा-ख़ाने के बोर्ड पर लगा जाते हैं।

ख़ूबसूरत शहर

अब तक दुनिया में जितने शहर मैंने देखे हैं, पेरिस उनमें सबसे ख़ूबसूरत है। यहां के बाग़ात, पार्क, पुरानी इमारतें, अजाइबघर, साफ़ और कुशादा सड़कें, बा-रौनक़ बाज़ार देखने से ताल्लुक़ रखते हैं। हर सड़क के किनारे पैदल चलने वालों के लिए चौड़ी-चौड़ी पटरियां हैं जो बाज़ जगह असल सड़क से भी ज़्यादा चौड़ी हैं। क़हवा-ख़ानों के सामने इन पटरियों का तक़रीबन आधा हिस्सा कुर्सियों और मेज़ों से घिरा रहता है। क्योंकि बहुत से लोग सड़क के किनारे बैठकर शराब या काफ़ी पीना चाहते हैं ताकि तमाम वक़्त सैर भी करते रहें, पेरिस के क़रीब ही वरसेल्स वग़ैरह के मुक़ामों पर पुराने बादशाहों के महलात हैं और कोई छह-सात मील पर ऐफ़िल टावर है, जो शहर के हर हिस्से से नज़र आता है। यह दुनिया का सबसे ऊंचा आहनी मीनार है। इसके ऊपर बिजली के लिफ़्ट से चढ़ते हैं। और इसकी चोटी पर से तमाम पेरिस का नज़ारा दिखाई देता है।

अरज़ां [सस्ती] ज़िन्दगी

पेरिस में भी हमारे पुराने शहरों की तरह ऊंची-नीची गलियां हैं। एक दिन इस शानदार होटल में ठहरने के बाद मैं एक सस्ते होटल में आ गया हूं। जो ऐसी ही एक गली में वाक़े है। होटल क्या एक क़िस्म का बोर्डिंग हाउस है। बीस कमरे हैं, जिनको एक बूढ़ी बेवा किराये पर देती है। जिस कमरे में मैं हूं वह मुख़्तसर है, मगर मेरी ज़रूरियात के लिए काफ़ी है। एक अच्छा आरामदेह पलंग और बिस्तर है। दो कुर्सियां, एक मेज़, एक कपड़ों की अलमारी और एक मुंह धोने की सीलाप्ची [pan]। कमरे में भाप के पाइप लगे हुए हैं, जो सर्दी के मौसम में कमरा गरम रखते हैं। किराया तक़रीबन एक रुपया रोज़ है। मेरे ख़याल में दुनिया के किसी शहर यहां तक कि बम्बई या कलकत्ता या दिल्ली में भी इतने सस्ते किराये पर ऐसा कमरा नहीं मिल सकता। पेरिस में हर चीज़ मुक़ाबलतन सस्ती है। आठ-नौ आने में मामूली क़िस्म का खाना मिल सकता है। न्यूयार्क के गिरां नख़ों के बाद तो पेरिस के इख़राजात [ख़र्च] और भी

कम मालूम होते हैं। शहर के जिस इलाक़े में मैं ठहरा हूं, उसमें ज़्यादातर तालिबे-इल्म रहते हैं। क्योंकि यूनिवर्सिटी क़रीब ही है। यहां दो-तीन हिन्दुस्तानी तालिब-इल्मों से भी मुलाक़ात हुई, जो बेचारे बड़ी ख़ातिर से पेश आये। उनसे मालूम हुआ कि पेरिस की यूनिवर्सिटी में लन्दन ऑक्सफ़ोर्ड वग़ैरह से इख़राजात बहुत कम हैं और तालीम अच्छी होती है। मगर जब सरकारी मुलाज़मत का दारोमदार बरतानवी यूनिवर्सिटियों की डिग्री पर हो तो भला हिन्दुस्तानी तालिबे-इल्म यहां क्यों पढ़ेंगे। वैसे अय्याशी के लिए हर हफ़्ते इतवार को दर्जनों हिन्दुस्तानी तालिबे-इल्म लन्दन वग़ैरह से पेरिस आते रहते हैं।

मस्जिद या ...?

एक रात को मैं और पार्कर अपने होटल वापस आ रहे थे तो एक गली में से ऐसी आवाज़ आई जैसे कोई कलाम-मजीद पढ़ रहा हो। आवाज़ की सिम्त में जाकर देखा तो एक अरबी वज़ा की इमारत नज़र आई। मेहराबों वग़ैरह से मालूम होता था कि शायद मस्जिद है। अन्दर झांककर देखा तो एक बड़े कमरे में मख़मली जानमाज़ें बिछी हुई हैं। अरबी के कत्बे टंगे हुए हैं और एक बड़ा झाड़ छत में टंगा हुआ है। अब तो और भी यक़ीन हो गया कि यह मस्जिद ही है। इतने में एक मुलाज़िम ने जो अरबी लिबास में था, फ्रांसीसी ज़बान में हमारा ख़ैर-मक़दम किया और अन्दर आने का इशारा किया। उसके पीछे-पीछे हम चले तो वह एक तहख़ाने में ले चला, जहां से तिलावत की आवाज़ आ रही थी। नीचे जाकर राज़ खुला कि यह मस्जिद नहीं है, बल्कि क़हवाख़ाना बल्कि शराबख़ाना है। तहख़ाने में तक़रीबन पन्द्रह-बीस आदमी क़ालीनों पर बैठे हुए थे। उनमें ज़्यादातर अरब और मिस्री थे और चन्द अमरीकन और अंग्रेज़, बीच में एक नौजवान बैठा हुआ अरबी गीत गा रहा था और उसी की आवाज़ पर हमको तिलावते-क़ुरआन-मजीद का धोखा हुआ था। अब तो हम आकर फंस ही गए थे। इसलिए बैठना पड़ा। मैंने क़हवा मंगाया और पार्कर ने अरबी शराब। क़हवा इतना कड़वा था कि नीम का सत् मालूम होता था। बाद में पार्कर ने बताया कि उसने उम्र भर में उस खजूर की शराब से ज़्यादा तेज़ और नशा-आवर शराब नहीं पी। मालूम नहीं किस तरह ये अरब प्यालियों पर प्यालियां चढ़ा रहे थे। गाना ख़त्म हुआ तो एक

अरब लड़की ने नाचना शुरू कर दिया। नाच किया था, अजीब मस्ख़रापन था। अगर थिरक-थिरक कर, पेट बजा-बजाकर उछल-कूद करने को नाच कह सकते हैं तो यह भी नाच था। काफ़ी कोफ़्त हुई और मौक़ा पाते ही हम दोनों वहां से भागे।

पेरिस में काफ़ी अरब आबादी है। जिस तरह हिन्दुस्तानी तालिबे-इल्म लन्दन और दूसरी अंग्रेज़ी यूनिवर्सिटियों में पढ़ते जाते हैं। इसी तरह फ्रांस के अफ्रीकी मक़बूज़ात से अरब तालिबे-इल्म पेरिस आते हैं। उनके अलावा यहां अल्जीरिया और ट्यूनिस की फ़ौज का एक दस्ता भी रहता है। अक्सर पेरिस के बाज़ारों में ये सिपाही घूमते नज़र आते हैं। उनकी वजह से यहां बहुत से अरबी और मिस्री क़हवाख़ाने और होटल हैं और अरबी के अख़बार भी कसरत से फ़रोख़्त होते हैं।

पेरिस में हिन्दुस्तानी

पेरिस के क़याम के दौरान में उन हिन्दुस्तानियों की मज़हका-ख़ैज़ [हास्यास्पद] हरकतों का हाल हालूम हुआ, जो यहां ऐश-परस्ती के लिए आते हैं। सुनता हूं कि एक महाराजा साहब ने एक क़हवा-ख़ाने में रातभर तक़रीबन दस हज़ार रुपये ख़र्च कर दिए। एक नवाब साहब ने पूरा होटल किराये पर ले लिया और तमाम कमरों को पेरिस के कोने-कोने से तलाश करके तवाएफ़ों और हुस्न-फ़रोश लड़कियों से भर दिया। हर साल यहां दर्जनों वालियाने-मुल्क हिन्दुस्तान से आते हैं और अपनी सेहत और अपनी रिआया की गाढ़े पसीने की कमाई का लाखों रुपया बर्बाद करके वापस जाते हैं। पेरिस के इशरतख़ानों में हिन्दुस्तानी नवाबों और राजाओं की फ़य्याज़ी और बे-अक़ली की सैकड़ों दास्तानें मशहूर हैं।

न सिर्फ़ नवाब और राजा बल्कि और लोग भी पेरिस में आकर ख़ूब बेवक़ूफ़ बनते हैं। एक साहब जेब में तक़रीबन दो हज़ार रुपये के फ्रैंक (Franc) डाले एक दलाल के साथ एक ऐशगाह में गए, जहां एक मरमरीं तालाब में दर्जनों बरहना लड़कियां तैर रही थीं। आप भी कपड़े उतार उनके साथ नहाने लगे। बाद में तालाब से निकले तो क्या देखते हैं कि दलाल मए उनके तमाम कपड़ों और रुपये के ग़ायब है। मादरज़ाद बरहना, न सिर्फ़ जेब में कौड़ी नहीं बल्कि सिरे से जेब ही नदारद, फ्रांसीसी ज़बान से नावाक़िफ़। आख़िरकार बड़ी मुश्किल से एक ड्रेसिंग गाउन आरयतन [क़र्ज़] ली

और टैक्सी में बैठकर अपने होटल पहुंचे। टैक्सी वाले के हाथ अपनी बीवी के पास पर्चा भेजा तो कमरे से कपड़े आये और यह हज़रत होटल में दाख़िल हो पाए। बीवी को उन्होंने अपनी कपड़े गुम होने की क्या वजह बताई, यह नहीं मालूम। मगर सबसे ज़्यादा दिलचस्प क़िस्सा पंजाब के एक मशहूर उर्दू शाइर का है, जो एक नाचघर में तमाशा देखने गए और बरहना लड़कियों का ग़ौल का ग़ौल देखकर बेहोश हो गए।

अमन या जंग

13 सितम्बर, कल रात एक तारीख़ी रात थी। अमन या जंग? सवाल का फ़ैसला होने वाला था। तमाम दुनिया और ख़ुसूसन पेरिस की आबादी हिटलर की तक़रीर का इन्तिज़ार कर रही थी।

शाम के पांच बजे से पेरिस वाले अपने-अपने घरों से निकलकर या सड़कों पर घूम रहे थे या होटलों और क़हवाख़ानों में बैठे हुए इन्तिज़ार की घड़ियों को बातें करके काट रहे थे। जा-बजा मुख़्तलिफ़ सियासी ख़यालात के मानने वालों में बहस-मुबाहिसे जारी थे। सरमायेदार और दुकानदार क्लर्क और तालिबे-इल्म, आर्टिस्ट और मज़दूर, सिपाही और हुस्न-फ़रोश औरतें, हर एक के दिमाग़ में सिर्फ़ एक सवाल चक्कर लगा रहा था, अमन या जंग? दस-बारह दिन से तमाम दुनिया के सामने दरपेश था और आज इसका जवाब मिलने वाला था।

कई दिन से सिपाहियों से भरी हुई रेलवे ट्रेनें मग़रिबी मोर्चे की तरफ़ जा रही थीं। फ़ौज में भर्ती होने के ऐलान जा-बजा होने लगे। हर घर में हुकूमत की तरफ़ से शायाशुदा हिदायात लगी हुई थीं कि हवाई हमले की सूरत में शहरियों को क्या करना चाहिए। और जहाज़ी कम्पनियां आपको टिकट फ़रोख़्त करते वक़्त यह शर्त लगाती थीं कि 'अगर उस वक़्त तक जंग न शुरू हो गई'। मैं चन्द और लोगों के साथ मोटर में शहर के तारीख़ी मुक़ामात की सैर को गया । हमारे गाइड (Guide) ने वह गिरजा दिखाया जिसपर पिछली जंग में जर्मन गोले आकर पड़े थे। जब हमने गिरजा की दीवार में गोलों के सुराख़ देखे तो सब जंग के हैबतनाक इम्कानात का ख़याल करके दफ़अतन ख़ामोश हो गए और आज आख़िरकार यह मालूम ही हो जाएगा कि अमन या जंग?

सात बजे के क़रीब शाम के अख़बारों में हिटलर की तक़रीर शाया हुई। लोग जो इन्तिज़ार करते-करते तक़रीबन दीवाने हो गए थे, अख़बार बेचने वाले लड़कों पर इस तरह झपटे जैसे भूखे भेड़िए शिकार पर गिरते हैं। मगर यह तक़रीर पढ़कर किसी क़द्र मायूसी हुई। न जंग का फ़ौरी ऐलान था, न अमन का वादा, मगर उस वक़्त पेरिस वाले हिटलर की तक़रीर के सियासी पहलुओं पर ग़ौर नहीं कर रहे थे। उस वक़्त तो बस यही ख़याल था कि फ़िलहाल जंग नहीं होगी। एक महीना, एक हफ़्ता या एक दिन कुछ अर्से के लिए अमन जरूर रहेगा। औरतें जो अपने बेटों या शौहरों की जुदाई के ख़याल से हिरासां बैठी हुई थीं आर्ज़ी अमन की ख़बर सुनकर ख़ुशी के आंसू रो दीं। नाचघर, क़हवाख़ाने और होटल जश्न मनाने वालों से भर गए। हर तरफ़ से गाने की आवाज़ सुनाई दी। कल जो भी हो, आज तो कम-अज़-कम ख़ुशी मनाने के लिए, मुहब्बत करने के लिए, शराब पीने के लिए, अपने बीवी-बच्चों के साथ हंसने-बोलने के लिए, अपने दोस्तों के साथ बैठकर गप्प मारने के लिए वक़्त था।

यह तो रात का हाल था, आज सुबह सूरज की रोशनी में हिटलर की तक़रीर पढ़कर यक़ीन नहीं होता कि अमन की घड़ियां दराज़ होंगी। अख़बारों में फिर हिटलर की फ़ौजों की नक़्लो-हरकत की ख़बरें हैं। जंग का मनहूस साया यूरोप पर अभी तक छाया हुआ है।

ब्रोमफ़ील्ड

पेरिस का क़याम मिस्टर और मिसेज़ लुई ब्रोमफ़ील्ड (Louis Bromfield) से मुलाक़ात के लिए भी यादगार रहेगा। मिस्टर ब्रोमफ़ील्ड एक मशहूर अमरीकन मुसन्निफ़ और नॉवल-नवीस हैं। छह बरस पहले मैं उनसे अलीगढ़ में मिला था, जहां वो हिन्दुस्तान की सैर के दौरान में हफ़्तेभर के लिए ठहरे थे। इसके बाद वह हिन्दुस्तान कई बार गए और कुल मिलाकर कोई दो बरस मुख़्तलिफ़ शहरों में क़याम किया। हर क़िस्म के हिन्दुस्तानियों से मिले और हर तबक़े में अपने दोस्त बनाए। यहां तक कि बड़ौदा में ख़ास शहर के वस्त में एक मकान लेकर बिल्कुल हिन्दुस्तानी तर्ज़ पर छह महीने तक रहे। इसके बाद उन्होंने एक नॉवल "The rains came" के नाम से लिखा, जो हिन्दुस्तान की एक फ़र्ज़ी रियासत के मुताल्लिक़ है। इस नॉवल को पढ़ने से मालूम

होता है कि ब्रोमफ़ील्ड को हिन्दुस्तान और हिन्दुस्तानियों से कितनी हमदर्दी है और उनके समाजी मसअलों का उन्होंने कितनी गहरी तवज्जह से मुतालेआ किया है।

ब्रोमफ़ील्ड पेरिस से पन्द्रह मील के फ़ासले पर एक निहायत ख़ूबसूरत गांव सान ली (Sen Lhies) में रहते हैं। गो वह अमरीकन हैं मगर साल का ज़्यादा अर्सा पेरिस में गुज़ारते हैं। इसके अलावा जब जी चाहता है दुनिया का सफ़र कर आते हैं। ब्रोमफ़ील्ड के एक नॉवल *The Rains Came* ही की पचास हज़ार जिल्दें फ़रोख़्त हुई हैं। इसके अलावा इस पर फ़िल्म भी बन गई है और उसका काफ़ी मुआवज़ा मिला। इसलिए ब्रोमफ़ील्ड काफ़ी आराम से ज़िन्दगी बसर करते हैं। मगर मियां-बीवी दोनों हद दर्जा मेहमान-नवाज़ और मिलनसार हैं। तमाम अमरीकनों की तरह साफ़ गो और सादा मिज़ाज और बेतकल्लुफ़ हैं।

मुझे दोनों ने पहचान लिया। बल्कि अपने एलबम में हम लोगों की वो तस्वीरें दिखाईं, जो उन्होंने अलीगढ़ में ली थीं। घंटों हिन्दुस्तान के मुताल्लिक़ बातें करते रहे। हमारे मुल्क से इन दोनों को बेहद मुहब्बत है। इस क़द्र कि अपने मकान की दीवारों पर मिसेज़ ब्रोमफ़ील्ड ने हिन्दुस्तान के रंगीन नज़ारे पेंट कर रखे है।

फ्रांसीसी शहंशाहियत

ब्रोमफ़ील्ड के साथ मैं फ्रांसीसी शहंशाहियत का एक तमाशा देखने गया। सान ली में फ्रांस की मराक़शी [Morrocan] और अफ्रीकी फ़ौज की छावनी है। इस फ़ौज का सालाना मुआयना और घुड़दौड़ वग़ैरह के खेल थे।

हिन्दुस्तान में हम लोगों को आम तौर से यह नहीं मालूम कि अंग्रेज़ों की तरह फ्रांस की सल्तनत भी अफ्रीका और एशिया में दूर तक फैली हुई है। गो फ्रांस के मक़्बूज़ात में कोई हिन्दुस्तान जैसा ज़बरदस्त मुल्क तो नहीं है मगर फिर भी शुमाली अफ्रीका में फ्रांस का झण्डा हज़ारों मुरब्बा मील पर लहराता है। उन मुल्कों में भी क़ौम-परस्तों के साथ बुरा सुलूक होता है। वहां भी स्वदेशी सनअतों को तबाह करके फ्रांसीसी सरमायेदारों के लिए मैदान साफ़ किया जाता है। वहां भी फ्रांसीसी हाकिमों को बेजा और जाबिराना इख़्तियारात हासिल हैं और मुल्की आबादी पर अक्सर ज़ुल्म होता है।

मगर अंग्रेज़ी शहंशाहियत और फ्रांसीसी शहंशाहियत में एक बड़ा फ़र्क़ है। अंग्रेज़ अपनी सल्तनत में हमेशा हाकिमों की तरह अलग-थलग रहते हैं। मुल्कियों से कभी समाजी और ज़ाती ताल्लुक़ नहीं पैदा करते, न अपनी ख़ास वज़ा-क़ता [शैली] और क़ौमी ख़ुसूसियात छोड़ते हैं।

लतीफ़ा

मशहूर है कि अंग्रेज़ अफ़सर अफ्रीका के जंगल में भी रात को खाना खाने के लिए अकेला बैठता है तो रिवाज के मुताबिक़ खाने का काला लिबास ज़रूर पहनता है। इसके बरख़िलाफ़ फ्रांसीसी जो मक़्बूज़ात और नौआबिदियात में सरकारी अफ़सर या ताजिर की हैसियत से जाते हैं वो वहां के लोगों का लिबास और आहिस्ता-आहिस्ता उनकी दूसरी आदतें और ख़ुसूसियात इख़्तियार कर लेते हैं। यहां तक कि मराक़शी और अल्जीरियन औरतों से शादी कर लेते हैं।

सान ली की छावनी में देखा कि मराक़शी फ़ौज के फ्रांसीसी अफ़सर भी वही वर्दी पहनते हैं जो उनके सिपाही यानी लाल तुर्की टोपी, शलवारनुमा पाजामा और अबा। इन सिपाहियों की शहसवारी और तलवार के खेल देखने के लिए हज़ारों तमाशाई जमा थे। यह काली फ़ौज पेरिस में दो ग़रज़ से रखी गई है। अव्वल तो अपनी सल्तनत की शोहरत करने के लिए ताकि हर एक को याद रहे कि फ्रांसीसी अफ्रीका के मुल्कों पर भी हुकूमत करते हैं। इसके अलावा फ्रांसीसी हुकूमत को यह भी ख़तरा है कि कभी मुल्क में सोशलिस्टों या कम्युनिस्टों ने इन्क़लाब पैदा किया तो मुम्किन है फ्रांसीसी फ़ौज उनके साथ हो जाए। ऐसी हालत में यह काली फ़ौज सफ़ेद सरमायेदारों की हिफ़ाज़त करेगी।

अनोखा शहर

पेरिस वह शहर है जहां: –

सड़कों और गलियों के नाम न सिर्फ़ बादशाहों, वज़ीरों और सियासतदानों के नाम पर रखे जाते हैं बल्कि शाइरों, अदीबों और फ़लसफ़ियों के नाम पर भी।

फ़हश तस्वीरें गिरजा की सीढ़ियों पर बिकती हैं।

लोग बिला-तकल्लुफ़ पुलिस वालों से क़हबाख़ानों का पता दरियाफ़्त कर सकते हैं। शराब खाने के साथ मुफ़्त मिलती है। मगर पानी मुश्किल से मिलता है और अक्सर उसकी क़ीमत देनी पड़ती है।

मोटरें और गाड़ियां सड़क के बायें बाज़ू के बजाए दायें बाज़ू चलती हैं।

आम लोग आपस के ताल्लुक़ात में इतना ही तकल्लुफ़ बरतते हैं जितना कि लखनऊ वाले।

लन्दन के शाम के अख़बार घंटे भर में हवाई जहाज़ से यहां पहुंच जाते हैं और हज़ारों की तादाद में फ़रोख़्त होते हैं।

हर तीसरा आदमी जो आपको सड़क पर नज़र आता है वो अंग्रेज़ होता है या अमरीकन।

नंगा नाच देखना या सड़क पर बैठकर शराब पीना ऐब नहीं समझा जाता मगर इतवार को गिरजा न जाना गुनाह है।

शाही महलों के बाग़ात में इंक़लाब-परस्तों के मुजस्समे नस्ब हैं और कॉलेजों के बराबर में क़हवाख़ाने हैं।

लम्बे-लम्बे बालों वाले आर्टिस्ट हर जगह बैठे नज़र आते हैं और बहाना मिलते ही आपके साथ खाना खाने या शराब पीने को तैयार हो जाते हैं।

बाज़ क़हवाख़ानों में सैकड़ों क़ीमती और नादिर तस्वीरें लगी हैं, जो भूखे मुसव्विरों ने खाने और शराब के एवज़ कौड़ियों के मोल बेच दीं।

पेरिस को पेरिस वाले पेरिस नहीं कहते 'पारी' कहते हैं।

जिनेवा

19 सितम्बर, रात को पेरिस से रवाना हुआ और सुबह को स्विट्ज़रलैंड के मशहूर शहर जिनेवा पहुंच गया। छोटा सा ख़ूबसूरत शहर है। झील के किनारे, पहाड़ियों से घिरा हुआ, अगर नैनीताल इतना साफ़-सुथरा होता तो हिन्दुस्तान का जिनेवा कहलाया जा सकता है।

जिनेवा एक तारीख़ी शहर है। यहां कशीदाकारी का काम बहुत अच्छा होता है। यहां कि बनी हुई घड़ियां दुनिया भर में बिकती हैं। मगर इस शहर की शोहरत इन

वजूहात से नहीं है, बल्कि इसलिए कि यह अंजुमने-अक़वाम (League of Nations) का सद्र मुक़ाम है।

आजकल यहां पचास क़ौमों के नुमाइन्दे आये हुए हैं क्योंकि लीग असेम्बली का जलसा हो रहा है। हर बड़े होटल पर उन तमाम मुल्कों के झण्डे लगे हुए हैं, जिनके नुमाइन्दे वहां ठहरे हुए हैं। पहले ही रोज़ मैं अख़बार के नुमाइन्दे की हैसियत से लीग असेम्बली का जलसा देखने गया। इमारत शानदार है और बस वही पुरानी तोते की तरह रटी हुई तक़रीरें सुनने में आईं। स्पेन और चीन के नुमाइन्दों ने अपनी मज़लूम क़ौमों की फ़रियाद से किसी क़द्र गरमा-गरमी पैदा कर दी। मगर मोटे-मोटे पेटभरे सियासतदां इन तक़रीरों को सुनकर फिर अपने गद्देदार कोचों पर टांगे पसार कर उसी तरह सो गए,जिस तरह नई दिल्ली में असेम्बली के मेम्बर सो जाते हैं। अंजुमने-अक़वाम को जगाने के लिए तक़रीरों की नहीं शायद एक आलमगीर इंक़लाब की ज़रूरत है।

अंजुमने-अक़वाम के बेकार-महज़ होने में अगर कोई शुब्ह था तो वह यहां आकर दूर हो गया। स्पेन के नुमाइन्दे ने क्या ख़ूब फ़िक़रा कहा, 'पिंजरा नया और परिन्दा मुर्दा'। दुनिया में अमन क़ायम करने के लिए यह अंजुमन क़ायम की गई थी। हब्श को इटली हड़प कर गया और इस अंजुमन के कान पर जूं न रेंगी। जर्मनी और इटली की साज़िशों से स्पेन का ख़ात्मा हो गया और यहां तक़रीरें ही होती रहीं। जापान चीन को हड़प किए जा रहा है और यहां हमदर्दी का कोई रिज़ॉल्यूशन भी पास नहीं हुआ। जर्मनी चेकोस्लोवाकिया को टुकड़े-टुकड़े करके हज़्म कर रहा है और दुनिया भर को जंग की धमकियां दे रहा है, मगर लीग के नुमाइन्दे इत्मीनान से सिगार पी रहे हैं।

हिन्दुस्तान से तीन नुमाइन्दे आये हैं। नाम – निहाद नुमाइन्दे, सर सुल्तान अहमद, सर एन.एन. सरकार, सर शन्मुखम चेट्टी, सब अच्छे माक़ूल आदमी हैं। हम हिन्दुस्तानी अख़बार-नवीस इनकी बड़ी ख़ातिरें करते हैं। मगर हिन्दुस्तान की आवाज़ लीग के ऐवान में पहुंचाने से माज़ूर हैं। कहते वही हैं जो बरतानवी नुमाइन्दे इनको बता देते हैं। जिधर वो हाथ उठाते हैं उधर ही ये हाथ उठा देते हैं।

जवाहर लाल

पंडित जवाहर लाल नेहरू भी चन्द रोज़ के लिए जिनेवा आये हुए हैं। कई बार मुलाक़ात हुई। पहले रोज़ मैंने ग़लती से पूछ लिया, 'क्या आप भी लीग असेम्बली का जलसा देखने जाएंगे?' बस बिगड़ गए। कहने लगे, ' तुम समझते हो मैं इस लग़्व और लचर जमाअत का जल्सा देखने जाऊंगा', फिर बाद में उनकी क़यामगाह पर मिला तो बहुत देर तक बैनुल-अक़्वामी सियासत पर बातें करते रहे। मुझसे अमरीका और नौजवानों की कान्फ्रेन्स का हाल पूछते रहे। मैंने पहली बार जवाहर लाल को सूट पहने देखा। गोरा रंग होने की वजह से बिल्कुल यूरोपियन मालूम होते हैं।

लीग के दफ़्तर में चार हिन्दुस्तानी मुलाज़िम हैं। उन सब से मुलाक़ात हुई। कई के यहां दावतें भी उड़ाईं। लाहौर के डाक्टर वहीद और कलकत्ता के डाक्टर घोष की ख़ास नवाज़िश रही। वहीद साहब के यहां मुद्दत के बाद समोसे खाने को मिले और हिन्दुस्तान की याद ताज़ा हो गई।

कारामद [उपयोगी] शोबे

वहीद साहब और घोष साहब से बातें करने पर मालूम हुआ कि गो अमन क़ायम करने में अंजुमने-अक़्वाम बिल्कुल नाकाम साबित हुई है, मगर इसके दूसरे शोबे कारामद साबित हुए हैं। मसलन बैनुल-अक़्वामी मज़दूरों का दफ़्तर (International Labour Office) ऐसा महकमा है जो दुनिया के मज़दूरों, उनकी मज़दूरी और उनके दूसरे मसाएल से मुताल्लिक़ मुफ़ीद मालूमात जमा करता है। और उसकी सालाना कान्फ्रेन्स में मुख़्तलिफ़ हुकूमतों, सरमायादारों और मज़दूरों के नुमाइन्दे जमा होते हैं। इस कान्फ्रेन्स की वजह से दुनिया के मज़दूरों की तकलीफ़ में थोड़ी-बहुत कमी ज़रूर हुई है। इसके अलावा दूसरे शोबों में नशाआवर चीज़ों की रोकथाम के मुताल्लिक़ काम होता है। कोढ़ और दिक़ जैसी मुहलिक बीमारियों के इलाज के लिए तहक़ीक़ात होती हैं और लाखों ग़रीबुल-वतन लोगों की इम्दाद की तदाबीर इख़्तियार की जाती हैं।

तीन स्विट्ज़रलैंड

21 सितम्बर, स्विट्ज़रलैंड भी अजीब मुल्क है। इतना छोटा है जैसे हिन्दुस्तान का मामूली सा एक सूबा। फिर भी यहां तीन मुख़्तलिफ़ ज़बानें बोली जाती हैं। जर्मन, फ्रांसीसी और इटालियन और अब एक चौथी पुरानी ज़बान भी ज़िन्दा की जा रही है। तीन मुख़्तलिफ़ नस्लें आबाद हैं और तीन मुख़्तलिफ़ मज़हबों के पैरो बसते हैं। रोमन कैथोलिक, प्रोटेस्टेन्ट और यहूदी। फिर भी स्विट्ज़रलैंड मुत्तहिदा मुल्क है। स्विस क़ौम एक है। आपस में कोई झगड़े नहीं होते और न कोई यह कहता है कि स्विट्ज़रलैंड ख़ुद-मुख़्तार होने के क़ाबिल नहीं है। पार्लियामेंट में तीन ज़बानों में तक़रीरें होती हैं। रेल के टिकट तीन ज़बानों में छपे होते हैं और हर पढ़ा-लिखा कम-अज़-कम दो ज़बानें बोल सकता है।

कल दोपहर को मैं जिनेवा से रवाना हुआ। जिनेवा स्विट्ज़रलैंड के फ्रांसीसी हलक़े में है। तीन घंटे के बाद रेल जिस इलाक़े से गुज़री वहां जर्मन बोली जाती है। स्टेशनों पर जर्मन में नाम लिखे होते हैं। अब मैं ज़ूरिच के शहर में हूं और यहां भी जर्मन बोली जाती है। मगर यहां के बाशिन्दों में जर्मनी और हिटलर के साथ कोई हमदर्दी नहीं है। वो जानते हैं कि नाज़ी छोटी आज़ाद क़ौमों के सबसे बड़े दुश्मन हैं। ज़ूरिच में मैं अपने एक क़लमी दोस्त (Pen Friend) का मेहमान हूं, जिससे पांच बरस पहले तालिबे-इल्मी के ज़माने में ख़तो-किताबत किया करता था। मुद्दतों तक एक-दूसरे को ख़ुतूत के ज़रिए जानकर वाक़ई मुलाक़ात करना अजीब मालूम होता है।

ज़ूरिच स्विट्ज़रलैंड की घड़ियों के कारख़ानों का सबसे बड़ा मरकज़ है। यहां से हज़ारों घड़ियां रोज़ाना दुनिया के हर मुल्क को भेजी जाती हैं। लुत्फ़ यह है कि बहुत सी घड़ियां बनती यहां हैं मगर उन पर 'Made in England', 'Made in France' वग़ैरह लिखकर भेजा जाता है।

घड़ीसाज़ी के अलावा स्विट्ज़रलैंड की सबसे बड़ी सनअत दूध, मक्खन और पनीर की है। जिनेवा से ज़ूरिच तक मैं देखता आया कि तमाम मुल्क में सरसब्ज़ चरागाहों में गायों के रेवड़ के रेवड़ चर रहे हैं। ये गायें स्विट्ज़रलैंड की सबसे बड़ी दौलत हैं। इनको हिन्दुस्तान की तरह गंदे सड़े बाड़ों में नहीं रखा जाता, बल्कि इनके लिए साफ़-सुथरे रोशन और हवादार मकान बने हुए हैं। ताज्जुब है कि हिन्दुस्तान में

जहां गाय को एक मुक़द्दस हस्ती समझा जाता है, इतनी बुरी तरह रखा जाता है और बरख़िलाफ़ इसके यहां इनकी इतनी आव-भगत होती है।

हम और वो

22 सितम्बर, आज सुबह ज़ूरिच से वेनिस के लिए रवाना हुआ। ज़ूरिच से चन्द स्टेशन बाद स्विट्ज़रलैंड का इटालियन इलाक़ा शुरू हो गया। यहां इटालियन ज़बान बोली जाती है और इतालवी नस्ल के लोग आबाद हैं। बहुत देर तक मैं यह सोचता रहा कि अगर तीन मुख़्तलिफ़ नस्लें स्विट्ज़रलैंड जैसे छोटे से मुल्क में सुलह और शान्ति से रह सकती हैं तो हम हिन्दू और मुसलमान हिन्दुस्तान में अमन से क्यों नहीं रह सकते। अगर जर्मन और इटालियन और फ्रांसीसी ज़बानों के बोलने वाले इस मुल्क में एक-दूसरे की मुख़ालिफ़त नहीं करते तो आख़िर हम हिन्दी और उर्दू के झगड़े क्यों खड़े करते हैं। मगर यहां यहूदी, रोमन कैथोलिक और प्रोटेस्टेन्ट एक-दूसरे का सिर नहीं फोड़ते तो आख़िर हम ही फ़िरक़ा-परस्ती की वबा में क्यों मुब्तला हैं?

मुसोलिनी का मुल्क

सह-पहर को रेल इटली की सरज़मीन में दाख़िल हुई। सरहद पर सब मुसाफ़िरों के सामान की तलाशी हुई। मेरे साथ जो अंग्रेज़ी ज़बान के अख़बार थे, वो सब शुब्ह की नज़र से देखे गए और ज़ब्त कर लिए गए। फ़ाशी इटली में अंग्रेज़ी अदबी रिसाले भी मुश्तबह समझे जाते हैं। सच है कि फ़ाशी और नाज़ी राज में प्रेस और पब्लिक की आज़ादी सल्ब कर ली जाती है।

इसी सरहद के स्टेशन पर ख़ुद मुसोलिनी के चेहरे ने मेरा इस्तक़बाल किया। दीवारों पर इटली के इस जाबिर हुक्मरां की तस्वीरें जा-बजा लगी हुई थीं। हर अख़बार के पहले सफ़हे पर यही तस्वीर नज़र आती थी। आगे निकला हुआ ख़ौफ़नाक जबड़ा, फ़ाशी सलाम के अन्दाज़ में हाथ उठा हुआ। कोई शुब्ह नहीं कि अब मैं मुसोलिनी की हुकूमत में हूं। जा-बजा फ़ौजी यूनिफ़ार्म पहने नौजवान अफ़सर अकड़ते हुए दिखाई देते हैं। बातचीत करने में करख़्त, ग़ैर-मुल्कियों से उनका सुलूक इतना ख़राब है कि एक अमरीकन हम सफ़र ने कहा कि जी चाहता है दूसरी ट्रेन से वापस चला जाऊं।

मैंने सोचा कि क्या यह फ़िरऔने-बेसामान जिनको बात करने की तमीज़ नहीं, यूनान और रोम की तहज़ीब के जानशीन हैं।

छोटा मुसोलिनी

मिलान से रेल बदलकर मैं वेनिस के लिए रवाना हुआ। ट्रेन में दो-तीन इटालियन हम-सफ़र मिल गए, जो अंग्रेज़ी जानते थे, देर तक बातें करते रहे। इनमें से एक तो मुसोलिनी का ज़बरदस्त हामी था। बरतानिया और फ्रांस का सख़्त मुख़ालिफ़ 'आख़िर हमने हब्श पर क़ब्ज़ा कर लिया तो क्या हुआ, आख़िर बरतानिया ने भी तो आधी दुनिया में अपनी सल्तनत फैला रखी है।' मैंने उससे कहा कि बरतानिया की सल्तनत भी ख़ात्मे के क़रीब है और शहंशाहियत का पूरा निज़ाम बहुत जल्द फ़ना हो जाएगा। यह सुनकर वह ख़ुश नहीं हुआ और कहने लगा कि सफ़ेद क़ौमों के लोग हमेशा स्याह क़ौमों पर हाकिम रहेंगे।

जब तक यह शख़्स चिल्ला-चिल्लाकर और हाथ हिला-हिलाकर मुझसे बातें कर रहा था, बाक़ी मुसाफ़िर ख़ामोश बैठे उसको सुन रहे थे। मगर उनकी ख़ामोशी से मालूम होता था कि वो उसकी राय से मुत्तफ़िक़ नहीं हैं। जब उसने ज़ोर-शोर से कहा कि मुसोलिनी ने इटली के ग़रीबों की बड़ी ख़िदमत की है तो मैंने उनसे पूछा कि क्या यह सही है। मगर उन्होंने न हां कहा न नहीं, 'हम सियासी बातें नहीं करना चाहते।' मुसोलिनी के ग़ुलामों को आज़ादी-ए-राय नसीब नहीं है।

वेनिस

24 सितम्बर, दुनिया भर के लोगों की आदत है कि पुराने शहरों और पुरानी इमारतों की ख़्वाह-मख़्वाह पूजा की जाती है। जहां कहीं पुरानी ईंटों का ढेर नज़र आया शाइर उसकी शान में क़सीदे लिखना शुरू कर देते हैं। वेनिस की बड़ी तारीफ़ सुनी थी, 'जो चीरा तो इक क़तरा-ए-ख़ूं न निकला', पुराने, गन्दे, अंधेरे मकान, तंग व तारीक गलियां और तमाम शहर में सब्ज़ी-माएल गंदे पानी की नहरों का एक जाल फैला हुआ है। शायद इसी का नाम शहरी हुस्न हो, मुझे तो ग़ुरबत और गन्दगी का मुज़ाहिरा मालूम हुआ। आम लोगों की हालत ... उनके फटे-पुराने मैले कपड़े और

उनके बोसीदा मकान ... देखकर हिन्दुस्तान का धोखा होता है। भिखमंगों की कसरत, हर गली के नुक्कड़ पर बेकारों के ग़ौल के ग़ौल, एक बेकार जो थोड़ी-बहुत अंग्रेज़ी जानता था, मेरे साथ हो लिया। कहने लगा अगर तुम्हें रास्ता न आता हो तो मैं तुम्हें बन्दरगाह, स्टेशन या होटल जहां जाना हो, वहां पहुंचा दूं। मुझे बन्दरगाह का रास्ता मालूम था, मगर बातें करने के लिए उसको साथ ले लिया।

बेकार की कहानी

रास्ते में मैंने उससे पूछा, 'तुम क्या काम करते हो?'

'कुछ नहीं'

'कब से बेकार हो?'

'दो साल से।'

'हुकूमत कुछ मदद करती है?'

'कुछ नहीं'

'फिर कैसे गुज़ारा करते हो?'

'इसी तरह ग़ैर-मुल्की मुसाफ़िरों की तर्जुमानी करके।'

'तुम्हारी तरह और कितने लोग इस शहर में बेकार हैं?'

'हज़ारों, देखते नहीं हो हर गली के नुक्कड़ पर बेकारों और भिखारियों की भीड़।'

'मुसोलिनी की फ़ाशियत के मुताल्लिक़ तुम्हारा क्या ख़याल है?'

इस सवाल का जवाब देने से पहले उसने इधर-उधर घबराकर देखा कि पुलिस का कोई जासूस हमारा पीछा तो नहीं कर रहा है। मगर गली ख़ाली थी। सिर्फ़ चन्द मैले-कुचैले बच्चे नाली के पास खेल रहे थे। बेकार इटालियन ने नफ़रत से थूककर कहा, 'क्या ख़याल है मेरा। ग़रीबों और मज़दूरों के क़ातिलों के मुताल्लिक़ क्या ख़याल हो सकता है। मुल्क की तमाम दौलत फ़ौज पर ख़र्च होती है। लाखों ग़रीबों को भर्ती कर-करके अफ्रीका के रेगिस्तानों में मरने के लिए भेज दिया जाता है। ताकि मुसोलिनी की सल्तनत की शान बढ़े ... ' वो कुछ और कहना चाहता था कि दूर से एक सिपाही आता नज़र आया। बेकार नौजवान ने फ़ौरन लहजा बदलकर कहना शुरू किया, 'यह तो आपको मालूम ही है कि वेनिस दुनिया के ख़ूबसूरततरीन शहरों में है। वो आपके

सामने सैंट मार्क्स का शानदार गिरजा है ... '

मुसोलिनी के वादे

इतने में हम बन्दरगाह पर पहुंच गए। हिन्दुस्तान से जहाज़ आकर खड़ा ही हुआ था। मैंने कुछ पैसे देकर अपने इटालियन दोस्त को रुख़्सत किया और ख़ुद अपने हिन्दुस्तानी दोस्त अनवर क़ुरैशी की तलाश में चला। जहाज़ से मुसाफ़िर उतर ही रहे थे। न सिर्फ़ अनवर से मुलाक़ात हुई बल्कि दर्जनों हिन्दुस्तानी तालिबे-इल्मों से, जो सब तालीम की ख़ातिर इंग्लिस्तान जा रहे हैं। कई अलीगढ़ के पढ़े हुए लड़के मिले और बन्दरगाह ही पर गले मिलने का सिलसिला शुरू हो गया।

बैनुल-अक़्वामी सियासी हालत ख़तरनाक होती जा रही है। इसलिए वेनिस में ज़्यादा ठहरना मुनासिब न ख़याल किया और सब ने तय किया कि पहली ट्रेन से पेरिस चल देना चाहिए।

अनवर से मालूम हुआ कि इसी जहाज़ पर कई सौ इटालियन सिपाही मसावा से आये हैं जो इटालियन मशरिक़ी अफ़्रीका की सबसे बड़ी बन्दरगाह है। मगर तमाम मुसाफ़िरों के साथ उनको नहीं उतारा गया। घंटाभर बाद जब बन्दरगाह का इलाक़ा तक़रीबन ख़ाली हो गया तब उन सिपाहियों को जहाज़ से उतरने की इजाज़त मिली। मैं और अनवर एक तरफ़ खड़े उनको देखते रहे। अफ़्रीका की गर्मी से उनके चेहरे झुलसे हुए थे। उनकी वर्दियां मैली और ढीली ढाली थीं। उनमें से अक्सर बीमार मालूम होते थे। बाज़ों को स्ट्रेचर पर डालकर लाया गया। हमने सुना कि जब सिपाहियों के दस्ते अफ़्रीका की नौआबादियात [colonies] भेजे जाते हैं तो उनके जुलूस निकाले जाते हैं। मगर जब मुसोलिनी की हवस के ये शिकार वापस आते हैं तो उनको चुपके से चोरों की तरह जहाज़ पर से उतारा जाता है। वजह ज़ाहिर है। उनमें से हर एक मुसोलिनी के फ़ाशी निज़ाम की नाकामयाबी का ज़बरदस्त सबूत है। मुसोलिनी ने अपनी क़ौम से वादा किया था कि हब्श को फ़तह करने के बाद मुल्क में ख़ुशहाली हो जाएगी और हर बेकार को काम मिल जाएगा। मगर ये वादे इतने ही ग़लत साबित हुए जैसे हिटलर के अपनी क़ौम से किए हुए वादे। इन दोनों का एक दिन एक ही हश्र होने वाला है।

इंग्लिस्तान

28 सितम्बर, वेनिस से सीधे पेरिस और पेरिस से सीधे हम लन्दन आ गए। रूदबारे-इंग्लिस्तान को एक छोटे से स्टीमर में उबूर किया, जिसमें हिचकोलों की वजह से सिर में ख़ूब चक्कर आये और अक्सर मुसाफ़िर क़ै करते रहे। डोवर के साहिल को देखकर वतन-परस्त अंग्रेज़ों पर वज्द तारी हो जाता है। मगर हम चाक की इन सफ़ेद चट्टानों को देखकर फ़क़त यह सोचते हैं कि क्या यही वो मुल्क है, जिसके बाशिन्दे हिन्दुस्तान पर हुक्मरां हैं। बिल्कुल वही कैफ़ियत जो साउथेम्पटन का साहिल देखकर मुझ पर तारी हुई थी। डोवर से रेल में सवार हुए। चार घंटे तक एक अधेड़ उम्र का अंग्रेज़, जो शक्ल से कोई मामूली दर्जे का ताजिर या क्लर्क मालूम होता था, मेरे बराबर की सीट पर बैठा रहा। मगर मुझसे एक बार भी बात नहीं की। यह अंग्रेज़ी तहज़ीब है कि बग़ैर तआर्रुफ़ किसी से बात न की जाए। बरख़िलाफ़ इसके अमरीका में जब कभी मैंने रेल में सफ़र किया एक दो ही घंटे में तमाम मुसाफ़िरों से दोस्ती हो जाती थी। शाम होने पर लन्दन पहुंचे और चन्द दोस्तों के साथ एक छोटे से बोर्डिंग हाउस में क़याम किया।

लैंड लेडी

29 सितम्बर, हिन्दुस्तान में समझा जाता है कि हिन्दुस्तानी तालिबे-इल्म जो इंग्लिस्तान तालीम की ख़ातिर जाते हैं, वो शरीफ़ अंग्रेज़ घरानों में रहकर अंग्रेज़ी मुआशरत और तमद्दुन से फ़ायदा उठाते हैं। 'लैंड लेडी' को हम एक बावक़ार, मुश्फ़िक़ और मेहरबान ख़ातून समझते थे, जो एक मां की तरह हिन्दुस्तानी तालिबे-इल्मों की निगरानी करती है। यहां आकर मालूम हुआ कि बाज़ दर्मियाने दर्जे की बेवाओं ने अपने गुज़र-औक़ात के लिए अपने मकानों में हिन्दुस्तानी लड़कों को रखना गवारा कर लिया है। आमतौर से वो ख़ुद जाहिल और बद-तमीज़ होती हैं और उनकी तमामतर कोशिश यही होती है कि किसी तरह बुद्धू हिन्दुस्तानी नौजवानों से ज़्यादा से ज़्यादा पैसा ऐंठा जाए। ये बेचारे जो हर अंग्रेज़ और अंग्रेज़ी चीज़ से मरऊब रहते हैं, लैंड लेडी से भी ख़ौफ़ खाते हैं। और उसकी तिजारती अग़राज़ को अंग्रेज़ी तहज़ीब पर मेहमूल करते [लादते] हैं। आप किसी दोस्त को अपने साथ खाने की दावत नहीं दे

सकते और अगर चाय के दौरान में कोई आ जाए और उसके लिए एक ख़ाली प्याली मंगा ली जाए तो आपके बिल में चार आने का इज़ाफ़ा हो जाएगा। भला हो हमारी ग़ुलामाना ज़हनियत का कि एक साहब जो दो साल से लन्दन में मुक़ीम हैं, मुझसे कहने लगे, 'अरे भई तुम नहीं जानते, अंग्रेज़ तहज़ीब यही है। हमारी लैंड लेडी तो, उसका लड़का एक दिन के लिए ठहरने को आ जाए तो उससे भी किराया वसूल करती है।' मैंने कहा, 'लानत है इस तहज़ीब पर।'

काला आदमी

5 अक्तूबर, लन्दन में चन्द रोज़ के बाद ही अपनी खाल के रंग का एहसास होना शुरू हो गया। मैं समझता था कि अब तो शायद स्याह व सफ़ेद की तमीज़ जाती रही होगी। मगर नहीं इंग्लिस्तान के मुहज़्ज़ब मुल्क में हिन्दुस्तानियों, हब्शियों, चीनियों और तमाम रंगीन क़ौमों के लोगों के साथ वही सुलूक किया जाता है। जो अब से पहले हिन्दुस्तान में अछूतों के साथ किया जाता है। ज़बान से तो बहुत कम लोग कहते हैं। मगर जिस तरह अंग्रेज़ आपको देखते हैं, जिस तरह ज़मींदोज़ रेल और बसों में एक हिन्दुस्तानी के बराबर वाली सीट ख़ाली रहती है। जिस तरह एक हिन्दुस्तानी के आते ही होटलों में एक कमरा भी ख़ाली नहीं रहता वो साफ़-साफ़ जता देते हैं कि हिन्दुस्तानी एक घटिया नस्ल से ताल्लुक़ रखते हैं और उनका क़ुर्ब अंग्रेज़ों को गवारा नहीं है।

आज सुबह मैं और चन्द दोस्त किसी मकान की तलाश में निकले जहां बेहतर और सस्ते कमरे मिल सकें।

एक मकान के बाहर बोर्ड लगा था, 'हवादार कमरे किराये के लिए ख़ाली हैं।' हमने दरवाज़ा खटखटाया। एक नौकरानी निकलकर आई, 'हम कमरे देखना चाहते हैं,' मैंने कहा। 'यहां कोई कमरा ख़ाली नहीं।' उसने बदतमीज़ी से जवाब दिया और दरवाज़ा धड़ से बन्द कर लिया। हम आगे चले।

एक और मकान पर बोर्ड नज़र आया, 'किराये के लिए कमरे ख़ाली हैं।' यहां भी दस्तक दी। मकान मालिक ख़ुद निकलकर आया। यह ज़्यादा साफ़गो था। उसने कहा, 'कमरे ख़ाली हैं, मगर हिन्दुस्तानियों के लिए नहीं।'

इसी तरह हमने दस बारह मकान देखे। मगर कहीं भी हमें पनाह न मिली। थके-मांदे वापस आये और सल्तनते-बरतानिया, उख़ूव्वत [भाईचारा], मुसावात और जम्हूरियत [लोकतंत्र] वग़ैरह के मुताल्लिक़ सोचते हुए सो गए। लन्दन में काला आदमी नहीं चाहिए।

लन्दन

28 अक्तूबर, मुझे लन्दन आये पूरा एक महीना गुज़र गया। ईमान की बात यह है कि न मुझे यह शहर पसन्द आया, न मैंने इसको अच्छी तरह देखने की कोशिश की। मुम्किन है कि अपने सियासी अक़ीदों की वजह से मैं लन्दन के ख़िलाफ़ तास्सुब में मुब्तला हूं। मुम्किन है लन्दन में ख़ूबसूरत इमारतें हों, मगर मैंने तो सिर्फ़ धुंए से काले हुए बदसूरत और यकसां मकानों की क़तारें देखीं। मुम्किन है यहां भी दिलचस्प, रहमदिल, मेहमान-नवाज़ और काले-गोरे की तफ़रीक़ को न मानने वाले इंसान बसते हों, मगर मैं उनसे नहीं मिला (सिवाय मशहूर नॉवल नवीस मिस एथेल मैनिन के जो आइरिश है और सोशलिस्ट, इसलिए लन्दन की नुमाइन्दगी कर सकती है)। मुम्किन है लन्दन की ज़िन्दगी में बहुत सी दिलचस्प ख़ुसूसियात हों, मगर मैं उनको कैसे देख सकता जबकि मैंने ज़्यादातर वक़्त अपने कमरे में गुज़ारा और ज़्यादा बाहर इसलिए नहीं निकला कि सड़क या होटल या थियेटर जहां भी जाउंगा मेरा काला रंग मेरी तहक़ीर कराएगा।

बहरहाल लन्दन वो शहर है जहां: –

दुनिया का बदतरीन खाना मिलता है। सुबह शाम सिवाय उबले हुए गोश्त, उबले हुए आलू और उबली हुई गोभी के और कुछ नहीं नज़र आता। तमाम शहर में बेहतरीन खाना हिन्दुस्तानी होटलों में मिलता है जो काफ़ी तादाद में हैं।

ज़मीन के नीचे रेलों का एक जाल बिछा हुआ है। इस रेल का इन्तिज़ाम हैरत-अंगेज़ है।

भीख मांगना जुर्म है, मगर धेले की दियासलाई की डिबिया दो आने में फ़रोख़्त की जा सकती है। सड़क के किनारे अपाहिज और मुफ़्लिस आर्टिस्ट अपनी बनाई हुई तस्वीरें आठ-आठ दस-दस आने में फ़रोख़्त करते हैं।

वज़ीरे आज़म जो दुनिया की सबसे बड़ी सल्तनत का हुक्मरां है, एक तंग गली में ऐसे छोटे से मकान में रहता है, जिसमें हिन्दुस्तान के वाइसराय का बैंड मास्टर भी रहने से इन्कार कर देगा।

बादशाह और मलिका की मोटर जब बाज़ार से गुज़रती है तो वो इन्तिज़ाम नहीं किया जाता जो हमारे मुल्क के गवर्नरों के लिए किया जाता है।

हाइड पार्क में जाकर जिस शख़्स का जी चाहे तक़रीर कर सकता है, अगर उसको पांच-छह सुनने वाले मिल जाएं। इसके बाद वो अख़बार में वो ख़बरें और राय पढ़ सकता है जो लार्ड बीवरब्रुक उसको पढ़वाना चाहते हैं और रेडियो पर वो तमाम बातें सुन सकता है जो बी.बी.सी. के लखपति कर्ता-धर्ता उसको सुनाना चाहते हैं। इसको कहते हैं आज़ादिए-राय।

'सफ़ाई-पसन्द' अंग्रेज़ दिन में सिर्फ़ एक बार मुंह धोते हैं और हफ़्ते में एक बार नहाते हैं। क़मीज़ का कालर रोज़ तब्दील करते हैं। मगर क़मीज़ जब पसीने में सड़ जाए तब ही बदली जाती है। छह-छह महीने एक ही काली पतलून में गुज़ार देते हैं।

अख़बारों में ज़्यादातर ख़बरें क़त्ल, डाके, ज़िना, बदकारी के मुताल्लिक़ होती हैं। हर क़त्ल की वारदात की तफ़्सील शाया की जाती है और हिन्दुस्तान की अहमतरीन ख़बरें एक-दो सतरों में टाल दी जाती हैं।

चौथा हिस्सा

बीस दिन में सात मुल्क

हैल हिटलर

पेरिस 5 नवम्बर, समन्दर के रास्ते तो हिन्दुस्तान सब ही वापस जाते हैं। मैं ख़ुश्की के रास्ते जा रहा हूं।

शाम को छह बजे पेरिस से रेल रवाना हुई। ज़्यादा भीड़ नहीं थी। एक कोने में मैं दुबककर सो गया। रात के कोई बारह बजे थे कि एक करख़्त आवाज़ ने जगा दिया।

'हैल हिटलर!'

मैंने आंखें खोलकर देखा तो एक जर्मन फ़ौजी अफ़सर वर्दी पहने ख़ौफ़नाक मूंछों पर ताव दिए खड़ा है और 'हैल हिटलर, हैल हिटलर' के नारे लगा रहा है। मौजूदा जर्मनी में हर शख़्स के दिमाग़ और हर शख़्स की ज़बान पर हिटलर सवार है। सलाम अलैक, नमस्ते, कोर्निश के बजाए 'हैल हिटलर' ही कहना पड़ता है। जिसके मानी 'हिटलर ज़िन्दाबाद' समझिए, मैं 'हिटलर ज़िन्दाबाद' क्यों कहता। मैंने अफ़सर के सलाम का जवाब 'महात्मा गांधी की जय' से दिया। वो समझा यही मेरे मुल्क का दस्तूर होगा, इसलिए कोई ऐतराज़ न किया और मुआइने के लिए पासपोर्ट तलब किया। सामान की तलाशी ली तो उसको बड़ा ताज्जुब हुआ कि मेरे पास एक छोटे से अटैचीकेस (जिसमें चन्द क़मीज़ और दो रात के सोने के पाजामे और लिखने-पढ़ने का सामान है) और टाइप राइटर के सिवा कोई सामान ही नहीं। अपना बाक़ी सामान मैंने बारबरदारी [cargo] के जहाज़ से हिन्दुस्तान रवाना कर दिया। वर्ना इस रेल के सफ़र में बड़ी दिक़्क़त होती।

रेल कोई आधे घंटे तक जर्मनी की सरहद पर खड़ी रही और फ़ौजी अफ़सरों ने निहायत सख़्ती और बदतमीज़ी के साथ मुसाफ़िरों के पासपोर्टों और सामान का मुआइना किया। इस मुल्क में दाख़िल होते ही मालूम हो गया कि यहां फ़ौजी हुकूमत है। और ग़ैर-मुल्कियों को नफ़रत और हिक़ारत की निगाह से देखा जाता है।

नाज़ी शहर

म्यूनिच, 6 नवम्बर, सुबह के साढे छह बजे रेल यहां पहुंची। मैंने जर्मन अंग्रेज़ी डिक्शनरी की मदद से स्टेशन के होटल में नाश्ता किया और सामान स्टेशन पर ही छोड़कर शहर की सैर को निकला। हर जगह झण्डे, हर जगह स्वास्तिका के निशान, हर जगह हिटलर की तस्वीरें। इसको कहते हैं शख़्सी [व्यक्तिगत] हुकूमत। इसको कहते हैं डिक्टेटरशिप।

म्यूनिच का शहर पुराना मगर साफ़-सुथरा और ख़ूबसूरत है, इतवार होने की वजह से आज शहर पर ख़ामोशी छाई हुई है। सर्दी ख़ूब है, मगर आसमान साफ़ है और धूप निकली हुई है। हज़ारों बरस से यह शहर जर्मन तमद्दुन और आर्ट का गहवारा [केंद्र] रहा है। यहां की तारीख़ी इमारतें, आर्ट गैलरियां और बाग़ात क़ाबिले-दीद हैं। मगर आज म्यूनिच हिटलर की नाज़ी बरबरियत का गहवारा होने की हैसियत से मशहूर है। मैंने वो ज़मींदोज़ शराबख़ाना जाकर देखा, जहां हिटलर ने तक़रीरें करके अपनी नाज़ी पार्टी को क़ायम किया था। इस शहर में इन नाज़ियों ने कई बार क़त्लो-ग़ारत का बाज़ार गर्म किया है और परसों इसी क़िस्म के किसी कारनामे की यादगार मनाई जाएगी। इसी लिए तमाम शहर को नाज़ी झण्डों और निशानों से सजाया गया है। हर जगह वर्दियां पहने हुए फ़ौजी अफ़सर और नाज़ी पार्टी के मेम्बर अकड़ते हुए नज़र आते हैं। एक आर्ट गैलरी को मैं देखने गया। मुसव्विरी के नादिर और नायाब नमूनों से भरी हुई है। मगर उनको देखने वाला मेरे सिवा एक और आदमी था, जो शक्ल से कोई यहूदी मुसव्विर मालूम होता था। नाज़ी हुकूमत में जंग, क़त्ल व ख़ून की तालीम दी जाती है। आर्ट को तबाह किया जाता है। लिटरेचर को जलाया जाता है।

हिन्दुस्तानी तालिबे-इल्म

घूमता-घामता मैं तालिबे-इल्मों के एक हॉस्टल में पहुंच गया। यहां ज़्यादातर ग़ैर-मुल्की तालिबे-इल्म रहते हैं। दरियाफ़्त करने पर मालूम हुआ कि चन्द हिन्दुस्तानी भी हैं। तलाश करके उनको ढूंढ निकाला। पहले तो वो बड़े तपाक से मिले, मगर थोड़ी ही देर में जब उनको मालूम हुआ कि मैं अख़बार 'बम्बई क्रॉनिकल' का नुमाइन्दा हूं तो उन सबको कोई न कोई काम याद आ गया। एक ने कहा, 'मुझे लाइब्रेरी जाना

है।' दूसरा बोला, 'माफ़ कीजिए, आप ऐसे ग़लत दिन आये जब मुझे अपने प्रोफ़ेसर से मिलने जाना है वर्ना आपको ज़रूर शहर की सैर कराता।' दो-तीन लड़के रह गए और मुझसे हिटलर और नाज़ी हुकूमत की तारीफ़ करने लगे। जब मैंने उनके नुक़्ता-ए-ख़याल की तरदीद की और हिटलर के ज़ुल्म और जब्र का ज़िक्र किया तो वो बहुत घबराए और कोई बहाना करके उठ खड़े हुए। जब मेरे हमक़ौम मुझको अकेला छोड़ गए तो मैंने चन्द अमरीकन तालिबे-इल्मों से दोस्ती की। उनमें से भी चन्द हिटलर के मुआफ़िक़ थे। मगर इस वजह से उन्होंने मेरा बॉयकाट नहीं किया। बल्कि हर तरह से मेरी मदद की और मेरे साथ जाकर शहर की सैर कराई।

शाम को मैं एक मोटर बस में मज़ाफ़ात की सैर को गया। म्यूनिच के क़रीब ही एक पहाड़ी पर बर्क्टसगाडन (Berchtesgaden) का छोटा सा ख़ूबसूरत गांव है। इस जगह हमने हिटलर का वह बंगला देखा, जहां चैम्बरलेन साहब ने यूरोप के अमन को जर्मन के ख़ूंख़्वार हुक्मरां के हाथों बेच दिया।

विएना

7 नवम्बर, रात म्यूनिच से रवाना होकर सुबह विएना पहुंचा। किसी ज़माने में यह शहर यूरोप की सबसे बड़ी सल्तनत का दारुल-ख़िलाफ़ा था। आस्ट्रिया के शहंशाह आधे यूरोप पर हुकूमत करते थे। आज आस्ट्रिया हिटलर के जर्मनी का एक सूबा है। विएना पर इसी तरह बर्लिन से हुकूमत की जाती है, जिस तरह दिल्ली पर लन्दन से। विएना पुरानी तारीख़ी इमारतों से भरा हुआ है। हर क़दम पर अज़ीमुश्शान महल, शानदार इमारतें, बाग़ात, मुजस्समे और दूसरी तारीख़ी यादगारें नज़र आती हैं। पिछले साल तक दुनिया के कोने-कोने से सैयाह विएना की सैर को आते थे। इस शहर की आधी आबादी का दारोमदार सैयाहों की आमदो-रफ़्त पर था। जब से आस्ट्रिया पर हिटलर ने क़ब्ज़ा कर लिया है सैयाहों की तादाद रोज़-बरोज़ कम होती जा रही है। इसके अलावा मुल्क की इक़्तिसादी ज़िन्दगी पर भी जर्मन सरमायेदारों और जर्मन हुकूमत का तसल्लुत क़ायम हो चुका है। आस्ट्रिया की वही हालत है जो यूरोपियन हुकूमतों की एशियाई और अफ़्रीकी नौआबादियात और मक़बूज़ात की है।

यहूदी

विएना में बहुत सी दुकानें बन्द मिलीं। उन पर बड़े-बड़े पोस्टर लगे हुए थे, जिनसे मालूम होता है कि हुकूमत ने जबरन इनको बन्द करा दिया है। क्योंकि उनके मालिक यहूदी थे। यहूदियों की चन्द छोटी-छोटी दुकानें अब भी हैं, मगर उन पर भी पोस्टर लगे हैं, जिनमें जर्मन नस्ल के शहरियों को ताकीद की गई है कि यहां से कोई ख़रीदो-फ़रोख़्त न करें। मैं जान-बूझकर एक यहूदी की दुकान में तस्वीरें ख़रीदने के लिए घुस गया। जब बाहर आया तो एक बावर्दी नाज़ी नौजवान ने मुझे निहायत करख़्त लहजे में डांटना शुरू किया। मगर 'ज़बाने-यार मन तुर्की' वाला मज़मून था। इसलिए मैंने जर्मन डिक्शनरी निकाली और उससे यह अल्फ़ाज़ कह कर कि 'मैं जर्मन नहीं बोल सकता,' छुटकारा पाया।

तमाम शहर की सड़कों के किनारे दोनों तरफ़ चलने-फिरने वालों के आराम के लिए दरख़्तों के नीचे बेंचें पड़ी हुई हैं। उन बेंचों पर मोटे-मोटे सफ़ेद हरफ़ों में लिखा हुआ है 'सिर्फ़ आर्यन नस्ल के लोगों के लिए,' कोई बेंचों पर नहीं बैठ सकता। मैंने देखा कि एक बुढ़िया यहूदन जो बाज़ार से तरकारी वग़ैरह का भारी थैला लटकाए आ रही थी, थक कर एक बेंच पर बैठ गई। फ़ौरन एक सिपाही ने आकर उसे उठा दिया और बुरी तरह से डांटा। मैंने सोचा क्या यही मुहज़्ज़ब यूरोप है? क्या यही जर्मन तमद्दुन है? हिन्दुस्तान में हम छूत-छात और ज़ात-पात की सख़्तियों को दूर करने की कोशिश कर रहे हैं और जर्मनी में नाज़ी हुकूमत इसी छूत-छात को इख़्तियार कर रही है। यह तो मुझे मालूम ही है कि नाज़ियों ने जर्मनी और आस्ट्रिया के यहूदियों पर क्या-क्या ज़ुल्म ढाए हैं। उनको क़त्ल किया गया है। जेलें यहूदियों से भर दी गई हैं। उनको बेघर बेदर कर दिया गया है। उनकी दुकानों और कारोबार को ज़ब्त कर लिया गया है। मगर फिर भी इस बुढ़िया का बेंच से उठाया जाना मुझे एक नाक़ाबिले-बर्दाश्त ज़ुल्म मेहसूस हुआ। विएना में बहुत से ख़ूबसूरत मनाज़िर देखे। ख़ुसूसन शहर के बाहर बाग़ात का मंज़र निहायत दिलकश है। मगर मैंने तय कर लिया कि अब फिर कभी विएना न जाऊंगा। जब तक वहां बूढ़ी यहूदी औरतों को शहर की सड़कों के किनारे बेंचों पर बैठने की इजाज़त न होगी।

हंगरी

8 नवम्बर, विएना से बुडापेस्ट का फ़ासला ज़्यादा नहीं है। शाम को विएना से रवाना हुआ और रात को नौ बजे हंगरी के सबसे बड़े शहर बुडापेस्ट पहुंच गया। रास्ते में एक हम-सफ़र ने एक होटल का नाम बता दिया था। फ़ौरन टैक्सी करके वहां पहुंचा तो मालूम हुआ कि शहर के सबसे बड़े और मंहगे होटल में पहुंच गया हूं। तीन रात का जागा हुआ था इसलिए हिम्मत न पड़ी कि इतनी रात गए कोई सस्ता होटल तलाश करूं। एक छोटा सा कमरा (तक़रीबन दस रुपये रोज़) किराये पर लिया और खाना खाकर जो साफ़ और नर्म बिस्तर पर लेटा तो सुबह के नौ बजे आंख खुली।

बुडापेस्ट दर-असल एक शहर नहीं दो शहर हैं। दरियाए-डैन्यूब के एक किनारे पर बुडा आबाद है और दूसरे किनारे पर पेस्ट। हंगरी में ज़्यादातर जिप्सी क़ौम के लोग आबाद हैं। जिनकी शक्लो-सूरत बहुत कुछ हम हिन्दुस्तानियों से मिलती-जुलती है। खाने में भी हमारी तरह मसाला पड़ा होता है और चटपटा होता है।

इस शहर का चिड़ियाघर तमाम दुनिया में मशहूर है। उसको जाकर देखा। वाक़ई निहायत ख़ूबसूरत और दिलकश बाग़ात में जानवरों को रखा गया है। शाम को दरिया के किनारे भी बहुत ख़ूबसूरत समां होता है।

हंगरी का सबसे बड़ा क़ौमी मसअला हिन्दुस्तान की तरह ज़मींदारी का है। तमाम मुल्क की ज़मीन पर बड़े-बड़े ज़मींदारों का क़ब्ज़ा है, जो ग़रीब किसानों पर तरह-तरह के ज़ुल्म करते हैं। दौलत सिमटकर चन्द सौ ख़ानदानों में आ गई है और बाक़ी तमाम आबादी बड़ी मुफ़्लिसी की ज़िन्दगी गुज़ारती है।

सियासी सूरते-हाल यह है कि हिटलर और मुसोलिनी दोनों हंगरी के सियासतदानों पर ख़ूब रुपया सर्फ़ कर रहे हैं और नाज़ी और फ़ाशी प्रोपैगण्डा ज़ोरों पर हो रहा है। हुकूमत नाज़ी क़िस्म की है और मज़दूरों और किसानों पर काफ़ी सख़्तियां जाइज़ रखती है। मगर फिर भी जर्मनी और इटली से ख़ाएफ़ है। कभी एक तरफ़ झुकती है और कभी दूसरी तरफ़। हंगरी को शिकायत है कि पिछली जंग में उसके बाज़ सूबे रोमानिया के हवाले कर दिए गए थे। उनकी वापसी का मुतालबा आजकल ज़ोरो-शोर से हो रहा है। और हिटलर और मुसोलिनी के एजेन्ट दोनों इससे पूरा-पूरा फ़ायदा उठा रहे हैं।

रोमानिया

10 नवम्बर, बुडापेस्ट में दो दिन क़याम करने के बाद रात की ट्रेन से रवाना होकर आज सुबह रोमानिया के सबसे बड़े शहर बुकारेस्ट पहुंचा। बुकारेस्ट पहुंचने से पहले ही ट्रेन में से तेल के कुएं नज़र आये। कहीं-कहीं देखा कि फ़ालतू तेल के जोहड़ बन गए हैं। रोमानिया में तेल की कसरत है, क्योंकि मुल्क ग़रीब है इसलिए बरतानिया, फ्रांसीसी, अमरीकन और जर्मन सरमायेदारों ने तेल के ठेके ले रखे हैं। इन तमाम मुल्कों को रोमानिया के इस तेल की सख़्त ज़रूरत है, ख़ुसूसन जर्मनी को। इसलिए कि हिटलर की जंगी मशीनों के लिए तेल यहीं से दरियाए-डैन्यूब के रास्ते जाता है। अगर किसी दिन रोमानिया यूरोप की ख़ाना-जंगी में फंसा तो इसकी वजह यही फ़ालतू तेल होगा। तेल के चश्मों को जंग की आग से दूर ही रखना चाहिए। मालूम नहीं किस वक़्त भड़क उठे।

हंगरी में भी मुफ़्लिसी है मगर रोमानिया में जो हालत देखी वो इससे भी अबतर है। नवम्बर की सर्दी में किसानों के ग़रीब बच्चे मैले चीथड़ों में ठिठरते हुए रेलवे स्टेशनों पर सेब बेचने आते हैं। उनके चेहरों पर भूख और मुसीबत के निशान पड़े हुए हैं। बुकारेस्ट ख़ासा शहर है। मगर यहां भी जहालत, ग़ुरबत, गन्दगी और भिखमंगों की कसरत है। हिन्दुस्तान के बाद अगर मैंने किसी मुल्क में इतनी मुफ़्लिसी देखी है तो वह रोमानिया है।

हंगरी की इक़्तिसादी हालत के ज़िम्मेदार वहां के ज़मींदार हैं। रोमानिया में ज़मींदारों से ज़्यादा ख़ून चूसने वाली जमाअत फ़ौजी अफ़सरों की है जो हर जगह भड़कदार वर्दियां पहने अकड़ते नज़र आते हैं। मुल्क की दौलत का ज़्यादा हिस्सा इनकी रंगरलियों पर ख़र्च होता है।

नाज़ी प्रोपैगण्डे की वबा रोमानिया में भी फैली हुई है। अक्सर सियासतदां और हुकूमत के बड़े अफ़सर हिटलर से तनख़्वाह पाते हैं। नाज़ी ख़यालात रखने वाली कई जमाअतें भी हैं, जिनके मेम्बर शोरिश [दंगा] करते रहते हैं। तालीम बराए-नाम है। अख़बारात की आज़ादी सल्ब है। जासूसों के ख़ौफ़ से कोई ज़बान नहीं खोल सकता। मज़दूर और किसान मुनज़्ज़म नहीं हो सकते। ग़रज़ पूरा नाज़ी माहौल मौजूद है। मगर बादशाह कैरोल (carol) यह फ़ैसला नहीं कर सका कि बरतानिया का साथ दे या

जर्मनी का। दोनों हुकूमतों से साज़बाज़ हो रही है। जब तक रोमानिया में तेल के ज़ख़ीरे मौजूद हैं, सब हुकूमतों की आंखें इस मुल्क पर लगी रहेंगी।

मगर आज ऐसी ख़बर मिली है, जिससे फ़िलहाल तमाम दुनिया की तवज्जह तुर्की की तरफ़ मब्ज़ूल हो गई है। आज सुबह मौजूदा तुर्की का मेमार तुर्कों का मेहबूब लीडर और हुक्मरां अतातुर्क कमाल इस दुनिया से कूच कर गया।

मैं पहली ट्रेन से इस्ताम्बूल के लिए रवाना हो रहा हूं।

इस्ताम्बूल

11 नवम्बर, जहाज़ आहिस्ता-आहिस्ता दर्राए-दानियाल के दर्मियान से गुज़रता हुआ बन्दरगाह के क़रीब होता जा रहा है। आसमान पर काले बादल छाए हुए हैं। जहाज़ों पर और साहिल की इमारतों पर जो झण्डे लगे हुए हैं, वो सब सर-निगूं हैं, तुर्की में कमाल अता तुर्क का मातम हो रहा है।

इस्ताम्बूल, जिसको बचपन में हम क़ुस्तुनतुनिया कहा करते थे, बिल्कुल एशियाई वज़ा का शहर है, जो कई पहाड़ियों पर आबाद है। तंग पथरीली सड़कें, पुराने मकानात, मस्जिदों के गुम्बद और मीनार, मगर लिबास बिल्कुल मग़रिबी है। तुर्क और यूरोपियन में तमीज़ करना मुश्किल है। क्योंकि तुर्क भी गोरे-चिट्टे होते हैं। कहीं-कहीं किसी गली में कोई ज़ईफ़ औरत स्याह बुर्क़ा पहने नज़र आ जाती है। माज़ी की एक यादगार, वर्ना आमतौर से औरतें यूरोप और अमरीका की तरह आज़ाद फिरती हैं। यह ख़याल ग़लत है कि पर्दा करना जुर्म है। मगर हां ज़बरदस्ती किसी औरत को पर्दा करने पर मजबूर करना ज़रूर जुर्म है।

इस्ताम्बूल की ऊंची-नीची गलियों में, होटलों में, चायख़ानों में जिधर भी जाऊं बस एक ही ज़िक्र है, कमाल अतातुर्क। एक स्कूल की लड़की ने मुझसे कहा, 'अफ़सोस है आप हमारे मुल्क में उस वक़्त आये जब हम अपने बाप का मातम कर रहे हैं।' बाप का मातम! हर तरफ़ मैंने यही फ़िक़रा सुना। अतातुर्क की मौत फ़क़त मुल्क के हुक्मरां और महबूब रहनुमा की मौत नहीं है, बल्कि हर तुर्क मर्द और औरत और बच्चे के लिए ज़ाती सानेहा है। वाक़ई कमाल अतातुर्क तुर्कों का बाप था।

मस्जिदें

इस्ताम्बूल में तारीख़ी मुक़ामों की कमी नहीं है। किसी ज़माने में ये ईसाइयों की मशहूर ज़ियारतगाह थी। दुनियाभर से ईसाई यहां के गिरजाओं की ज़ियारत करने आते थे। फिर मुसलमानों का दौर-दौरा हुआ। हर ख़लीफ़ा ने मस्जिदें और महलात तामीर किए। ये मस्जिदें वाक़ई क़ाबिले-दीद हैं। इनके गुम्बद हमारी मस्जिदों के गुम्बदों से मुख़्तलिफ़ हैं। हमारे यहां प्याज़ की शक्ल के गुम्बद होते हैं और यहां बैठे-बैठे, आधे कटे हुए सेब जैसे, मीनार पतले और मख़रूती और अक्सर एक ही मस्जिद में फ़क़त एक ही मीनार। मैंने देखा कि बावजूद इस क़द्र मग़रिबियत के अब भी इस्ताम्बूल की मस्जिदों में नमाज़ियों की कमी नहीं है। नमाज़ अरबी ही में होती है। मगर ख़ुत्बा तुर्की ज़बान में पढ़ा जाता है। लातीनी रस्मुल-ख़त आमतौर से इस्तेमाल होता है। यहां तक कि मस्जिदों में औक़ाते-नमाज़ भी इसी रस्मुल-ख़त में लिखे होते हैं।

हिन्दुस्तानी भाई

दुनिया के किसी कोने में जाओ हिन्दुस्तानी वहां मौजूद होंगे। मैं 'आया सोफ़िया' मस्जिद देखने गया। किसी ज़माने में यह ईसाइयों का गिरजा था, जिसकी ज़ियारत को तमाम यूरोप से लोग आते थे। जब मुसलमानों की हुकूमत क़ायम हुई तो इसको मस्जिद में तब्दील कर दिया गया। मगर यह बात ग़ौर-तलब है कि गिरजा को मस्जिद बनाने पर भी मुसलमान फ़ातेहों ने मुसव्विरों के उन नायाब शाहकारों को तबाह नहीं किया जो इस गिरजा की दीवारों पर लगे हुए थे। बल्कि उन पर कपड़ा चढ़ाकर उनको छुपा दिया गया। मौजूदा तुर्की हुकूमत के हुक्म से यह इमारत आज न गिरजा है, न मस्जिद, बल्कि सिर्फ़ एक तारीख़ी हैसियत रखती है। दीवारों पर से कपड़ा हटा दिया गया है और कई सौ साल पुरानी रंगीन तस्वीरें आज भी क़ाबिले–दीद हैं।

'आया सोफ़िया' के बाहर तक़रीबन एक दर्जन पेशावर 'रहनुमाओं' (Guides) ने घेर लिया जो ग़ैर-मुल्की सैयाहों को शहर की तारीख़ी इमारतों की सैर कराते हैं। मेरी शक्ल से उनको यह अन्दाज़ा नहीं हुआ कि मैं किस मुल्क का रहने वाला हूं। इसलिए उन्होंने मुझसे अंग्रेज़ी, फ्रांसीसी, हस्पानवी, इटालियन, फ़ारसी और अरबी

में गुफ़्तगू शुरू कर दी। मैंने मज़ाक़ में पूछा, 'कोई हिन्दुस्तानी भी जानता है?' एक आवाज़ आई, 'क्यों नहीं, मैं दिल्ली का रहने वाला हूं।' कोई साठ बरस की उम्र का एक दुबला-पतला छोटा सा शख़्स जो औरों की तरह यूरोपियन लिबास पहने हुए था, गिरोह से अलग होकर मेरे पास आया और बड़े तपाक से मिला। उसका नाम मेहमूद है और वह 'हिजरत' की तहरीक के ज़माने में हिन्दुस्तान छोड़कर अफ़ग़ानिस्तान, ईरान और शाम होता हुआ तुर्की आ गया था। तब से यहीं मुक़ीम है, शादी भी एक तुर्कन से कर ली है और कई बच्चे हैं। वह अपने आपको 'ग़ाज़ी मेहमूद' कहता है क्योंकि अनातोलिया की लड़ाई में कमाल की फ़ौज में वह भी शामिल था। हालांकि उसको इतना अर्सा तुर्की में रहते हुए हो गया है मगर फिर भी हिन्दुस्तान वापस जाने की हसरत है। मुझसे कहने लगा, 'मैंने इरादा किया था कि जब मेरा मुल्क आज़ाद हो जाएगा तब ही वापस जाऊंगा, मगर अब सोचता हूं कि इस इन्तिज़ार में उम्र न तमाम हो जाए।'

अंगूरा

इस्ताम्बूल से रात को रवाना होकर सुबह सवेरे मैं अंगूरा पहुंचा। इस्ताम्बूल तारीख़ी मुक़ाम है। वहां हर इमारत पुरानी है। गलियां तंग और ऊंची-नीची हैं। बर-ख़िलाफ़ इसके अंगूरा इतना नया है कि मालूम होता है कि कल ही बनकर तैयार हुआ है। बल्कि अभी मुकम्मल तौर से तैयार भी नहीं हुआ। सैकड़ों इमारतें अभी ज़ेरे-तामीर [निर्माणाधीन] हैं। इस्ताम्बूल में पुराना मशरिक़ी असर अब भी नज़र आता है। मगर अंगूरा बिल्कुल एक मग़रिबी शहर है। इमारतें, लोगों का लिबास, तर्ज़े-रिहाइश ग़रज़ हर लिहाज़ से अंगूरा और किसी यूरोपियन या अमरीकन शहर में तमीज़ करना मुश्किल है।

आज से पन्द्रह बरस पहले अंगूरा ख़ुश्क रेगिस्तान में एक छोटा सा क़स्बा था। आज यह तुर्की का दारुल-ख़िलाफ़ा है। गवर्नमेंट के तमाम दफ़्तर, पार्लियामेंट की इमारत, ग़ैर-मुल्की सिफ़ारतख़ाने [दूतावास] सब यहीं पर हैं। शहर से चन्द मील के फ़ासले पर एक पहाड़ी की चोटी पर कमाल अतातुर्क का मकान है। जहां से नई तुर्की का यह मेमार अपने बनाए हुए शहर को बढ़ता और आबाद होता हुआ देखा करता

था। अंगूरा को दारुल-ख़िलाफ़ा बनाने में कमाल की बड़ी मस्लेहत थी। इस्ताम्बूल में पुराने ख़िलाफ़त के दौर की रूह समाई हुई थी। वहां की आबादी क़दामत-पसन्द और कमाल की इस्लाहात की मुख़ालिफ़ थी। वहां दरबारियों की कसरत थी और मुस्तैदी से काम करने वालों की कमी। नई तुर्की के लिए एक नये शहर की ज़रूरत थी और इसलिए अंगूरा तामीर हुआ। शहर के बीचों-बीच एक चौराहे पर कमाल अतातुर्क का मुजस्समा [मूर्ति] नस्ब [स्थापित] है। घोड़े पर सवार, रात और दिन अपने शहर और अपने मुल्क की ख़बरगीरी करता है। इस मुजस्समे के चार कोनों पर तुर्की की जंगे-आज़ादी की यादगार के लिए तुर्की सिपाहियों के मुजस्समे हैं। इनमें से एक औरत का मुजस्समा है जो अपने कांधे पर एक बड़ा बम का गोला उठाए हुए चली जा रही है। यह उन बहादुर औरतों की यादगार है, जिन्होंने अपने भाइयों और शौहरों के दोश-बदोश अपने मुल्क की आज़ादी की ख़ातिर जंग में हिस्सा लिया और अपनी जानों की क़ुरबानी दी। मौजूदा तुर्की की औरतों को सियासी और समाजी मैदानों में जो बराबरी और आज़ादी आज हासिल है वह उन्होंने अपना ख़ून बहाकर हासिल की है।

तालीम

तुर्की में सबसे ज़्यादा हौसला-अंगेज़ मंज़र बच्चों और बच्चियों के गिरोह हैं, जो सुबह को स्कूल जाते नज़र आते हैं। हर शहर, क़स्बे और गांव में बच्चों की तालीम लाज़िमी है और मुफ़्त है। किताबें बल्कि स्कूल का मख़सूस लिबास भी हुकूमत मुहैया कराती है। ज्यों-ज्यों तालीम फैलती जाती है, तुर्की में क़ौमी ज़िन्दगी की एक नई लहर दौड़ रही है। न सिर्फ़ अवाम की तमद्दुनी हालत बेहतर होती जाती है, बल्कि उनकी इक़्तिसादी हालत में भी नुमायां तरक़्क़ी नज़र आती है। हुकूमत की तरफ़ से मुल्क के कोने-कोने में कारख़ाने खोले जा रहे हैं। ज़राअत को नये साइन्टिफ़िक उसूलों पर तरक़्क़ी दी जा रही है। आबपाशी के इन्तिज़ाम से रेगिस्तानों में फलों के बाग़ लगाए जा रहे हैं। ग़रज़ आज़ाद तुर्की तरक़्क़ी के रास्ते पर है। काश कि मेरे मुल्क वाले भी तुर्की की मिसाल से सबक़ हासिल करें।

तुर्की, शाम, इराक़

अंगूरा से रात को रवाना हुआ। मेरे हम-सफ़र एक ईरानी और उनकी बीवी हैं, जो सिवाय फ्रांसीसी और फ़ारसी के कोई ज़बान नहीं जानते। मैं फ़ारसी बराए-नाम ही जानता हूं और फ्रांसीसी के तो दस अल्फ़ाज़ भी नहीं मालूम। फिर भी फ़ारसी, उर्दू, अंग्रेज़ी को मिलाकर और इशारों से काम लेकर उनसे काफ़ी देर तक बातें करता रहा।

खाना खाने की गाड़ी में चन्द अमरीकन नौजवानों से मुलाक़ात हुई, जो इसी रास्ते से अरब जा रहे हैं। अमरीकन तेल की कम्पनियों को हाल में अरब में ठेके मिले हैं और ये सब इसी सिलसिले में वहां जा रहे हैं। तीन अंग्रेज़ भी हैं, जो ईरान जा रहे हैं। ये भी तेल की कम्पनियों के मुलाज़िम हैं। मगर अपने क़ौमी अन्दाज़ में दूसरों से अलग-थलग रहते हैं। न अमरीकनों से बात करते हैं और न मुझसे। मगर अमरीकनों से मेरी ख़ूब दोस्ती हो गई। बेतकल्लुफ़ और दिलचस्प क़िस्म के नौजवान हैं। हिन्दुस्तान के मुताल्लिक़ बहुत से सवाल करते रहते हैं। जिनसे मालूम होता है कि हमारे मुल्क के मुताल्लिक़ दुनिया में कितनी नावाक़िफ़ियत है। मसलन उनमें से एक पूछने लगा कि 'क्या बम्बई में मोटरें होती हैं?' मैंने मज़ाक़ में जवाब दिया, 'नहीं, हम लोग हाथियों पर सवार होकर काम को जाते हैं।'

अगले रोज़ सह-पहर के पांच बजे हम शाम (बिलाद-अल शाम यानी सीरिया) की सरहद पर पहुंचे। हमारे दर्जे में आधी दर्जन शामी घुस आये और छत तक सामान लाद दिया। फ़ौरन हिन्दुस्तान की याद आई। उन शामियों में मर्द तो यूरोपियन लिबास पर तुर्की टोपी पहने हुए थे और औरतें सिर से पैर तक यूरोपियन बल्कि फ्रांसीसी लिबास में मल्बूस थीं। रंग गोरा होने की वजह से वे बिल्कुल इटालियन या हस्पानवी मालूम होती थीं।

रात को आठ बजे ट्रेन हलब पहुंची। यह शाम का काफ़ी बड़ा शहर है, जो किसी ज़माने में अपने आईनों के लिए मशहूर था।

सुबह को दो नौजवानों से मुलाक़ात हुई। एक इराक़ी है जो इंग्लिस्तान से तालीम ख़त्म करके आ रहा है। दूसरा शामी है, जो फ्रांस में हवाई जहाज़ का काम सीख कर वापस आया है। इराक़ी ने मुझे बताया कि गो उसका मुल्क बराए-नाम आज़ाद है, मगर अभी तक बरतानिया का असर क़ायम है। इराक़ में जितना तेल निकलता है

उसके ठेके बरतानवी कम्पनियों को मिले हुए हैं और बसरा बरतानवी हवाई रास्तों का ज़बरदस्त मरकज़ है। शामी नौजवान से मालूम हुआ कि फ्रांसीसी गो अपने आपको एक जम्हूरी क़ौम कहते हैं मगर शाम पर वो इतनी ही सख़्ती के साथ हुकूमत करते हैं जैसे बरतानवी अपनी नौआबादियात और मक़्बूज़ात में।

नौ बजे सुबह हम तल कोचक पहुंचे। रेल की लाइन यहां ख़त्म हो गई है। यहां से किरकुक तक मोटर से जाना होगा और वहां से फिर रेल बग़दाद के लिए मिलेगी।

तल कोचक से रवाना होने के एक घंटे बाद हमने शाम की सरहद को पार किया और इराक़ में दाख़िल हुए। सड़क क्या है, रेगिस्तान में मोटरों की आमदो-रफ़्त से एक रास्ता बन गया है। उसी पर उछलते-कूदते हम चले जा रहे हैं।

शाम होते मौसुल पहुंचे। रात को डाक बंगले में क़याम किया। मौसुल एक छोटा सा क़स्बा है, जहां इराक़ियों की अफ़सोसनाक ग़ुरबत का पता मिलता है।

अगले रोज़ सुबह को एक बड़ी लारी में रवाना हुए जो ख़ास तौर से रेगिस्तान का सफ़र करने के लिए बनाई गई है। अन्दर पीने के पानी का काफ़ी ज़ख़ीरा रखा गया क्योंकि रास्ते में कहीं अच्छा पानी नहीं मिलता। दो-चार गांव नज़र आये जहां मुफ़्लिसी मौसुल से भी बढ़ी हुई नज़र आई।

शाम होते किरकुक पहुंचे। यहां तेल के चश्मे हैं और इसलिए अंग्रेज़ों की अच्छी-ख़ासी आबादी है। बरतानवी सरमायेदारी की छावनियां दुनिया के किस कोने में नहीं हैं।

बग़दाद

रात को किरकुक से रवाना होकर सुबह सवेरे रेल बग़दाद पहुंची। शहर को देखकर मुझे तो अज़हद मायूसी हुई। अलिफ़ लैला के क़िस्से पढ़ने के बाद बग़दाद की मौजूदा हालत देखकर यह यक़ीन नहीं आता कि यह वही शहर है। इमारतें भी न सिर्फ़ शानदार नहीं हैं बल्कि इनमें कोई अरबी या मशरिक़ी शान नहीं है। हिन्दुस्तान का घटिया सा क़स्बा मालूम होता है। पहली ही दुकान पर साइन बोर्ड नज़र आया 'मख़ज़नुल-हालीवुड'। नौजवान औरतों को देखा कि बराए-नाम बुर्क़ा पहने मज़े से मुंह खुले फिरती हैं और उनके बनाव-सिंगार से मालूम होता है कि इराक़ व अरब में

भी हॉलीवुड का असर मौजूद है।

करबलाए-मुअल्ला

बग़दाद से एक मोटर किराये पर लेकर मैं करबलाए-मुअल्ला के लिए रवाना हुआ। सड़क सेहरा में से होकर गुज़रती है। जहां तक नज़र जाती है लक़ व दक़ रेगिस्तान। दुनिया की सबसे बड़ी ट्रेजडी यानी वाक़ेयाए-करबला का मंज़र आंखों के सामने आ गया। इसी मैदान में हक़ व बातिल की लड़ाई हुई थी। यहीं बहत्तर ख़ुदा-परस्तों ने एक ज़ालिम डिक्टेटर और उसके लश्करों का मुक़ाबला किया था। काश कि दुनिया के डिक्टेटर और जाबिर हुक्मरां इस वाक़ए से सबक़ हासिल कर सकते। बावजूद साहबे-हुकूमत होने के, बावजूद उसके लश्करों और मालो-दौलत के आज यज़ीद का नामलेवा दुनिया में एक भी नहीं है। बर-ख़िलाफ़ इसके इमाम हुसैन अलैहिस्सलाम को मानने वाले हर मुल्क में पाए जाते हैं और हज़ारों की तादाद में हर साल करबलाए-मुअल्ला की ज़ियारत को आते हैं।

करबलाए-मुअल्ला में ज़्यादातर ज़ाएर हिन्दुस्तानी ही नज़र आये। इमाम हुसैन के रौज़े पर इतना हुजूम था कि खवे से खवा छिलता था। 'ख़ुद्दाम' की वही हालत देखी जो हिन्दुस्तान में अजमेर वग़ैरह के मुजाविरों की है।

बसरा

रात को बग़दाद से रवाना होकर रेल सुबह सवेरे बसरा पहुंची। यह इराक़ का सबसे बड़ा बन्दरगाह होने के अलावा बरतानवी हवाई रास्तों का ज़बरदस्त मरकज़ है। इंग्लिस्तान से हिन्दुस्तान, आस्ट्रिया वग़ैरह जो हवाई जहाज़ जाते हैं वे सब यहां ठहरते हैं। पिछली जंग के ज़माने में बहुत से हिन्दुस्तानी अंग्रेज़ी फ़ौजों के साथ यहीं चले आये थे और उनमें से काफ़ी तादाद अब भी यहां आबाद है। बसरा में आमतौर से हिन्दुस्तानी बोली और समझी जाती है और बन्दरगाह पर ज़्यादातर दुकानें भी हिन्दुस्तानियों ही की हैं।

सह-पहर को जहाज़ रवाना हुआ। यह कराची, बसरा लाइन का छोटा सा जहाज़ है। जिन बड़े-बड़े जहाज़ों पर मैं यूरोप और अमरीका का सफ़र कर चुका हूं, उनके

मुक़ाबले में बिल्कुल खिलौना मालूम होता है। बग़दाद पहुंचते-पहुंचते रुपये बिल्कुल ख़त्म हो गए हैं। इसलिए मैंने डेक का टिकट ख़रीदा है। मेरे साथ सिवाय एक कम्बल के और कोई बिस्तर नहीं है। बसरा से एक बोरिया ले लिया है। मगर भला हो बाज़ मेहरबान हम-सफ़रों का कि उन्होंने अपने बिस्तरों में से तकिया, चादर, दरी सबका इन्तिज़ाम कर दिया। अब मैं मज़े से पांव फैलाकर सो सकता हूं।

इस सफ़र में कोई बात क़ाबिले-ज़िक्र नहीं पेश आई सिवाय इसके कि मेरे अमरीकन दोस्त जो इसी जहाज़ से बहरीन जा रहे हैं और फ़र्स्ट क्लास में सफ़र कर रहे हैं अक्सर मुझसे मिलने आते रहते हैं। कल रात उन्होंने जहाज़ के कप्तान से इजाज़त लेकर फ़र्स्ट क्लास के खाने के कमरे में मेरी दावत की, जिससे अंग्रेज़ मुसाफ़िरों को सख़्त कोफ़्त हुई।

इस जहाज़ पर सफ़र करने से मालूम हुआ कि हिन्दुस्तानी हाजियों और ज़ाएरों को जहाज़ के सफ़र में कितनी तकलीफ़ों का सामना करना पड़ता है। जिस डेक पर मैं हूं उसकी लम्बाई कोई 60 फ़ुट और चौड़ाई 50 फ़ुट होगी। इतनी जगह में तक़रीबन 60 मुसाफ़िर अपने बिस्तर जमाए हुए हैं। तीन घोड़े, पांच भेड़ें और दर्जनों मुर्ग़ियां हैं। होटल और बावर्ची-ख़ाना है। इसके अलावा अक्सर मुसाफ़िरों का खाना उनकी अंगीठियों पर पकता रहता है। स्विट्ज़लैंड में मैंने देखा कि मवेशियों के अस्तबल कितने साफ़-शफ़्फ़ाफ़ और हवादार होते हैं। हम हिन्दुस्तानी मवेशियों से भी बदतर समझे जाते हैं। और अफ़सोस यह है कि हमको मवेशियों की तरह रहने की आदत भी पड़ गई है। जब ही तो मेरे अक्सर हम-सफ़रों को इस जगह की तंगी और गन्दगी का एहसास ही नहीं, शिकायत कुजा।

हिन्दुस्तान के साहिल पर उतरने से पहले ही इस जहाज़ पर हिन्दुस्तान का छोटा सा नमूना मिल गया।

फिर हिन्दुस्तान

24 नवम्बर, आज सुबह कराची की बन्दरगाह पर जहाज़ लंगर-अन्दाज़ हुआ। पुलिस वालों ने पासपोर्ट का मुआइना किया। असबाब की तलाशी ली, बहुत से सवाल किए,

'नाम?' 'बाप का नाम?' 'पेशा?' 'किस ग़रज़ से यह सफ़र किया?' 'कराची में तक़रीर तो नहीं करोगे?' वग़ैरह वग़ैरह।

अब क्या शुब्ह है कि मैं हिन्दुस्तान वापस पहुंच गया हूं।

हिन्दुस्तान

कराची से लाहौर और लाहौर से पानीपत और पानीपत से बम्बई। बराबर रेलगाड़ी की गड़गड़ाहट में यही एक लफ़्ज़ सुनाई देता रहा। हिन्दुस्तान, हिन्दुस्तान, हिन्दुस्तान, हिन्दुस्तान, जन्नत निशान, हिन्दुस्तान, ग़ुलामिस्तान।

हिन्दुस्तान जहां पानी का भी मज़हब होता है। 'हिन्दू पानी', 'मुस्लिम पानी' की सदा हर स्टेशन पर सुनी।

हिन्दुस्तान जहां धूप निकलती है और सूरज नज़र आता है और लन्दन की तरह दिन में भी अंधेरा नहीं छाया रहता।

हिन्दुस्तान जहां अमरीका से भी ज़्यादा अमीर बसते हैं और रोमानिया से भी ज़्यादा मुफ़्लिस।

हिन्दुस्तान जहां रेल में मुसाफ़िर जब खाना खाने बैठते हैं तो दूसरे हम-सफ़रों से पूछते हैं, 'आओ भाई रोटी खाओ, ' और अंग्रेज़ों की तरह मुंह फैलाए ख़ामोश नहीं बैठे रहते।

हिन्दुस्तान जहां एक वक़्त का खाना चार आने में बहुत अच्छा मिल सकता है। बर-ख़िलाफ़ अमरीका के कि जहां एक डालर (तीन रुपये) में पेट मुश्किल से भरता है।

हिन्दुस्तान जो मेरा वतन है। जिसकी ख़ूबियां मेरी ख़ूबियां हैं और जिसकी बुराइयां मेरी बुराइयां हैं। जो बावजूद अपनी ग़ुलामी और ग़ुरबत और जहालत के दुनिया के बहुत से मुल्कों से बेहतर है।

जहां इल्म की कमी है, मगर अक़्ल की कमी नहीं। जहां लोग ग़रीब होने के बावजूद मेहमान नवाज़ हैं। जहां अवाम में पत्थर की मूर्तियों की पूजा होती है, मगर सोने के सिक्कों की नहीं। जहां एक लंगोटीपोश फ़क़ीर की इज़्ज़त राजाओं और सरमायादारों और सिपहसालारों से ज़्यादा होती है।

हिन्दुस्तान जिस का माज़ी शानदार था और जिस का मुस्तक़बिल शायद इससे भी ज़्यादा शानदार होगा।

पच्चीस हज़ार मील के सफ़र के बाद मुझे मालूम हुआ कि मुझे अपने मुल्क से कितनी मुहब्बत है।

रेल पंजाब के मैदानों पर दौड़ती जा रही थी और खिड़की के बाहर मेरी निगाह के सामने गुरूबे-आफ़ताब का मंज़र था। रंग-बिरंग के बादलों ने आसमान को चुप का दुपट्टा पहना रखा था। खेतों में काम करने के बाद किसान हल कांधे पर रखे बैलों को हांकते हुए आ रहे थे और दूर कोई बांसुरी बजा रहा था।

इस एक लम्हे में मुझे मालूम हो गया कि सफ़र की सबसे दिलचस्प मंज़िल आख़िरी है। जब मुसाफ़िर दुनिया का ख़ाक छानने के बाद घर लौट आये। यही सफ़र का अंजाम है और यही मुसाफ़िर का इनाम।